Knaus
K

Walter Mosley

Mississippi Blues

Roman

Aus dem Amerikanischen
von Dietlind Kaiser

Albrecht Knaus

Titel der Originalausgabe «RL's Dream»
1995 erschienen bei W.W. Norton & Company,
New York/London

Umwelthinweis:
Dieses Buch und sein Schutzumschlag wurden auf chlorfrei gebleichtem Papier gedruckt. Die vor Verschmutzung schützende Einschrumpffolie ist aus umweltschonender und recyclingfähiger PE-Folie.

Der Albrecht Knaus Verlag
ist ein Unternehmen der Verlagsgruppe Bertelsmann

1. Auflage

Foto Leroy Mosley Seite 5: Tracy Boychuk
Gesetzt aus 10.8/13.4 pt. dtp. Galliard
Satz: Filmsatz Schröter GmbH, München
Printed in Germany · Presse-Druck, Augsburg
ISBN 3-8135-0046-2

Für Leroy Mosley
(1916–1993)

RL war kein richtiger Mann. Ein richtiger Mann wird geboren, tut das bißchen, was er kann, und dann stirbt er. Das ist alles! An einen richtigen Mann kann man sich erinnern, man kann sagen, wie er gelebt hat und wie er gestorben ist. Aber RL hat alle reingelegt. Er hat Gitarre gespielt, wenn er's gar nicht hätte tun können, und niemand weiß, wie er gestorben ist. Vielleicht war's ne Lungenentzündung, vielleicht ein eifersüchtiger Mann. Wär auch möglich, daß Satan gekommen ist und ihn dazu gebracht hat zu bellen wie ein Hund, bevor er ihn zu sich nach Hause geholt hat.
Aber wir armen Narren sind auf der Suche nach seiner Geschichte schon gescheitert, bevor wir überhaupt damit angefangen haben. Denn Robert Johnson wurde nie geboren und konnte nicht sterben. Er war der Deltablues, bis auf den Grund seiner Seele. Er war der Blues, er ist es heute noch. Sein Elend hat keinen Anfang. Und die Schmerzen, an denen er litt, konnte auch der Tod nicht lindern.

Soupspoon Wise
Back Road to the Blues (1986)
Transkribiert von
Gerald Pickford

0

Der Schmerz bahnte sich seinen Weg durch das Hüftgelenk des alten Mannes wie ein Pflug, der harten Lehm durchbricht. Ein so starker Schmerz, daß er kaum denken konnte. Auf dem langen Weg vom Asyl nach Hause schiß er in die Hosen und fiel mehr als einmal hin. Niemand rührte sich, um ihm zu helfen – Passanten machten einen weiten Bogen, um dem Gestank auszuweichen. Soupspoon Wise wankte die Bowery entlang, Richtung East Village, stellte sich vor, wieder zu Hause zu sein, nicht mehr in dem Schlafsaal voller verwahrloster Männer. Er wollte nur weg von diesen stammelnden, furzenden Männern, die nach Leuten riefen, die gar nicht da waren.

Drei Blocks von der Wohnung entfernt spürte er ein Knacken im Knochen. Ein Splittern, schwarz wie Blut, so tief, daß er schrie: «O nein!» Sein Zwerchfell bebte, und die erstickten Schluchzer kamen als gebrochenes Winseln heraus. Er ging hinunter auf das linke Knie, während er versuchte, das rechte Bein gerade zu halten. Er hätte auf dieser eisigen Straße sterben können, zählte die Zeit zwischen den Seufzern – trommelte sich mit den Fingern gegen die Brust.

In seinem Körper klimperte Musik; das Rasseln des Todes im gequälten Lied seines Atems. Bald bewegte er den Kopf in diesem Rhythmus; auch der pochende

Schmerz in seiner Hüfte blieb im Takt. Er kam wieder auf die Beine und humpelte nach dieser neuen Musik, taumelte und schaukelte auf wackligen Beinen. Vielleicht starb er, bevor er ankam. Aber er würde singend sterben, das Leben in Musik verwandeln, wie es richtige Männer vor langer Zeit getan hatten.

In der heißen Wohnung schepperten, zischten die Heizungsrohre immer noch, obwohl es Frühling war. Soupspoon fiel auf das Bett – beschmutzte es. Sogar die Federmatratze tat ihm weh. Der Schmerz pochte in seinen Ohren und in seinem Bein. Bei jedem Herzschlag erbebte sein Körper. Er zählte die Schläge, bis er die Schmerzen vergaß, und dann, als sie zurückkehrten, zählte er wieder. Soupspoon verlagerte sein Körpergewicht, um die Schmerzen in Schach zu halten. Aber er schaffte es nicht aufs Klo und konnte nicht schlafen. Statt dessen beschwor er einen jungen Mann herauf, mit kurzem Stoppelhaar und einem toten Auge. Dem jungen Mann war Soupspoons Misere gleichgültig, aber er hatte nichts dagegen, auf einen kurzen Besuch vorbeizukommen. Er trug einen hausgeschneiderten Overall ohne Hemd und grinste dreckig wie ein Fuchs, der den Bauch voller Hühner hat.

Am Nachmittag kroch der alte Mann von der besudelten Matratze. In der Küche klammerte er sich an das Spülbecken und trank Wasser aus dem rostigen Hahn, wie er es als Junge zu Hause in Cougar Bluff, Mississippi, am Brunnen getan hatte. Dann zerrte er eine Fünfpfundtüte Mehl aus dem Schrank und ließ sie schwer auf das Abtropfbrett fallen. Während er das rohe Pulver aß, überlegte er sich, ob er hinaus auf den Flur gehen und sich auf den kalten Betonboden legen sollte, bis sich jemand seiner erbarmte und ihn umbrachte – oder ihn rettete.

Während er sich über das Küchenspülbecken beugte und sein Gewicht mit den Armen abstützte, empfand er weniger Schmerz. Er ließ das Wasser laufen, bis es so beißend kalt war wie ein tiefer Brunnen im Winter, hielt die Hände unter den Strahl, bis sie taub waren.

Im Spülbecken lag Rattenkot.

«Die arme Ratte braucht auch was zu fressen. Es ist genug Mehl für uns beide da.»

Als der Türknauf sich drehte, merkte er es nicht. Auch als die Tür aufging, war er nicht überrascht. Er drehte sich jedoch um, wollte sehen, wer es war. Da merkte er, daß seine Arme taub geworden waren, und er fiel unsanft auf den Küchenboden.

1

Tanya!» schrie ein stämmiges farbiges Mädchen, als es in den U-Bahn-Wagen sprang. «Setz mal deinen Arsch in Bewegung!»

Sie landete linkisch, hätte fast ihre Schulbücher fallengelassen. Kiki musterte den imitierten Kaninchenpelz und die limonengrüne Strumpfhose unter dem engen braunen Minirock des Mädchens.

Eine elektronische Klingel schlug an, und die Türen schlossen sich.

Irgendwo draußen schrien zwei Mädchen: «LaToya!»

Kiki spürte, wie sich ihr Magen verkrampfte, und dann den stechenden Schmerz in ihrer linken Flanke. LaToya schob die Schultern vor und drückte den Hintern gegen die Tür. Die Tür stockte und öffnete sich wieder. Auf LaToyas birnenförmigem Gesicht erschien ein höhnisches, befriedigtes Grinsen.

Zwei weitere schwarze Mädchen rannten herein; die eine kreischte, während die andere sie von hinten in den Wagen schob. Kiki sah, wie sich im Fenster auf der anderen Gangseite die ältere Weiße spiegelte, die neben ihr saß, eine Einkaufstüte vom Boden nahm und gegen ihre blaue Bluse drückte.

Auf der entgegengesetzten Seite des Wagens sah ein kleiner brauner Mann auf, ganz in Anthrazit gekleidet.

«Türen schließen. Ein anderer Zug ist direkt hinter uns», befahl eine Frauenstimme aus dem Lautsprecher. Die Klingel schlug wieder an, und die Türen schlossen sich. Das Surren des Motors erstarb, und der Zug setzte sich in Bewegung, erst mit einem Ruck, dann mit dem sanften Gleiten von Stahl auf Stahl. Kikis angeschlagener Magen schlingerte mit dem Zug.

Die Mädchen setzten sich auf der anderen Seite des Ganges nebeneinander. Die beiden später Gekommenen trugen Jeans und saßen links und rechts neben dem Mädchen mit den dicken grünen Beinen. Das Mädchen links neben Kiki trug einen unförmigen braunen Pullover, unter dem sich ihr Bauch und ihre Brüste sinnlich wölbten. Ihr Haar war gekämmt und so zurückgeflochten, wie es Kiki von Hatties Haar zu Hause in Erinnerung hatte. Das Haar des dritten Mädchens war eine Katastrophe; glattgebügelt und nur zur Hälfte geflochten. Sie trug die Footballjacke eines Jungen; gelb und grün mit ausgefransten Manschetten.

Niggerschnallen.

Die Stimme schien direkt hinter Kikis Nacken zu flüstern. *Niggerschnallen sind keinen Furz wert.*

Es war Katherine Loll, Kikis rothaarige Tante aus Hogston. Sie war knochig, hatte ein verbittertes Gesicht und haßte Farbige, weil sie ihr das Essen vor dem Mund wegschnappten. «... und diese Niggerschnallen sind am schlimmsten, dreckiger, verdorbener Abschaum», sagte Katherine immer. Das war, als sie noch sprechen konnte, bevor der Krebs sie um die Stimme brachte. In den letzten beiden Jahren vor ihrem Tod atmete Tante Katherine durch ein schartiges Loch in ihrer Kehle.

Kiki haßte Katherine. Sie haßte den Dünkel des weißen Pöbels. Die Schimpfnamen für Schwarze und Juden; den Neid und die Armut. Sie verabscheute den Speck- und Biergeruch der kraushaarigen Katherine. Dennoch fuhren die Worte immer noch durch sie wie ein Stromstoß. Ein Schauer des Hasses auf diese Mädchen.

«Misthund», sagte die Ungekämmte mit aufklaffendem Mund. Alle drei glotzten mit offenen Mündern in ein verschmutztes Taschentuch, das auf dem Schoß des mittleren Mädchens lag. Das billige Papier war fast braun, und die Buchstaben waren so groß, daß es eine Fibel hätte sein können.

Im Fenster sah Kiki, daß der Mann in Anthrazit aufstand und auf einen Platz in der Nähe der Mädchen zuging. Er setzte sich behutsam und reckte den Hals, nicht um zu sehen, was für einen Dreck sie da lasen, sondern um sie beim Lesen zu beobachten. Sein Blick verschlang ihre jungen Lippen und Brüste. Seine Nasenflügel blähten sich, als inhaliere er ihren Atem.

Kiki wäre am liebsten aufgestanden, um ihn zu verscheuchen. Aber dann legte sie unwillkürlich eine Handfläche an das weiche Fleisch unter ihren Rippen, tastete nach der Feuchtigkeit von Blut.

Als die Bremsen kreischten, rutschten die Mädchen beiseite; sie waren immer noch in das Taschenbuch vertieft, als der Bahnhof in den Fenstern hinter ihnen auftauchte. Das Mädchen im Pullover grinste; die beiden anderen machten staunend große Augen.

«Fifty-ninth-Street, Bloomingdale's», kam aus dem Lautsprecher.

Ein weißes Paar kam in den Wagen und sah sich an. «... mit meiner Frau. Wir fahren eine Woche nach St. Croix», sagte der pummelige Mann, der ein hellbraunes Jackett aus irgendeiner Synthetikmischung trug. Er sah wie ein auf Männergröße aufgeblasener Achtjähriger aus. Die Frau, die bei ihm war, war ebenfalls jung und in ein schönes Geschäftskostüm aus kastanienbrauner Seide gekleidet. Sie würdigten niemanden im Wagen auch nur eines Blickes. Er sprach weiter über seine Frau und seine Kinder und die Reise. Die Frau lächelte, aber es war das gleiche haßerfüllte Lächeln, mit dem Katherine Schwarze bedacht hatte.

«... wir fahren jedes Jahr hin. Die Kinder sind begeistert. Direkt auf dem Hotelgrundstück gibt es einen Park für Kinder ...»

Die Tür schloß sich, und der Wagen fuhr weiter.

«Verflixt noch mal», intonierte das vollbusige Mädchen im Pullover. «Roger behauptet, daß Marie das getan hat.»

Die Schiebetür auf der Rückseite des Wagens öffnete sich scheppernd. Alle Frauen sahen auf. Ein Chinese kam herein, der über dem Arm einen Stapel handgemalter Bambuskalender trug. Er zeigte sie erst dem Pummeligen und der Lady in Kastanienbraun, dann der alten Frau und Kiki. Sich blähende Drachen in Rot und Gelb, ein Teegarten mit Serviererinnen und Hokusais Woge. Er machte sich nicht die Mühe, seine Waren den Mädchen oder dem kleinen braunen Mann zu zeigen.

Die Mädchen duckten sich über das Buch wie Kätzchen, die eine Schüssel auslecken. Über ihre Köpfe hinweg konnte Kiki ihr trübes Spiegelbild sehen. Bleich, mit zerzaustem roten Haar, strähnig nach Tagen ohne Wäsche. Ihr fielen die dunklen Ränder unter ihren Augen auf; sie sah aus, als wäre sie erst kürzlich verprügelt worden.

«Ihr seid sehr hübsch», sagte der kleine Mann mit leichtem jamaikanischen Akzent. Er sprach mit den Mädchen.

«Mmmmmmmmmm», summte das Mädchen auf der linken Seite. LaToya schlug das Buch zu und packte es ein. Dann steckten sie die Köpfe zusammen und lachten.

Der Zug fuhr schnell, schaukelte hin und her. Die alte Frau hielt einen Granatrosenkranz in der linken

Hand. Die Frau in kastanienbrauner Seide sah in das feiste Mondgesicht des Pummeligen und lächelte nicht mehr. Er redete ohne Unterlaß. Kiki beobachtete, wie sich sein Mund bewegte, konnte aber nur das Gelächter der schwarzen Mädchen hören. Gelächter wie harte Fäuste. Kiki schloß halb die Augen, hielt sich am Sitzrand fest, während das faustharte Gelächter in einem Nebel aus Übelkeit und Schmerz auf sie eindrang.

Eines der Mädchen sagte etwas zu dem kleinen Mann, aber Kiki bekam es nicht mit. Sie lachten und rieben sich an den Schultern. Der Mann starrte durchdringend das Mädchen im Pullover an, das Mädchen, dessen Haar wie das von Hattie frisiert war. Aber sie sah nicht wie Hattie aus. Hatties Haut war so dunkel, daß sie tatsächlich schwarz war. Und sie hatte lauter Lücken zwischen den Zähnen. Und obwohl Hattie üppig war, zeichnete sich ihr Bauch nie so deutlich ab. Wenn sie lachte, dann in einem tiefen Baß, der Kiki durch das Zimmer hindurch im Hals kitzelte.

An der nächsten Station stiegen ein Priester und ein Mann in einem grauen Anzug ein. Als der Zug erneut hielt, sagte der Schaffner die Fourteenth Street an.

Kiki griff nach dem kleinen Kleiderbeutel unter ihrem Sitz. Dem Beutel, den ihr der Pfleger gegeben hatte, als sie ihm sagte, sie habe keinen Koffer dabei.

Das Aufstehen tat weh. Sie spürte, wie jeder Stich an der Wunde zerrte.

Die Mädchen stiegen vor ihr aus.

«Danke», sagte der kleine braune Mann, als sie im Gänsemarsch an ihm vorbeigingen. Als niemand antwortete, faßte er das letzte Mädchen am Arm.

«Danke», sagte er noch einmal.

«Was?» rief das Mädchen in der Footballjacke. «Was wollen Sie?»

«Ihr solltet euch bedanken, wenn euch ein Kompliment gemacht wird», sagte er.

Vielleicht war er wirklich verletzt, dachte Kiki.

«Komm schon, Clarice», sagten ihre Freundinnen.

Kiki spürte jeden Stich der Naht, von der der Arzt gesagt hatte, sie löse sich von selbst auf. Irgendein Kunststoffaden, der in ihr schmolz.

Der Anschlußzug wartete auf dem Gleis gegenüber. Die Mädchen waren dort, außerdem die alte Frau mit der Einkaufstüte.

Am Astor Place stiegen alle aus. Alle waren sie schneller als Kiki, sogar die alte Frau. Sie sah ihnen nach, den Mädchen, die über das lachten, was sie gelesen hatten, und der Frau, die sich mit ihrer Tüte abmühte. Sie nahm eine Treppenstufe nach der anderen. Jeder Schritt versetzte ihr einen Stich. Als sie oben angekommen war, lief ihr Schweiß über den Hals. Eisiger Wind blies durch ihre Kleidung, direkt in ihr knochiges Skelett.

An der Ecke standen vier Jungen mit Kapuzen. Sie rauchten Zigaretten und wackelten im Takt lauter Hiphop-Musik, die aus einem Ghetto-Blaster neben ihnen auf dem Boden dröhnte. Sie waren jung, zwölf oder dreizehn. Alle trugen Tennisschuhe, nicht zugeschnürt. Drei hatten Jeans an, die so locker saßen, daß sie ihnen fast von den knochigen Jungenhüften rutschten. Der größte trug lila und rosa gestreifte Laufhosen aus einem satinähnlichen Material. Sie schwangen große Reden, gestikulierten wie erwachsene Schwarze, mit dem Grinsen kleiner Jungen. Kiki wandte ihnen den Rücken zu, ging durch die Menge zum Broadway und bog um die Ecke. Sie haßte diese Typen auch. Auf der Welle des Hasses trieb die Übelkeit. Kiki lehnte sich gegen ein Ladenfenster an der Kreuzung Broadway und Astor Street und erbrach die ganzen sauber geschnittenen Karotten und grünen Bohnen, die sie im Krankenhaus zu Mittag bekommen hatte. Sie ging in die Knie, und ihre Flanke fühlte sich an, als wäre sie aufgerissen worden.

«Schätzchen! Schätzchen, was haben Sie denn?» Die kalten Finger in ihrem Nacken fühlten sich gut an. Wirklich gut. Kräftige Hände unter ihren Achselhöhlen und ein Gefühl der Schwerelosigkeit. Das Gesicht der Frau brachte Kiki zurück in die Zeit, als sie eine Magendarmgrippe gehabt und Hattie sie mit zu sich nach Hause genommen hatte, um sich um sie zu kümmern, weil ihre Mutter zu schwach war und Daddy keine Ahnung hatte, wie man kleine Mädchen pflegen mußte.

«Danke, Hattie», sagte Kiki.

«Was? Wie haben Sie mich genannt?» Die Frau war klein, ihre Haut hatte die Farbe von Pecannüssen. Sie trug eine große rote Baumwollmütze und eine gesteppte Jacke in vielen Grün-, Blau- und Gelbtönen. Ihre Tasche war aus Lackleder, ihre Schuhe weiß wie die einer Krankenschwester. «Schauen Sie nur, was Sie angerichtet haben», sagte sie und nahm ein großes weißes Taschentuch aus der Handtasche. «Hier. Machen Sie die Schweinerei von Ihrem Pullover weg.» Dann wischte sie mit dem Tuch an Kikis Brust herum. Kiki ergab sich in die heftigen Bewegungen, war wieder ein kleines Mädchen, dem es aus tiefster Seele leid tat, daß es sich übergeben hatte.

«Sind Sie in Ordnung, Schätzchen?»

Um sie herum ergoß sich die Menge. Etliche Leute blieben einen Augenblick stehen, ehe sie weitergingen – als wäre Kiki für sie eine Varietenummer, über die sie kichern konnten.

«Ja, Hattie, ich bin in Ordnung.»

«Sind Sie sicher?»

«Mhm.» Kiki erinnerte sich an ein anderes schwarzes Gesicht. An das harte Gesicht eines kleinen Jungen, der sie so haßte, daß es ihm weh zu tun schien. Er konnte es kaum erwarten, ihr etwas anzutun.

«Danke», sagte Kiki und wußte nicht, ob sie sich nochmals übergeben oder weinen sollte. «Danke, jetzt ist alles in Ordnung.»

«Wohnen Sie in der Nähe?» fragte die Frau. «Soll ich Ihnen ein Taxi rufen?»

«Ich wohne ganz in der Nähe. Machen Sie sich keine Sorgen», sagte Kiki. Die Worte beruhigten sie. Das Gesicht des Jungen war jetzt weit fort, lauerte irgendwo in der Menge. Die Erinnerung an ihn war wie der Schmerz in ihrer Seite; sie konnte beides in Schach halten, wenn sie sich nicht rührte.

«Hier.» Die Frau drückte Kiki das Taschentuch in die Hand. «Passen Sie auf sich auf, Schätzchen. Passen Sie auf.»

Kiki beobachtete, wie sie in die Menge eintauchte. Sie drückte die Wange gegen die kalte Schaufensterscheibe und sah der Frau hinterher. Sie hätte einschlafen können, inmitten der dröhnenden Motoren und den vorbeieilenden Füßen.

Noch zwei Blocks weiter konnte sie das Gelb in der Jacke der Frau mit den kalten Fingern sehen.

Das Astor-Café bestand aus Glas und Resopal. Kiki frühstückte dort jeden Morgen um halb acht, bevor sie mit der U-Bahn zu Marshall & Pryde fuhr. Am Spätnachmittag war das Café überfüllt. Sie hielt den Krankenhausbeutel vor den Fleck auf ihrem Pullover und ging direkt zur Damentoilette, bevor irgend jemand nein sagen konnte.

In den Toiletten im Astor war die Heizung immer hoch aufgedreht. Als Kiki auf dem Klo saß, wäre sie am liebsten eingeschlafen. Die Wärme und der laufende Wasserhahn lullten sie ein.

Kiki zog den Pullover und die Schuhe aus. Sie saß da, ließ die trockene Dampfheizungswärme in ihre Schultern und Füße eindringen. Dann knöpfte sie ihre Bluse auf, legte sie auf den Stapel aus Pullover und Schuhen. Im Spiegel konnte sie das Muster aus Sommersprossen auf ihrer Brust verfolgen. Sie war glücklich, fast verblödet von der Wärme.

Das Gesicht im Spiegel gehörte dem Mädchen, das in der Nähe von Nigger Town in Hogston, Arkansas, in einer Jagdhütte gewohnt hatte. Bevor ihr Vater zu Geld kam. Auf der Hinterveranda stand ein Boiler. Sie ging mit Riley Mathias und Brewster Collins nach hinten und lehnte sich gegen den Kessel, mit einem Bettüberwurf und Orangen, die sie aus Tante Katherines Korb geklaut hatte …

Wenn ihre Eltern nicht da waren, küßte sie die Jungen für fünf Cent, aber es kostete einen Vierteldollar, wenn sie einen Zungenkuß wollten. Nur von Brewster verlangte sie manchmal nichts, einfach für den Fall, daß er ihr eines Tages, wenn sie pleite war, etwas schuldete.

Sie schloß die Augen, erinnerte sich an einen Regentag, an dem Riley nach Hause lief, weil er nicht naß werden wollte. Kiki und Brewster machte die Nässe jedoch nichts aus. Sie spielten im Regen, bis sie naß bis auf die Knochen waren, dann schlichen sie neben den Boiler. Sie erlaubte ihm Küsse auf den Mund und ließ hin und wieder auch die Zunge spielen.

Der Gasbrenner spuckte blaue Flammen aus. Ihre Kleidung gab leise Sauggeräusche von sich, die Kiki mit Sex in Verbindung brachte. Katherine hustete sich auf der Couch auf der Vorderseite des Hauses die Seele aus dem Leib, aber sie machten sich keine Sorgen, daß Katherine sie finden könnte; sie war inzwischen zu krank, als daß sie sich allein hätte fortbewegen können.

«Beiß mich hier, Brewster.» Kiki hatte den wadenlangen karierten Rock hochgezogen und entblößte ihren rechten Schenkel. «Beiß mich, sonst bin ich nicht mehr deine Freundin.»

Sie schloß die Augen, spürte den Biß seiner Zähne auf ihrer Haut.

«Fester ... fester.»

Sie legte die Hand auf Brewsters Kopf und tätschelte ihn, als wäre er ihr Hund.

«Fester, kleiner Junge», sagte sie.

Als der Schmerz zu stark wurde, zählte sie bis zehn und sagte dann: «Okay, hör auf! Sofort! Hör auf!» Sie schlug Brewster in den Nacken, ohrfeigte ihn links und rechts.

Später zwang sie ihn, sich den dunklen Bluterguß anzusehen, den er hinterlassen hatte. Sie legte seine Finger auf die heiße Beule. Brewsters hellblaue Augen verwandelten sich in furchtsame Lichter.

«Wenn ich das meinem Daddy zeige, bist du tot, Brewster.»

Ein lautes Klopfen zwang sie, die Augen zu öffnen und ihr abgemagertes Spiegelbild anzuschauen.

«Ist mit Ihnen alles in Ordnung, Miss?» fragte jemand durch die Tür.

«Einen Moment.»

Kiki stopfte die Bluse und die Socken in den Krankenhausbeutel, wendete den hellgrauen Pullover und riß das Etikett auf der Rückseite ab. Dann zog sie den Pullover wieder über, spritzte sich Wasser ins Gesicht und bedachte den wasserfleckigen Spiegel mit ihrem wilden Tigerlächeln.

Randy verkaufte an einem kleinen Klapptisch am St. Mark's Place Zeitschriften. Ausgaben von *Stroke* und *Vixens* lagen fächerförmig vor ihm ausgebreitet, und daneben stand eine Schachtel voller alter Comics.

«Kiki! Wo hast du gesteckt? Ich habe letzte Woche jeden Tag bei dir angerufen.» Randy kam um den Tisch herum, warf die langen, strähnigen Rastazöpfe zurück.

«Ich bin niedergestochen worden», sagte sie und hob die Hand, um seine Berührung abzuwehren.

«Was?»

«Gottverdammte kleine Nigger, die sich in der Chrystie Street auf eine Frau gestürzt haben. Du weißt schon. Vermutlich eine Lehrerin. Ich weiß es nicht, weil sie weggelaufen ist, als sie mich in der Mangel hatten.»

«Was ist passiert?» Die Sorge in Randys Gesicht unterstrich seine Mischlingszüge. Die breite Nase und die traurigen grauen Augen. Sein Gesicht war lang und kantig, wie das des schwedischen Schauspielers Max von Sydow. Die eierschalenbraune Haut und die drahtigen Rastazöpfe wiesen ihn als Schwarzen aus. Sein fester Gang und seine Ausdrucksweise erinnerten Kiki dagegen an einen Weißen aus dem Norden.

Er hatte sie einmal in ein Zimmer über der chinesischen Wäscherei mitgenommen. Sie hatte sehen wollen, wo er die vielen Zeitschriften aufbewahrte, und dann lagen sie auf der kleinen Pritsche in der Ecke. Der Geruch von alten Zeitschriften ließ sie jedesmal an das knochige Gewicht auf ihrer Brust denken, und an den Schock, der Randys kleiner schwarzer Schwanz für sie gewesen war, versteckt hinter dichtem, lockigem Schamhaar.

«Überrascht?» fragte er mit einem breiten Grinsen.

«Ja», sagte Kiki, griff nach seinem Schwanz und quetschte ihn.

«Äh … groß, was?»

«Eigentlich nicht, aber auf alle Fälle schwarz.»

Sogar jetzt, auf der kalten Straße, erinnerte sie sich daran, wie zärtlich er war. Und mit der Erinnerung kam das schartige, zerrende Gefühl in ihrem Innern.

«Die haben sie belästigt», sagte Kiki. «Und ich bin

hingegangen, um ihr zu helfen. Ich meine, es waren bloß Kinder. Aber dieser kleine Junge, dieser eine Junge ...» *Die Jungen umringten die Lehrerin, schubsten sie herum und griffen nach ihrer Handtasche. Die blöde Kuh ließ sich ihre Angst auch noch anmerken, und die Jungen, diese Jungen stürzten sich auf sie wie Fliegen auf Scheiße. Es waren kleine Jungen. Ein paar von ihnen waren erst sieben oder acht, und keiner über zehn. Aber es waren viele. Vielleicht neun. Dann fing die Lehrerin an zu schreien. Kiki versuchte, sie vor den kleinen Angreifern zu schützen, aber da war dieser kleine Junge mit dem harten Gesicht. Er haßte Kiki. Er schrie, und es wäre komisch gewesen, hätte sie nicht plötzlich das Messer gesehen. Er holte einmal aus, und Kiki schlug ihm ins Gesicht, aber zu schwach, und dann stach er immer wieder zu. Sie ging in die Knie. Jemand schrie.*

«Kiki! Kiki!» rief Randy. Er schüttelte sie. «Was fehlt dir denn, Schatz? O Scheiße. Du blutest.»

Kiki starrte auf die Blutflecken, die sich auf ihrem Pullover gebildet hatten.

«Ich bin in die Knie gegangen», sagte sie. «Aber ich habe mich gegen ihn gewehrt. Er hätte mich umbringen können, aber ich hatte keine Angst.» Sie schüttelte langsam den Kopf, leugnete den Schmerz aller Schläge, die sie je eingesteckt hatte. «Ich blute nicht wirklich. Die haben Schläuche gelegt, die es absaugen. Es ist nicht so schlimm.»

Als Kiki merkte, daß Randy sie in den Armen hielt, wand sie sich halb aus seinem Griff.

«Ich muß nach Hause. Ich bin wirklich todmüde», sagte sie.

«Moment mal, Süße», sagte Randy. «Hey! Manuel, Manuel.»

Ein kleiner Puertorikaner, der ein paar Meter weiter Kunstbücher verkaufte, drehte sich um.

«Kannst du eine halbe Stunde lang auf meine Sachen aufpassen?»

Der pockennarbige kleine Mann nickte.

«Ich brauche deine Hilfe nicht.» Kiki konnte in ihrer Stimme die ihres Vaters hören – verschliffen und verwackelt wie dann, wenn er bis spät abends im Thunderbird gewesen war.

Sie wollte sich von ihm lösen, doch Randy hielt sie einfach fest und setzte sich in Bewegung. Sie gingen St. Mark's entlang. Vorbei am Schaufenster der Buchhandlung und an Dutzenden von jungen Frauen und Männern mit rosa Punkfrisuren. Sicherheitsnadeln im Fleisch, Tätowierungen als Blickfang unter zerfetzter Kleidung, die alle möglichen Hautfarben entblößte. Vorbei an den Spielautomaten am Straßenrand und an den Jungen, die dort spielten. Der Wind nahm zu, und Kiki fror am ganzen Körper. Nur ihre Seite war heiß und verkrampft.

«Laß gut sein, Randy», sagte sie, aber sie lehnte sich an ihn und wehrte sich nicht, als er ihr den Beutel abnahm.

Er roch nach Patschuliöl, Schweiß und alten Zeitschriften.

«Ich bring dich doch bloß nach Hause, Schatz. Das ist alles.»

«Es läuft eh nichts, so wie ich zusammengestochen worden bin.»

«Das sagst du sowieso seit Monaten. Wenn ich darauf scharf wär, hätt ich keinen Mucks gesagt.»

«Es tut so verdammt weh», sagte Kiki, während sie durch seine schaukelnden Rastazöpfe St. Mark's vorbeiziehen sah.

«Wir sind gleich da, Kiki.»

Sie gingen zum Park mit den Feuern und den schäbigen Zelten. Vorbei an den vielen Menschen, die während der Kältewelle im New Yorker Frühling hier überlebten. Die Sixth Street entlang Richtung Beldin Arms, vorbei an der Avenue C.

2

Soupspoon Wise saß in einem abgewrackten Sessel auf dem Bürgersteig, die Schultern fest in eine Decke gewickelt. Er sah hinauf zur Fassade des Beldin Arms. Die Bronzebuchstaben waren schon vor Jahren weggestemmt und gestohlen worden. Die Worte über dem rissigen, verfärbten Torbogen aus Granit waren kaum noch zu erkennen.

Der Torbogen schützte eine Eichentür, die 1964 grün gestrichen worden war; 1978 hatte man die Prozedur noch einmal wiederholt. Als Soupspoon einzog, waren die Scheiben auf beiden Seiten der Tür aus eingeschliffenem Glas gewesen. Die schönen Scheiben waren eingeschlagen und durch schlichtes Fensterglas ersetzt worden. Auch das Fensterglas war eingeschlagen und durch Fichtenbretter ersetzt worden. Auf diesen Brettern hinterließen die Graffitischmierer jedes Schimpfwort, das sie in der Schule lernten.

Ein großer Farbiger kam aus dem Torbogen, Soupspoons Klappstühle und eine Schublade seiner Rosenholzkommode in den Händen. Er ließ die Sachen am Straßenrand fallen und ging wieder ins Haus. Ein weiterer Mann kam heraus, trug den Rest der Schubladen aus der Kommode, die in Soupspoons Besitz übergegangen war, als er und Mavis sich getrennt hatten. Der Weiße warf die Schubladen achtlos zu Boden, verstreute alte Kleidungsstücke und Dominosteine aus Elfenbein über die dreckige, mit Schotter bedeckte Straße.

In einer Schublade sah Soupspoon seine Mundharmonika. Außerdem ein Bleistiftetui und einen Stapel Taschentücher mit Monogramm, die er sich hatte anfertigen lassen, als er an Donnerstagabenden regelmäßig im Savoy in Chicago aufgetreten war. Damals hatte er sechzehn Paar Schuhe gehabt. Jedes Paar in einer anderen Farbe, passend zu den Anzügen und den Sportsakkos, die er trug. Es waren keine guten Schuhe. Wenn er ein Paar länger als drei Wochen trug, waren die weichen Sohlen durchgelaufen. Aber nichts währte lange im knalligbunten Nachtleben des Blues. Man sah gut aus und starb jung, das war die Devise, weil ein alter Bluesmusiker nicht mehr taugte als ein alter Hund.

Er hätte gern auf der Harmonika gespielt, konnte sie aber nicht erreichen. Ans Aufstehen war nicht einmal zu denken, nachdem sie ihn auf den Bürgersteig geschleppt hatten wie ein altes, kaputtes Möbelstück. Und wie auch immer, seine Lippen konnten nicht mehr Harmonika spielen, er konnte nicht einmal die Finger biegen, an einem kalten Tag Ende März, wenn sie alte Männer zum Sterben auf die Straße setzten.

«Wieviel für die Gitarre?» Der Weiße stand da, einen offenen Gitarrenkasten in den Armen. Soupspoons rotlackierte, zwölfsaitige Gibson lag in dem schwarzen Pappkasten wie ein König, der im Sarg eines Armen aufgebahrt worden war.

«Scheißkerl!» rief Soupspoon, aber er klang wie ein Hund, dem man die Stimmbänder herausgeschnitten hatte.

«Was?»

«Gottverfluchter Scheißkerl», keuchte Soupspoon. Er drückte sich an den ramponierten goldfarbenen Sessellehnen hoch. «Ich polier dir den Arsch. Jetzt leg die Gitarre weg!»

Als Soupspoon auf die Beine kam, explodierte der Schmerz in seiner Hüfte. Er fiel auf das Trottoir und stieß einen heiseren Schrei aus, der den Weißen sichtlich erblassen ließ.

«Was ist los, Tony?» Der Farbige trug Sampsons alte Anzüge über dem Arm. Die Kleider, in denen er aufgetreten war. Den Anzug, in dem er geheiratet hatte.

«Bitte, nein», keuchte Soupspoon.

«Er ist bloß hingefallen, Nate. Ich war's nicht. Ich schwör, daß ich's nicht war.»

«Das haben wir gleich.» Nate ließ die Anzüge fallen und hob Soupspoon hoch, als wiege er nicht mehr als der Stapel alter Kleider.

Nate setzte den alten Mann wieder in den Sessel. Er

zog ihm die Decke um die Schultern, um den Geruch zu überdecken.

«Die Leute vom Sozialamt kommen und holen Sie ab, Mr. Wise. Keine Sorge, die sind bald hier.»

«Meine Sachen», sagte Soupspoon so deutlich wie eben möglich.

«Weiß nicht», sagte Nate. «Mr. Grumbacher hat gesagt, daß wir die Wohnung räumen sollen. Ihnen ist gekündigt worden. Sie hatten ein Vierteljahr Zeit, sich ne andere Bleibe zu suchen.»

«Komm schon, Nate.» Tony legte seine Hand auf die Schulter des großen Schwarzen, und Nate wandte sich ab.

Als die Männer fort waren, zog Soupspoon die Decke enger um sich. Ein paar Leute schauten aus den Fensterhöhlen zu ihm herunter. Mrs. Manetti hatte sich mit den Männern gestritten, als sie ihn nach draußen brachten. Aber er wußte, daß sie ihm nicht helfen konnte. Er dachte an all die armen Leute, die in den Wohnungen hausten, dachte an ihre Angst. Sie hatten Angst, die Tür aufzumachen.

Die beiden Männer da könnten von Wohnung zu Wohnung gehen und alle rauswerfen. Und niemand würd auch bloß die Hand rühren, um sie dran zu hindern. Wir waren arm im Delta, aber so arm dran sind wir nie gewesen.

Das langsame Quietschen von Metallrädern drang an seine Ohren. Es war wieder die alte Frau. Sie trug einen dunkelgrünen Müllsack, geschnitten wie ein Poncho, über ein paar Pullovern, und schob einen Einkaufswagen vor sich her. Als sie an dem wachsenden Stapel aus

Soupspoons Habe vorbeikam, ging sie langsamer. Ihr Gesicht war schwarz und schmierig, aber sie war eine Weiße.

«Weg hier! Mach dich vom Acker! Hau bloß ab!»

Die Frau kam einen Schritt näher, und Soupspoon schob sich wieder aus dem Sessel hoch; durch die Schmerzen sah er ein Glitzern im dunkel werdenden Himmel. Aber wenigstens machte er ihr einen Augenblick lang angst. Sie wich auf die andere Straßenseite zurück und blieb dort – wartete.

Wie eine dicke fette Ratte, die darauf wartet, daß der Tod kommt. Komm schon, Tod. Komm.

Nate und Tony trugen das Sofa aus der Haustür; die Frau entfernte sich ein paar Schritte weiter. Sie setzten die alte Couch ab und blieben einen Moment lang stehen, um Atem zu holen.

«Bitte, tut mir das nicht an», flehte Soupspoon. «Das ist nicht recht.»

«Was sagt er, Nate?» fragte Tony.

«Er faselt nur, Mann. Muß hart sein, so auf die Straße gesetzt zu werden.»

«Was, zum Teufel, ist hier los?» rief eine rothaarige junge Frau. Sie schien aus dem Nichts aufzutauchen und schob den Brustkorb vor, als sie auf die beiden Männer zuging.

«Scheiße noch mal, was macht ihr hier?» Sie ging direkt auf Nate zu. Ihr bleiches Gesicht reichte nur bis zu seiner Brust.

«Was wollen Sie?» Soupspoon hörte, daß dem großen Schwarzen der Arsch auf Grundeis ging. Ein Riesenfeigling, sobald es um Weiße ging; sogar vor einer knochigen, kleinen Weißen hatte er Angst.

«Sind Sie in Ordnung, Sir?» fragte Kiki Soupspoon.

Er erkannte sie. Die hagere Rothaarige, die irgendwo über ihm wohnte. Sie verließ jeden Morgen das Haus in Kleidern mit passenden Schuhen und ging jeden Abend in Jeans und ohne BH aus. Sie grüßte immer, wenn er auf seiner alten Kiste vor der Tür saß. Sie war aus Arkansas. Irgendwo aus der Gegend.

«Meine Sachen», flüsterte er. Sie sah ihn stirnrunzelnd an und schüttelte den Kopf, als hätte sie ihn nicht verstanden.

«Mr. Grumbacher hat das Sozialamt angerufen», sagte Tony. «Die kommen und holen ihn ab.»

«Gottverflucht noch mal, die Sonne geht unter!» schrie Kiki. «Ihr könnt ihn doch nicht nachts hier draußen sitzen lassen! Das ist ein alter Mann! Ein alter Mann!»

«Kiki.» Ein knochiger junger Mann stand hinter ihr, legte ihr die Hand auf die Schulter.

«Laß mich los, Randy.»

«Aber Schatz, denk an deine Wunde.»

«Hören Sie», sagte der große schwarze Feigling. «Wir machen nur unsere Arbeit. Er hat achtzehn Monate lang keine Miete gezahlt, und wir sind angewiesen, die Räumung durchzuführen.»

Die rothaarige junge Frau holte plötzlich mit einem blauen Kleiderbeutel aus. Ein dumpfer Aufprall, und Nate ging in die Hocke, hielt sich den Kopf und fluchte. So etwas war Soupspoon nicht mehr unter die Augen gekommen, seit Bonita Smith einen Sheriff aus St.

Charles Parish, Louisiana, in den Straßenstaub gestoßen hatte, weil er ihren Sohn einen Nigger genannt hatte.

«Scheißkerle!» Die Rothaarige schleuderte den Beutel abwechselnd gegen den Weißen und den Schwarzen. Beide Männer und der Junge mit den Rastazöpfen versuchten, ihren wilden Angriffen auszuweichen.

Soupspoon beobachtete das weiße Mädchen, eigentlich schon eine Frau über Dreißig, die mit einer Hand den Beutel niedersausen ließ und sich mit der anderen die Seite hielt. Alles geschah blitzschnell, aber ihm kam es langsam vor. Die Welt geriet ins Stocken wie ein mechanisches Kinderspielzeug.

«Was, zum Teufel, soll das?» schrie Tony. Er packte Randy und ballte die Faust. Er wollte zuschlagen, verfing sich aber in den Armen des schlaksigen Jungen.

«Was gibt's denn hier für Probleme?» plärrte ein Lautsprecher.

Die Polizisten waren bereits aus ihrem Wagen gestiegen, als sich Soupspoon nach ihnen umschaute.

Weiße Jungs, keiner über fünfundzwanzig.

Nate rappelte sich auf und lief auf die Rothaarige zu, aber die Polizisten waren bei ihm, bevor er sie erreichte.

«Das Miststück hat mich am Kopf getroffen! Verdammt noch mal, ich blute!»

Er streckte eine Hand mit ein bißchen Blut daran aus. Soupspoon schüttelte den Kopf; peinlich, was dieser Typ für einen Wind machte.

«Nur mit der Ruhe», sagte einer der jungen Cops. Er hatte eine tiefe Stimme und ein Milchgesicht. Mit beiden Händen hielt er sich einen Schlagstock vor die Brust.

«Bloß Spucke», sagte Soupspoon. «Mehr braucht man nicht gegen die.» Niemand verstand sein Gebrabbel.

«Okay, beruhigen Sie sich alle.» Der zweite Cop war dick. Er hatte weiche, weibische Augen mit langen Wimpern, aber eine schlechte Haut.

«Mistkerl!» rief die junge Frau. «Setzt einen alten Mann auf die Straße, weil er krank ist! Arschloch!»

Soupspoon hörte den Süden in ihrer Stimme. Den Pöbel des Südens. Den weißen Süden.

«Schon gut, das reicht», sagte der Cop mit dem Schlagstock. «Beruhigen Sie sich jetzt endlich.»

«Sir?» fragte der dicke Cop Soupspoon. «Sind Sie okay, Sir?»

Soupspoon sah ihn nur an. Er dachte an einen anderen Polizisten, vor langer Zeit.

«Sir?»

«Luther ist krank, Officer», sagte die Rothaarige. «Ich war im Krankenhaus, bin erst heute entlassen worden, und als ich hergekommen bin, habe ich diese Männer erwischt, wie sie ...»

«Nee, nee, Officer. Das stimmt nicht», sagte Nate. «Der Mann hier heißt Wise, Atwater Wise. Er ist aus der Wohnung rausgeflogen. Die Leute vom Sozialamt sind gekommen und haben ihn in das Asyl in der Bowery gebracht. Und heute, als wir zum Aufräumen hergekommen sind, war er wieder da. Wir machen bloß unsere Arbeit, Mann.»

Beide Polizisten sahen Soupspoon an.

«Er ist mein Pate, Officer. Aus Hogston im Süden», sagte die Rothaarige.

Soupspoon sah sie wieder an. Vielleicht war sie verrückt. Vielleicht betrunken, vielleicht schwachsinnig.

«O Mann, nehmen Sie Vernunft an», sagte Nate. «Sie kennt ihn nicht einmal.»

«Er ist mein Pate», erklärte sie nachdrücklich. «Jetzt sammelt seine Sachen ein und bringt sie nach oben, Wohnung dreiundvierzig.»

Der dicke Cop wandte sich dem Rastajungen zu. «Stimmt das?»

Der Junge nickte, ohne dem Cop ins Gesicht zu sehen.

«Und wie heißt er?»

«Ich hab ihn immer bloß Pop genannt, Officer. Das ist alles. Aber er ist wirklich Kikis Pate. Von ihm hat sie von dem Haus gehört.»

«Scheißdreck», sagte der weiße Möbelpacker.

«Passen Sie auf, was Sie sagen.» Das war der Polizist mit der tiefen Stimme und dem Weißbrotgesicht. Der Dicke kam herüber, und sie unterhielten sich kurz miteinander.

Soupspoon beobachtete die beiden Jungen dabei, wie sie sein Schicksal besiegelten. Er hatte schon vor langer Zeit gelernt, daß andere um Leben und Tod würfelten, wenn man nicht selber würfeln konnte.

«Gibt's einen Ort, an den ihr ihn bringen könnt?» fragte der dicke Cop Tony.

«Es sollte schon jemand hier sein, Officer. Die von der Behörde wollten jemanden vorbeischicken, der ihn abholt.»

Soupspoon erinnerte sich daran, wie sie gekommen waren, um mit ihm zu reden, die Leute vom Sozialamt und die Polizei. Grumbacher mit dem Rattengesicht hatte gesagt, fünftausend Dollar habe er ihn gekostet. Fünftausend Dollar! Nachdem Soupspoon über siebenundzwanzig Jahre lang Miete bezahlt hatte! Die Leute vom Sozialamt hatten versprochen, ihm seine Sachen zu bringen, aber daraus wurde nichts. Und die wenigen Kleinigkeiten, die er mitgenommen hatte, waren ihm unter der Pritsche weggestohlen worden. Sein Kamm und sein Rasierapparat, der Ring, den er am Finger trug.

«Ich seh keinen Menschen hier», sagte der dicke Cop.

«Die kommen schon noch», sagte Nate.

«Ihr könnt ihn nicht hier draußen in der Kälte lassen. Macht, was die junge Frau sagt», sagte der Polizist.

«Aber, Mann ...»

«Hört mal», sagte der Cop mit dem Milchgesicht; er gab sich alle Mühe, wie ein vernünftiger Erwachsener zu klingen. «Wenn ihr ihn hier draußen laßt und er stirbt, dann seid ihr wegen Totschlags dran. Wenn man euch nicht noch was Schlimmeres anhängt.»

Die Möbelpacker sahen sich an. Beide seufzten.

Sie ließen die Möbel auf der Straße stehen. Die Rothaarige sagte, die Wohnung sei zu klein für Kommoden und Sofas, und sie habe ein Gästebett für «Luther». Sie packten seine gesamte Kleidung und alle Kleinigkeiten in die Kommodenschubladen. Tony nahm die Schubladen, Nate trug Soupspoon. Er kam schwer atmend durch die Wohnungstür und runzelte die Stirn wegen des Geruchs. Er setzte Soupspoon in einen Polstersessel mit Blumenmuster, der vor einem Fenster stand.

Ein bohrender Schmerz wütete in Soupspoons Hüfte; jede Bewegung war Gift für ihn.

Unten auf der Straße sah er die verdreckte Weiße, die in der Couch herumwühlte, zwischen den Kissen nach Kleingeld suchte.

Noch haben mich die Ratten nicht erwischt.

«Riechen Sie ihn?» Nate rümpfte die Nase und sah zu Soupspoon hinüber. «Das haben Sie sich aufgehalst. In seiner ganzen Wohnung hat's gemieft wie auf nem Klo. Der stinkt doch, als wär er schon gestorben.»

«Raus aus meiner Wohnung.» Sie sah die Männer nicht einmal an.

Randy hielt die Tür auf.

«Mr. Grumbacher wird das erfahren», sagte Tony. «Diese Wohnung ist nur an eine Einzelperson vermietet. Dafür fliegen Sie alle beide raus.»

«Ich will, daß Sie meine Wohnung verlassen», erwiderte sie.

Als sie türenschlagend das Zimmer verlassen hatten, ließ sie sich auf die Couch sinken und legte die Hand an die Seite.

«Bist du in Ordnung, Kiki?» fragte der Junge.

«Ja», sagte sie und sah Soupspoon an. «Bestens.»

Es war ein schäbiges Zimmer. Ein Fernseher mit einem Kleiderbügel als Antenne stand auf einer Bank am Fußende eines großen, lilafarbenen Bettes. Eine Couch, ein Herd, eine Badewanne auf rostigen Emaillefüßen und ein Waschbecken. In der Mitte der Einzimmerwohnung standen zwei Stühle und ein Tisch; es sollte nach einem Eßzimmer aussehen. Am Fenster stand Soupspoons Sessel; daneben befand sich ein Regal voller Bücher.

Er zog die Decke eng um sich.

Draußen war die Sonne untergegangen. Soupspoon spürte immer noch die Kälte in den Füßen. Er schloß die Augen. Nicht einmal der pochende Schmerz in seinem Bein konnte ihn wecken.

Ein abgeerntetes Maisfeld. Die Stauden waren umgebrochen und kahl. Zwielicht im November. Es war kalt und stoppelig, und er wünschte sich so sehnsüchtig ein Paar Schuhe, daß er weinen mußte. Er weinte auf dem Boden. Er weinte so lange, bis er vergaß, warum.

Er sah auf und spürte eine frostige Brise, die die Tränen auf seinem Gesicht erkalten ließ.

In der Ferne, durch die vielen umgebrochenen, schiefen Stauden hindurch sah er ein Kaninchen. Einen großen grauen Hasen mit roten Augen. Sie starrten sich an, bis Soupspoon merkte, daß die Sonne schien und Frühling war. Das Feld war wieder eingesät worden, und um ihn herum sproß junger Mais.

«Sir?»

Vor dem Fenster war schwarze Nacht. Auf der anderen Straßenseite gingen Menschen durch beleuchtete Zimmer.

Die Rothaarige trug Jeans und ein T-Shirt. Er konnte ihre kleinen, maskulinen Brustwarzen hinter der dünnen Baumwolle sehen.

«Ich bin nicht Luther», sagte er. «Ich heiße Soupspoon.»

«Was?» Sie beugte sich vor, strich sich das scharlachrote Haar hinter ein bleiches, sommersprossiges Ohr zurück.

Er zog die Decke enger um sich und sagte: «Ich bin nicht Luther. Ich heiße Soupspoon.»

«Soupspoon?» Sie sah ihm direkt in die Augen und runzelte die Stirn. «So heißt du also, Schatz?»

Er nickte und fragte sich, was mit dieser jungen Frau nicht stimmte. Selbst der infernalische Geruch, der von ihm ausging, schien sie nicht abzuschrecken.

«Du warst krank, Liebling?»

«Meine Kehle und meine Hüfte. Kann kaum aufstehen.»

«Komm», sagte sie. Sie zog die Decke weg und knöpfte seine Strickjacke auf.

«Was machst du da? Hör auf damit.»

«Was hast du gesagt, Schatz?» Sie hielt im Aufknöpfen inne und beugte sich wieder über ihn.

«Ich hab gesagt, was machst du da?»

«Ich laß ein Bad einlaufen. Wenn wir dir die Sachen ausziehen können, trag ich dich rüber. Vielleicht wird deine Hüfte dann besser.»

«Ich bin kein Baby.»

Sie zog ihn weiter aus. Sie zog ihm die Strickjacke und das Hemd vom Rücken und brachte ihn auf die Beine, damit sie ihm die Hose und die besudelte Unterhose ausziehen konnte. Als sie ihm die Socken abstreifte, sagte sie: «Du hast diese wunden Stellen, weil du dich nicht bewegst. Jetzt komm.» Sie wandte ihm den Rücken zu und ging auf alle viere. «Steig auf meinen Rücken, dann trag ich dich hinüber.»

Der schwache Mann ließ sich rittlings durch das Zimmer tragen. Er schlang die knochigen Arme um ihren Hals und biß die Zähne zusammen. Er keuchte, als sie ihn in die Wanne ließ. Sie drehte sich um, und er sah, daß sie Tränen in den Augen hatte. Sie ging in die Knie und ächzte, als wäre etwas in ihrem Körper zerbrochen.

«Tut dir was weh?» fragte er und streckte die Hand aus, um ihre bleiche Wange zu berühren.

«Leg dich jetzt zurück, Soupspoon», sagte sie. Sie atmete tief durch und stand auf.

Soupspoon döste in der heißen Wanne, während Kiki seine Hose und seine Unterwäsche aufhob und im Waschbecken mit Ammoniak übergoß. Dann nahm sie einen Schwamm von einem Haken hoch an der Wand und ging neben der Wanne in die Hocke.

Sie war sanft an den Stellen, wo die Haut seiner Hinterbacken wundgescheuert war. Sie wusch ihm die Brust und die Arme, wusch ihn zwischen den Beinen. Die ganze Zeit summte sie eine traurige, hübsche Melodie. Soupspoon kannte das Lied nicht, aber er erkannte die schleppenden Countryklänge.

«Wo ist der Junge?» fragte er.

Kiki legte ihm das Ohr an die Lippen, und er wiederholte die Frage.

«Randy ist fort. Er hat einen Stand am St. Mark's.»

«Und wie heißt du?»

«Kiki.»

«Warum hast du mich zu dir geholt, Kiki?»

Sie legte den Kopf zurück und sah ihm einen Moment lang in die Augen. Ihre Augen hatten das Grün, das man manchmal am Golf von Mexiko zu sehen bekommt.

«Weißt du das nicht mehr?» fragte sie.

Soupspoon sah die Frau an, zu müde und zu krank zum Raten.

«Es war an diesem wunderschönen Tag nach Weihnachten. Wir kamen nach Hause, und du hast auf dieser alten Kiste vor der Tür gesessen», sagte sie, um ihm auf die Sprünge zu helfen.

Soupspoon schüttelte langsam den Kopf.

«Ich war wirklich traurig. Etwas … etwas ist meiner Freundin im Büro zugestoßen, und sie hat bei mir gewohnt. Wir müssen wohl beide ziemlich traurig ausgesehen haben, denn du hast uns zugerufen: ‹Keine Bange, Ladys – ihr seid jung, ihr werdet's schon schaffen.›

Du hast uns nicht einmal gekannt, aber das hat uns beide aufgemuntert. Wir sind nach oben gegangen und haben gelacht. Inzwischen lebt Abby in Boston, und es geht ihr blendend – genau wie du gesagt hast.»

Als Soupspoon wieder den Mund öffnete, kam Kiki nahe heran, damit sie ihn hörte.

«Du hast das ganze Theater da unten nur wegen ein paar Worten veranstaltet? Bist du verrückt, Mädchen?»

«Ja», sagte sie. «Ich glaube, so könnte man das nennen. So verrückt, daß ich nicht glaube, jemand sollte einfach danebenstehen, wenn was Unrechtes passiert.»

Sie hielt einen Moment lang inne, hätte das letzte Wort fast verschluckt. Soupspoon sah, wie ihr Blick hart und klar wurde.

«Ich bin eben erst aus dem Krankenhaus entlassen worden. Ein Junge hat mich niedergestochen. Das kleine Schwein wollte mich umbringen, hat's aber nicht geschafft. Die ganze Zeit über hatte ich Angst, und jetzt hab ich gemerkt, daß ich keine Angst haben muß. Man muß keine Angst haben, weil einem bestimmt ist, wann man sterben muß – man stirbt nicht, nur weil das gerade jemand so will.»

Ihr Atem zitterte vor Wut.

Sie zog einen Stuhl neben die Wanne, setzte sich und wusch wieder seine Brust ab. Sie wusch seinen Körper, während Soupspoon ihr Gesicht betrachtete. Er hätte nie geglaubt, daß er sich je wieder so wohl fühlen würde.

Nach dem Bad half sie ihm in den Sessel und trocknete ihn ab. Dann legte sie ihm einen Frotteemantel um die Schultern und half ihm auf einen Stuhl am Tisch in der Mitte des Zimmers.

«Ich koch dir Tee für deinen Hals», sagte sie.

Zum Tee nahm sie sich eine Flasche Jack-Daniel's-Bourbon aus dem Schrank.

Sie tranken, und sie aß Schweinefleisch mit Bohnen. Soupspoon konnte wegen seiner Halsschmerzen nicht sprechen. Kiki sagte auch nichts. Sie sah ihn einfach nur an, musterte ihn auf eine Weise, die den alten Bluesmusiker fast erschreckte.

«Sie sollten was essen, Mr. Wise.»

Soupspoon legte die Hand auf den Magen und schüttelte den Kopf. Nein.

«Wann hast du zum letztenmal was gegessen? Gestern?»

Nein.

«Vorgestern?»

Soupspoon zuckte mit den Achseln.

Nach einer Weile klopfte es an der Tür. Die beiden sahen sich an. Das Klopfen kam wieder.

3

Die Frau an der Tür trug ein billiges, preiselbeerfarbenes Jackett und einen Rock im selben Ton. Am Saum war ein Fettfleck, und auf ihrer weißen Baumwollbluse war ein schwacher roter Fleck in der Größe eines Spiegeleis. Sie hatte harte braune Augen in einem jungen Gesicht, das zu rund für eine Weiße war, dachte Kiki. Der Lederranzen, der über ihrer Schulter hing, quoll über von Papieren in gelben Aktendeckeln. Ihr braunes Haar war oben auf dem Kopf zu festen Zöpfen geflochten, und ihr verzogener Mund drückte aus, daß sie nicht hier sein wollte.

Die Fremde sah Kiki an, rechnete mit der üblichen Höflichkeit, aber Kiki sagte kein Wort.

Nach einer Weile hustete Soupspoon hinten im Zimmer. «Ist das Mr. Wise?» fragte die Frau.

«Wer sind Sie?» erwiderte Kiki.

«Tatum», sagte die Frau steif. «Miss Tatum vom Sozialamt.»

Kiki zählte die schmerzhaften Pochlaute in ihrer Seite und hoffte, Miss Tatum werde gehen.

«Hält sich Mr. Wise hier auf?» fragte Miss Tatum mit lauter Stimme. Vielleicht glaubte sie, Kiki habe den alten Mann gefesselt, habe vor, seine Körperteile zu verkaufen.

«Was geht's Sie an, wer in meiner Wohnung ist?»

«Ich bin vom Sozialamt.»

«Na und? Ich bin aus Arkansas. Heißt das, daß ich Sie jederzeit an Ihrem Tisch belästigen darf?»

«Ich bin hier, um Mr. Wise abzuholen. Ich soll ihn ins Bryant-Asyl bringen.»

«Da kommen Sie aber ziemlich spät, Schätzchen. Sie haben ihn auf die Straße gesetzt. Der Mann hätte erfrieren und sterben können.»

«Vielen Dank, daß Sie ihn aufgenommen haben, Miss ...?»

Kiki schwieg und hielt sich am Türknauf fest.

«Ich weiß, daß die meisten Leute das nicht gemacht hätten. Ich weiß Ihre, äh, Sorge zu schätzen.»

«Soupspoon ist jetzt bei mir», sagte Kiki. «Wir brauchen Sie nicht.»

«Tut mir leid, aber das muß ich selbst überprüfen.» Miss Tatum sah über Kikis Schulter und versuchte, ins Zimmer zu blicken.

«Verraten Sie mir was?» fragte Kiki.

Die Lippen der Sozialarbeiterin verzogen sich: «Was?»

«Was haben Sie mit ihm vor, vorausgesetzt, daß er überhaupt mitkommen will?»

«Für heute nacht werden wir ihn im Asyl unterbringen. Morgen kommt er ins Krankenhaus. Mr. Wise ist krank.»

«Sie haben so lange gewartet, bis er nicht mal mehr sagen kann, daß er krank ist?»

«Im Asyl sind viele Menschen, Miss. Manchmal dauert es etwas länger, als uns lieb ist.»

«Jedenfalls ist er jetzt bei mir.»

«Wenn Sie mich nicht mit Mr. Wise reden lassen, muß ich die Polizei holen.»

«Sie dürfen hereinkommen, aber das ist alles. Fragen Sie ihn, ob er bleiben will, und dann bewegen Sie Ihren Arsch nach draußen.»

Soupspoon war auf dem Stuhl nach links gekippt. Er sah die Frauen mit offenem Mund an. Sein Gesicht, früher attraktiv, war geschrumpft und hatte tiefe Falten, wo seine Wangen durchsackten. Die unteren Lider hingen durch, entblößten die schimmernden roten Äderchen darin.

«Mr. Wise?» fragte Miss Tatum.

Soupspoons Mund ging beim Nicken auf und zu.

«Ich bin hergekommen, um Sie ins Asyl zu bringen.»

Das Kinngelenk rastete aus, als er den Kopf schüttelte.

«Ich weiß nicht, ob Sie mich verstehen, Mr. Wise. Ich bin hergekommen, um Sie wieder ins Asyl zu bringen.»

Das ausgerastete Kinngelenk gab die Antwort. Dann beugte sich der Kranke vor, so daß er aussah, als würde er jeden Moment vom Stuhl kippen, und stieß einen rauhen Laut aus, der ihm eindeutig in der Kehle weh tat.

«Ich kann Sie nicht verstehen, Sir!» rief Miss Tatum. «Können Sie nicht lauter sprechen?»

Soupspoon lehnte sich zurück, einen frustrierten Zug auf dem ausgemergelten Gesicht. Seine Augen füllten sich mit Tränen.

«Merken Sie denn nicht, daß er heiser ist?» fragte Kiki.

«Sehen Sie nicht, daß Sie ganz nahe an ihn herangehen müssen?»

Sie ging hinüber zu Soupspoon und beugte sich über ihn.

«Ich … kann … in einem … Asyl nicht leben», rasselte er. Seine Lippen streiften Kikis Ohr.

Kiki lief rot an und spürte ein Stechen in der Seite.

«Er hat gesagt, daß er bei mir bleiben will.»

«Das glaube ich nicht.»

«Er hat gesagt, daß es ihm hier gefällt, daß ich jetzt seine Freundin bin und daß Sie Ihren Yankeehintern lieber hier rausbewegen sollten.»

«Ich gehe nicht, solange ich nicht weiß, ob er sich dafür entschieden hat hierzubleiben.» In Soupspoons Richtung sagte sie: «Ein Krankenhausbett steht schon für Sie bereit, Mr. Wise. Morgen kann ich Sie hinbringen.»

«Falls Sie hören wollen, was er zu sagen hat, dann sollten sie ihm das Ohr an den Mund halten, damit Sie ihn verstehen können», sagte Kiki.

«Das ist lächerlich.»

Kiki hätte sie am liebsten geohrfeigt, aber das hätte einen Teil der Naht aufgerissen, und sie mußte gesund sein.

Sie mußte stark sein.

Soupspoon hob die Hand zehn Zentimeter über den Tisch, winkte Miss Tatum heran.

«Was?» fragte sie, ohne sich von der Stelle zu rühren.

Er winkte sie wieder zu sich.

Sie ging mit langsamen Schritten um den Tisch herum. Als sie in seiner Reichweite war, griff er nach ihrer Hand.

«Oh.»

Er zog sie weiter zu sich heran, bis er ihren Oberarm zu fassen bekam.

In Kikis Augen sah das aus, als ob ein Ertrinkender versuchte, sich selbst aus dem Sumpf zu ziehen.

Über die Schulter weg faßte er sie am Hals, und sie sagte noch einmal «Oh», bis sie zuließ, daß er ihren Kopf an seinen Mund zog.

«Bitte ... bitte», sagte er.

«Was?» Miss Tatum versuchte, sich von ihm zu lösen, doch Soupspoon hielt sie mit beiden Händen fest und klammerte sich an sie, als wäre sie sein Leben.

«Bringen Sie mich nicht von hier fort ... sonst sterbe ich. Bitte, lassen Sie mich hier», sagte er. Dann wich alle Kraft aus ihm. Er ließ sie los und sackte auf dem Stuhl nach hinten.

«Oh! Oh!» Miss Tatum ging direkt zur Tür, blieb nur kurz stehen, um ihre Tasche an sich zu nehmen.

«Wir schicken einen Vorgesetzten», sagte sie. «Ich benachrichtige einen Vorgesetzten.»

Sie ging, ohne Kikis Namen zu erfahren. Aber wie Kiki wußte, spielte das keine Rolle. Sie wußten, wo sie wohnte.

Der Vorgesetzte tauchte nie auf. Miss Tatum erstattete am nächsten Morgen im Büro Meldung. Sie heftete eine rote Büroklammer daran und legte sie in einem Aktenschrank mit der Aufschrift *Ungeklärte Fälle* ab. Der Vorgesetzte, der sich damit befaßte, ging in Soupspoons alte Wohnung im Erdgeschoß. Als er die Wohnung leer vorfand, versah er Soupspoons offene Akte mit der Aufschrift *Verstorben*.

4

Er wachte von dem Geruch nach Whiskey und Zitronengras auf, erinnerte sich an die kleinen Brüste der Rothaarigen, Kiki, wie sie nur im Slip ins Bett gekommen war – mit einem großen Krankenhausverband auf der linken Seite.

«Wie geht's dir, Honey?» Ihre Stimme war vom Bourbon verschliffen.

Er konnte kaum nicken.

«Diese Arschlöcher.» Sie stützte sich auf einen Ellbogen und sah auf ihn hinunter. «Denen ist scheißegal, was aus uns wird. Denen ist das gleich.»

Als sie sich herumdrehte, um ihren Platz auf dem Kissen wiederzufinden, spürte Soupspoon seine Knochen.

«Hast du Schmerzen, Soupspoon? Keine Bange. Jetzt turn ich nicht mehr herum. Ich laß nicht zu, daß dir was passiert. Morgen hol ich Randy, ich meine, Randall» – sie sprach den Namen mit einem südstaatlichen Akzent aus –, «und wir bringen dich zum Arzt.»

Soupspoon sah das Gespenst der jungen Frau neben ihr schweben. Er wollte nur noch schlafen; er wollte ohne Schmerzen sterben. Aber statt dessen winkte er Kiki an seinen Mund.

Sie stieß gegen seinen Kopf, als sie sich in dem Sprungfederbett vorbeugte.

«Was?»

«Ist das dein Freund?»

Kiki grinste.

«Warum?» Sie lehnte sich gegen ihn – ein Kind, das im Bett Spiele treibt, wenn das Licht ausgeschaltet ist.

«Weil ich nicht in dem Bett seiner Freundin liegen will.»

Sie preßte die Wange gegen seine und flüsterte ihm ins Ohr: «Keine Bange, Baby. Manchmal fick ich mit ihm, aber ich gehör ihm nicht.»

Sein Leben lang war Soupspoon in der Gesellschaft von starken Trinkerinnen mit losem Mundwerk gewesen, aber er hatte sich nie daran gewöhnt.

«Jedenfalls», sagte Kiki, «ist er nicht wie du. Er ist bloß ein Möchtegernweißer. Er behauptet, er wäre ein Weißer aus Nordafrika, das heißt, ein hellhäutiger Araber.»

Kiki beugte sich zu Soupspoon hinüber, stieß ihm die erbsengroße Brustwarze ins Auge. Als sie zurücksackte, griff sie nach der Whiskeyflasche und nahm einen Schluck aus dem Flaschenhals.

«Wenn er hierherkommt, sag ich zu ihm, daß ich seinen harten schwarzen Schwanz sehen will. Du solltest mal sehen, was er für Veränderungen durchmacht. Du solltest ihn mal sehen.»

Urplötzlich war die junge Frau traurig. Sie nahm noch einen Schluck und beugte sich hinüber, um die Flasche zurückzustellen.

«Er geht auf die Pace University, weil er Börsenmakler werden will. Will unbedingt mit den ganzen armen weißen Scheißern dort Polo spielen. Er hat mir gesagt, er möchte, daß ich seine Frau werde, damit wir in beschissenen Countryclubs rumhängen können, wo's Fischrogen gibt und beschissene Nazipolkamusik ... Er hält sich für was Besonderes, weil er es gern wär. Aber er taugt nicht mehr als die ganzen wilden Niggerboys, die überall herumstreunen.» Einen Moment lang war sie in Gedanken verloren. «Wie Hunde.»

Als er seufzte, wußte Soupspoon nicht, ob es an dem Schmerz in seinem Bein lag oder an dem Schmerz, den er in der jungen Frau spürte. «Was ist mit dir, Honey?»

«Die Hüfte.»

«Deine Hüfte?»

«Mm. Ja», flüsterte er.

«Ist es besser, wenn du auf dem Rücken liegst?»

Soupspoon nickte.

«Ist es die rechte Seite? So, wir drehen dich auf die linke Seite, dann kannst du dich an mich lehnen.»

Kiki drehte ihn sanft um und schmiegte ihren Körper gegen seinen. Er spürte, wie ihre alkoholisierte Wärme in seine Knochen überging. Es war ein gutes Gefühl.

«Es ist alles okay, Baby», flüsterte sie. «Mach dir keine Sorgen. Dir wird nichts passieren. Ich bin da. Sch, ich bin da.»

Soupspoon lehnte sich gegen die warme junge Frau. Er lauschte ihren Worten und spürte, wie sie ihn leicht am Ohr und an der Stirn berührte.

Und zum erstenmal seit langer Zeit fühlte er sich wohl. Die Nähe schüttelte die Einsamkeit ab, aus der sein Leben seit Jahren bestanden hatte.

Jetzt lag er allein in dem großen lila Bett. Den Kopf voller Träume von gebratenem Fisch, von Tanzenden, von Frauen, die mit offenem Mund lachten, während er auf seiner roten Gitarre spielte. Es kam ihm nur nicht wie ein Traum vor. Es kam ihm real vor. Realer als dieses fremde Bett.

In der Luft hing der Geruch von Bourbon. Auf der Kommode neben dem Bett stand eine halbleere Flasche Jack Daniel's.

In seinem Bein zuckte der Schmerz.

Wenn ich mich aufsetzen könnte, dann würde ich heute nicht sterben, sagte er sich.

Es war, als schlüge ein Löwe die Klauen in ihn, in seinen Kopf und in sein Herz, aber Soupspoon setzte sich auf. Schließlich konnte er aufstehen. Mit winzigen Schritten schaffte er es bis zum Fußende des Bettes und ruhte sich aus.

Eine Melodie ging ihm durch den Kopf.

If the blues was walkin' shoes, momma
and hands was feet
I'd do a handstand for you, darlin'
walkin' right down on Hogan Street.

Bei den fünf Schritten bis zum Stuhl und dem Tisch mußte er in die Knie gehen. Er schaffte es auf den Stuhl, versuchte sich zu erinnern, welche Akkorde er zu diesem Song gespielt hatte. Er hatte es nicht im Kopf, war aber sicher, daß seine Finger sich daran erinnerten.

Durch das Fenster sah er drei Tauben auf der Wäscheleine, die über der Straße aufgespannt war. Zwei gemeinsam, eine allein. Er lächelte die Tauben an und schlug mit den Knöcheln gegen die Tischplatte – eins-zwei, eins.

Er hörte jemanden auf dem Flur, dann öffnete sich die Tür. Soupspoon rechnete damit, Nate und Tony wiederzusehen, doch es war die junge Frau. Kiki kam schwer atmend herein; sie schob einen uralten Rollstuhl aus Holz vor sich her. Er mußte fünfzig Jahre alt sein. Ganz aus Kirschbaumholz, bis auf den Sitz und die Lehne aus Korbgeflecht, beide rissig. Die Lehne war hoch, und die Räder hatten dicke Gummireifen. Der Rollstuhl hatte einen großen Bremshebel und breite, flache Armlehnen wie ein Liegestuhl.

«Mrs. Manetti hat ihn uns geliehen.» Kiki bedachte ihn mit einem strahlenden Lächeln. «Was möchtest du zum Frühstück, Soup?»

Er lächelte und zuckte mit den Achseln.

Er staunte wieder. All die Jahre hatte er als armer Mann unter armen Leuten gelebt, und so war es immer gewesen. Möglicherweise kannte man jemanden seit zwanzig Jahren und wußte nicht einmal seinen Vornamen. Doch dann geschieht eines Tages etwas, und jemand taucht auf, von dem man nie geglaubt hätte, daß es ihn gibt, jemand, der einen nähersteht als jeder Angehörige. Man kennt seinen Geruch und seine Launen.

So war es mit Robert Johnson gewesen.

Eines Tages hatte er aufgesehen, und da war er gewesen, hatte gesungen und sich benommen wie ein Verrückter. Er erzählte von weit entfernten Orten auf der Welt und spielte Musik, die sogar noch fremder war. Er erfand Songs, die einem durch und durch gingen – und dann sah man wieder auf, und er war verschwunden. Er nahm etwas von einem mit, von dem man nie gewußt hatte, daß man es besaß; etwas, von dem die eigenen Eltern nichts wußten. Und wenn er es mitnahm, blieb man zurück mit dem Gefühl, daß man etwas verloren hatte – etwas, das besser war als alles, was man je besessen hatte.

Kiki briet in einem Rest von Speckfett Dosenspaghetti und machte Sandwiches. Soupspoon trank Pfefferminztee. Er beobachtete, wie Kiki einen Schluck Whiskey nahm.

«Was schaust du so?» Die Stimme der jungen Frau klang hart. «Du weißt nicht, was ich durchgemacht habe. Das ist im Augenblick das einzige, was mich zusammenhält.» Sie sah ihm in die Augen, bis Soupspoon den Blick senkte. Sie war nicht die erste zornige Frau, die ihn zum Wegsehen zwang.

Zur starken Liebe gehören starke Knöchel, hatte sein Onkel Fitzhew immer gesagt.

Danach wurde Kiki munterer. Es machte ihr nichts aus, Soupspoon bei seiner Toilette zu helfen. Sie half ihm in seinen Hochzeitsanzug und setzte ihn in den

Rollstuhl. Kurz darauf kam Randy, und gemeinsam brachten sie ihn Stufe um Stufe ins Erdgeschoß.

Soupspoon sah sich um, schaute sich die graugrünen Wände und die rissigen Granitböden an. Auf jedem engen Treppenabsatz hing eine Sechzig-Watt-Glühbirne. Aber selbst im trüben Licht fielen ihm die schmutzigen Ecken auf.

Er hatte fast dreißig Jahre in diesem Gebäude verbracht und war nie über das Erdgeschoß hinausgekommen. Die Wände hallten wider von Kikis und Randys Ächzen. Er hatte das Gefühl, wieder ein Kind zu sein, so wie er herumgetragen wurde.

«Sind Sie okay, Mr. Wise?» fragte Randy.

Soupspoon nickte und lächelte dem schlaksigen Jungen ins Gesicht. *Araber? Verarsch mich nicht.*

Im Erdgeschoß kamen sie an Soupspoons Wohnungstür vorbei.

Sie stand offen, und dahinter war das leere Wohnzimmer zu sehen. Der Boden war kahl und ungefegt; sogar die Jalousien waren abgenommen worden. Achtundzwanzig Jahre lang war es sein Zuhause gewesen, und jetzt war es gar nichts mehr. Er konnte sich nicht daran erinnern, wie seine Sachen hineingepaßt hatten.

An der Wand befanden sich bereits Graffiti-Schmierereien in smaragdgrüner Farbe.

CB2 ROO XLM
BOARDWISE FUK

Soupspoon mußte nicht lang raten, was das bedeutete. Es hieß, daß er nie wieder in der eigenen Wohnung leben konnte.

Draußen hob ein Hund das Bein gegen das große gelbe Sofa. Die Kissen waren verschwunden, dienten jetzt jemandem als Bett. Das Bett war noch da, so verdreckt, daß Soupspoon hoffte, sie kämen schnell daran vorbei, damit sich niemand über ihn lustig machte. Die Rosenholzkommode lag zerschlagen auf der Straße.

Kiki legte ihm eine Decke um die Schultern, und sie gingen zur Avenue A, vorbei am Tompkins Square Park.

Soupspoon beobachtete, wie sich sein Atem auf der Decke in Reif verwandelte.

Sie bogen nach Westen ab, als sie die Twelfth Street erreichten. Dort gab es nichts als lange, kahle Fassaden und gelegentlich einen herumlungernden Dealer.

«Ich hab dir doch erzählt, daß ich bei dir angerufen hab, stimmt's, Kiki?» sagte Randy.

«Hm.»

«Aber dann ist mir eingefallen, daß du das Telefon immer ausstöpselst, also hab ich dich auch im Büro angerufen.»

«Ja? Was haben sie gesagt?»

«Daß du gekündigt hast.»

«Was?»

«Hast du schon mit ihnen geredet?»

«Noch nicht.»

«Aber immer wieder haben die gesagt, daß du gekündigt hast?»

«Ich weiß es nicht», antwortete Kiki. «Ich wollte die nicht anrufen, solang ich im Krankenhaus flachlag.»

«Warum?»

«Weiß ich nicht. Ich wollte es einfach nicht.»

«Aber mal angenommen, die haben dich rausgeschmissen?»

«Was kann ich dagegen machen? Ich hab nicht angerufen. Daran kann ich jetzt nichts mehr ändern.»

«Aber du hättest anrufen sollen. Du hättest anrufen müssen.»

Kiki blieb plötzlich stehen. Der große Rollstuhl schlingerte, so daß sich Soupspoon auf die Unterlippe beißen mußte, damit er nicht aufschrie. Sie drehte sich mit dem Stuhl um und sah ihrem Freund ins Gesicht.

«Hau ab, Randy», sagte Kiki so leise, daß Soupspoon sie kaum verstehen konnte.

«Ach, komm schon, Honey.»

«Verpiß dich.»

«Ich habe meinen Stand aufgegeben, um dir heute zu helfen. Ich hab deshalb den Unterricht geschwänzt.»

Soupspoon konnte den kalten Haß im Atem der jungen Frau hören. Ihr scharfes Schweigen hing in der kalten Luft.

«Verdammt!» sagte Randy einen Augenblick später.

Soupspoon beobachtete, wie er den Weg zurückging, den sie gekommen waren. Dann riß Kiki den Rollstuhl herum, und sie setzten sich wieder in Bewegung.

Sie schob ihn mehrere Blocks weit, ohne ein Wort zu sagen. Vorbei an dem großen, gelben Videoladen, dem koreanischen Markt mit dem Blumenstand. Am Broadway lag eine große Buchhandlung, spezialisiert auf «Monsterbücher» und Spielsachen.

Danach ging es schnell die Straße entlang. Kiki stieß den Rollstuhl auf den harten Gummireifen heftig über die Randsteine. Soupspoon schloß die Augen. Ein wahnsinniger Schmerz bohrte sich in seine Knochen, riß ihn auf. Er wollte schreien, aber seine Kehle war zu. Er wollte weglaufen, aber er konnte sich kaum im Rollstuhl halten.

«Was?» rief Kiki. *«Was?»*

Soupspoon öffnete die Augen und sah, daß sie angehalten hatten. Er drehte sich halb um und faßte Kiki am Arm. Mit den weit aufgerissenen Augen und den tief gefurchten Brauen sah sie wie eine Teufelin aus. Er konnte den knochenzerschmetternden Ansturm des Hasses hören. *«Was?»*

Doch dann sah sie sein Gesicht. Sie streichelte ihm die Stirn, drehte ihn um und ging neben dem Rollstuhl in die Knie. Sie machte an der Decke herum, zog sie wieder um seinen Hals und gab ihm dann einen Kuß über dem rechten Auge.

Von da an ging es langsamer weiter, und Kiki machte Umwege, um die Rampen zu finden, die sie für Rollstuhlfahrer gebaut hatten. Als sie schließlich die Seventh Avenue erreichten und nach links abbogen, schob Kiki Soupspoon eine breite Rampe hinauf und durch eine breite Glastür, die ein Schwarzer aufhielt, ganz in Weiß gekleidet.

Die plötzliche Hitze machte Soupspoon schläfrig. Seine Augen juckten, und er döste ein. Trotzdem hatte er das Gefühl von Bewegung, und er konnte Stimmen hören. Kikis Stimme, streitlustig und im Begriff, laut zu werden. Auch eine andere Frau sagte etwas.

«Tut mir leid, aber Sie müssen warten.»

Dann wurde über einen Arzt gesprochen. Der Geruch von medizinischem Alkohol sagte Soupspoon, daß er in einem Krankenhaus war. Er war so müde, daß er einschlief, während er dem Gezänk der beiden Frauen zuhörte. Die abgehackten Stimmen drangen in Soupspoons schläfriges Bewußtsein ein und führten ihn zurück zu früheren Streitgesprächen.

Ruby und Inez sitzen auf der Vorderveranda, streiten sich über Politik, Kochrezepte und über das, was Soundso am letzten Donnerstag im Laden gesagt hat.

Seine Eltern und sein Bruder waren bereits tot. Die Grippe war durch ihre kleine Hütte gefegt, hatte einen fünfjährigen Jungen zurückgelassen, der nur mit knapper Not noch am Leben war. Auch vor diesem Tod war er davongewankt, wie aus dem Asyl. Und auch damals war er gerettet worden. Denn wenn Ruby und Inez ihn nicht aufgenommen hätten, wäre er verhungert oder vor Einsamkeit verrückt geworden.

Ruby trug ein blaues Baumwollkleid mit aufgedruckten Blumen; Inez trug Hosen wie ein Mann und rauchte eine Maiskolbenpfeife. Inez hielt eine Gottesanbeterin im Haus, die Käfer und Läuse fraß. Inez war oft mit einem großen grünen Gehstock zu sehen, den sie über der Schulter oder über dem Arm trug. Als er ein Junge war, glaubte der kleine Atwater, Gehstöcke seien die Seelen von Heiligen, die sie alle vor Unheil beschützten.

Ruby und Inez waren seine einzigen Angehörigen, aber er war mit ihnen nicht blutsverwandt. Die beiden waren auch nicht blutsverwandt, nur gute Freundinnen, die zusammenlebten und sich um ihn kümmerten, weil sie ein Kind zum Herumkommandieren brauchten.

Soupspoon spürte einen scharfen Schmerz in der Hüfte und öffnete die Augen. Er sah einen kleinen blonden Jungen, noch keine zwei Jahre alt, der mit einem rotblauen Ball zwischen den Beinen auf dem Boden saß. Er sah den Ball an wie Gott bei der Betrachtung der Welt. Soupspoon stellte sich vor, wie unter diesem beobachtenden Blick Flüsse entstanden, Bäume sprossen. Eine ganze Welt voller Büffel und Dinosaurier, riesiger Blumen und tiefem, sauberem, kaltem Wasser.

Er schlief wieder ein, während sich Löwenklauen in seine Hüfte gruben. Aus der Dunkelheit des Halbschlafs wurde heller Sonnenschein, der durch das Panzerglas hereindrang. Der Kleine heulte, und Soupspoon wurde wieder wach, um sich den Kleinen noch einmal anzuschauen. Eine Weiße mit verkniffenem Gesicht hielt ihn auf dem Schoß fest. Neben ihr saß ein dunkelhaariger Mann, vermutlich ein Latino. Sein linker Arm war in ein blutgetränktes Hemd gewickelt. Der Kleine wehrte sich, wollte sich befreien. Er sah den Ball an, als wäre er seine letzte Chance. Und Soupspoon wollte ihn für ihn holen. Er wollte aus dem Rollstuhl aufstehen und den Ball holen. Am liebsten hätte er geweint wie der Kleine.

«Mr. Wise?»

Ein junger Mann, sogar noch jünger als die Cops von gestern. Er trug einen Ärztekittel, keinen Pflegerkittel. Er war klein und lächelte. Kiki stand hinter ihm und machte ein besorgtes Gesicht.

«Können Sie sprechen, Mr. Wise?» Soupspoon schüttelte den Kopf, hob die Schultern und lächelte.

«Ihre Freundin sagt, daß Sie eine schlimme Zeit

durchgemacht haben.» Der Arzt wandte sich Kiki zu und sagte: «Bringen Sie ihn doch nach hinten.»

Sie gingen durch eine doppelte Schwingtür auf einen Flur, wo Schwestern und Ärzte von einem Patienten zum anderen gingen, durch Gänge, in denen Kranke im Bett lagen. Es war ein langer Flur voller flacher Untersuchungstische, von raschelnden Plastikvorhängen voneinander getrennt. Am Ende des Flurs wurde plötzlich eine Tür aufgerissen. Vier Männer, die zwei Bahren trugen, stürzten herein, weitere Männer im Schlepptau. Als sie an Soupspoon vorbeirannten, sah er das blutüberströmte Gesicht des einen Patienten. An den Augen und dem schlaffen Mund erkannte er, daß der Mann tot war. Er versuchte, einen Blick auf den zweiten Patienten zu erhaschen, aber es ging zu schnell für ihn.

«AMP einunddreißig», kläffte ein Sanitäter. Dann waren sie verschwunden. Beim Zustand seiner Stimme konnte Soupspoon nicht einmal ein Gebet flüstern.

«Du solltest immer ein Gebet sprechen, wenn du eine Leiche siehst», hatte Onkel Fitzhew immer gesagt. «Weißt du, ihre Seelen sind ganz durcheinander, wenn sie sterben. Vielleicht kommen sie durch deine paar Worte gleich in den Himmel.»

Soupspoon hatte immer Respekt vor dem großen «Onkel», dem Totengräber. Er war ebensowenig blutsverwandt mit ihm wie Inez und Ruby, aber er kam hin und wieder vorbei, um Wein zu trinken und Domino zu spielen. Er hatte das größte Ding in Cougar Bluff, alle wußten das. Weiße Männer baten ihn oft, ob er es für einen Dollar vorzeige, aber das wollte er nicht, «schon gar nicht für nen Weißen».

«Mund weit aufmachen, Mr. Wise», sagte der Arzt. Er schob ihm einen Holzstab in die Kehle und befühlte seinen Hals. Dann zog er Soupspoons Auge auf und leuchtete mit einer Lampe hinein. Er griff nach etwas und schob es in Soupspoons Ohr, während er auf ein rot beleuchtetes Display schaute. Zahlen zuckten hin und her, bis sie bei 39,16 stehenblieben.

Der Arzt und Kiki halfen ihm aus dem Jackett und dem Hemd, aus den Schuhen und Socken. Der Arzt horchte seine Brust ab. Er sah sich seine Finger und Zehen an und die wunden Stellen an seinen Knöcheln. Dann setzte er sich neben ihn auf einen Metallstuhl.

«Ich heiße Mussar, Mr. Wise. Alan Mussar. Ich bin hier Assistenzarzt.» Der junge Arzt lächelte mit dem Mund, aber seine Augen sahen traurig aus. Soupspoon fragte sich, wie jemand an einem Ort arbeiten konnte, an den sie täglich Tote schleppten.

«Sind Sie mit ihm verwandt?»

«Ich bin eine Freundin von, von seiner Tochter, Herr Doktor. Wir haben ihn erst gestern im Asyl gefunden. Sie hatten lange nicht mehr miteinander gesprochen, und sie wußte nicht, daß es ihm so schlecht ging. Sie mußte zur Arbeit, deshalb habe ich ihn hergebracht. Ist er sehr krank?»

«Na ja, er hat eine Halsentzündung und Fieber. Seine Drüsen sind in Ordnung. Aber die Hüfte muß geröntgt werden.» Der Arzt hielt einen Augenblick inne und sah Kiki eindringlich an.

«Ist seine Tochter krankenversichert?»

«Selbstverständlich. Sie arbeitet für die Stadt, die ganze Familie ist mitversichert.»

«Haben Sie ihre Karte dabei?»

«Nein, aber ich könnte sie besorgen. Ich kann sie morgen vorbeibringen.»

Der Arzt nahm einen Rezeptblock von einem Regalbrett und kritzelte etwas darauf, dann griff er nach einem weiteren Blatt Papier, auf das er eine kurze Notiz schrieb.

«Nehmen Sie das», sagte er und reichte ihr beide Blätter. «Und geben sie es in einer Apotheke ab. Bringen Sie ihn ins University Hospital. Vergewissern Sie sich, daß Sie seine Versicherungskarte dabeihaben. Das Krankenhaus nimmt ihn nur auf, wenn Sie beweisen können, daß er bezahlen kann.»

«Danke, Herr Doktor», sagte Kiki schleppend. «Wir bringen ihn morgen früh dorthin.»

«Er hat eine schlimme Halsentzündung», sagte der Arzt. «Warme Flüssigkeit, Gurgeln mit Salzlösung und viermal am Tag eine der verschriebenen Tabletten. Und», sagte er und nahm eine Handvoll Tablettenpackungen aus einer Schublade, «geben Sie ihm die hier, falls er Schmerzen hat.»

«Ja, Herr Doktor», sagte Kiki und nahm die Tabletten. Soupspoon fragte sich, warum der Arzt nicht mit ihm redete. Er war es doch, der krank war.

Draußen sang Kiki. Es war später Nachmittag. Sie machten an einem Lebensmittelladen halt und kauften Schokoladenplätzchen und Apfelsaft. Kiki sagte immer wieder: «Wir haben es geschafft. Wir haben es geschafft, Soupspoon Wise.»

5

Als Soupspoon in jener Nacht seine Decke nahm und sich auf der Couch ausstreckte, kam Kiki herüber und setzte sich neben ihn.

«Du mußt nicht hier drüben schlafen, Daddy. Im Bett ist immer noch Platz für dich.»

«Nein», sagte er mit schwacher Stimme. «Das ist nicht recht.»

«Mir macht es nichts aus. Und ich weiß nicht, ob die Couch nicht zu hart für deine Hüften ist.»

«Ein Mann sollte allein schlafen können, Mädchen.»

«Hast du Angst vor mir, Soupspoon?»

«So ist das nicht, Kiki. Ich weiß wirklich zu schätzen, was du getan hast. Aber ich hab Schmerzen und muß allein schlafen.»

«Bitte», sagte sie. «Bitte, komm zu mir ins Bett.»

«Warum?»

«Ich ... ich weiß es nicht. Ich glaube, ich bin bloß einsam.»

«Ich bin nicht dein Freund. Ich bin doppelt so alt wie du, älter. Und ich bin krank. Du kennst mich nicht mal.»

Kiki wedelte mit den Händen und zupfte an einem losen Faden im Saum ihrer Jeans. Soupspoon sah die Furcht in den Händen.

«Meine Hüfte tut weh, Honey», flüsterte er. «Ich muß allein schlafen. Aber wenn du dich fürchtest, kannst du rüberkommen und mich besuchen. Okay?

Wenn du Angst bekommst, bin ich ganz in deiner Nähe.»

Kiki lächelte wie ein Kind. «Okay. Aber vielleicht solltest du das Bett bekommen.»

«Nein, nein, nein, nein», war alles, was er zu dieser Idee zu sagen hatte.

Kiki sorgte dafür, daß er nach dem Essen seine Antibiotika nahm. Sie wusch ihn wieder und half ihm aufs Klo.

Kiki lag lange wach. Wie in fast jeder Nacht war sie kurz vor dem Einschlafen, und dann tauchte das Bild eines Mannes mit bleichen Lippen vor ihren Augen auf, und mit ihm der Geruch nach dem klammen Keller unter dem neuen Haus. Einen kurzen Moment lang war sie wieder ein Teenager – versuchte, ihren Rock unten zu halten, versuchte, die Übelkeit zurückzudrängen.

Sie wachte immer wieder auf. Immer wieder.

In manchen Nächten schlief sie überhaupt nicht; das waren die Nächte, in denen sie nichts trank. In jeder Nacht ihres Lebens war Kikis Vater in ihrem Bewußtsein, bis auf die Zeit im Krankenhaus, als Medikamente sie betäubten.

Jede Nacht dachte sie an ihn, jeden Morgen haßte sie ihn. Bis sie in jener Nacht in den Schlaf fiel, brauchte sie eine halbe Flasche Jack Daniel's.

Und als sie schließlich ankam, hatte sich die Reise nicht gelohnt.

Während der Nacht hatte sie Alpträume von einem aus schwarzem Stein gemeißelten Jungen, der ein schwarzes Messer bei sich hatte. Während der Junge sie verfolgte, konnte Kiki hören, wie sich Soupspoon im Schlaf herumwälzte und murmelte. Es war fast, als stöhnte er vor Mitgefühl mit ihren Ängsten, während der Junge aus Stein näher kam, näher kam ohne jede Gefühlsregung im kantigen Onyxgesicht, das Messer wie eine schwarze Flamme vor sich ausgestreckt. Er wog zehntausend Pfund und kam langsam voran, aber Kiki hatte solche Angst, daß sie sich kaum rühren konnte. Sie fiel hin und hatte Mühe, wieder auf die Beine zu kommen. Er kam einen Schritt näher, und sie fiel wieder hin. Und jedesmal, wenn sie hinfiel, kam es ihr vor, als ob Soupspoon ächzte oder laut sagte: «O Gott!»

Spät in der Nacht hörte sie einen schweren Aufprall und setzte sich im Bett auf, voller Angst, der Junge habe den ersten tödlichen Schritt in ihr Zimmer getan. Sie schaute zur Tür und sah, daß sie fest abgeschlossen war. Sie wartete auf ein weiteres Klopfen, aber es kam nicht. Sie spürte den schalen Nachgeschmack von Jack Daniel's in ihrer Kehle. Der Schlaf stahl sich wieder in ihre Augen, und sie sah von der Tür zu der leeren Couch.

Leer, dachte sie, während die Einsamkeit wie eine schwarze Woge über sie hinwegspülte. Leer. Leer?

Und dann fiel ihr Soupspoon wieder ein. Soupspoon mit seiner Stimme wie Schlangenzischen und einem dicken, schwarzen, hängenden Schwanz. Seine knochigen Schenkel. Sein säuerlicher Atem erfüllte das Zimmer mit dem Geruch, den Katherine Loll vor ihrem Tod bei ihnen zu Hause verströmt hatte. In dem guten Haus in der Knox Street, gebaut aus Zedern- und Kiefernholz, verstärkt mit eigens aus Georgia herangekarrten Backsteinen. In dem Haus mit zwei Magnolienbäumen im Vorgarten. Sie rochen lieblich und herb wie Zitrusfrüchte, und die schläfrigen Bienen summten so träge, daß Kiki draußen schlafen konnte, ohne sich ihretwegen Sorgen machen zu müssen. Der Duft der Magnolien überdeckte den Geruch nach Umschlägen und Katherines Atem.

Im Traum des kleinen Mädchens brüllte sein Vater, wieviel es koste, Katherine am Leben zu erhalten, und Momma, in ihrem hochgeschlossenen grauen Baumwollkleid, beruhigte ihn und flehte ihn an, still zu sein.

«Und wie, zum Teufel, soll ich das deiner Meinung nach bezahlen? Sie wird einfach sterben, und wie krieg ich dann mein Geld zurück?»

Irgendwo rang Katherine nach Luft. Daddy war es nie ernst damit, sie hinauszuwerfen, er wollte ihr nur das Gefühl geben, daß sie unerwünscht war. Er wollte nur, daß Momma bettelte, und hören, wie die alte Schachtel oben nach Atem rang.

Als der Traum vorbei war, konnte Kiki immer noch hören, wie Katherine atmete. Sie schlief noch, oder so gut wie, aber das Atmen ging weiter. Rauh und schmerzhaft mit einem schwachen Rasseln dahinter. Aber es war nicht Katherine.

Kiki machte die Augen wieder auf. Die Couch war leer. Im schwachen Licht von der Straße, das durch die Vorhänge aus imitierter Spitze fiel, sah sie aus wie eine trüb erleuchtete Bühne, auf der demnächst etwas gespielt werden sollte.

Kiki stand auf und ging zur Couch hinüber.

Der alte Mann auf dem Boden überraschte sie nicht.

Erst war sie sich nicht ganz sicher, wer er war. Die dunklen, schimmernden Augen und die noch dunklere Haut. Das stoßweise Atmen und der Geruch.

«Hingefallen», flüsterte er.

«Mußt du mal?»

Sie half ihm aufs Klo und hielt ihn von hinten fest, während er vor dem riesigen Becken stand. Sie standen minutenlang da. Soupspoon wankte und hielt seinen Penis fest. Er schaute hinunter in die angeschlagene braune Schüssel und wartete, bis das träge Geriesel anfing. Kiki sah die Tropfen zwischen seinen mageren Beinen. Als er fertig war, spürte sie, wie sein Körper bebte, als er sich schüttelte.

«Nimm zwei von denen, dann tut dir die Hüfte nicht mehr weh. Und morgen gehen wir zum Arzt.»

«Aber wie sollen wir das bezahlen?»

«Keine Bange. Ich weiß, wie ich das mache.»

Sie gab ihm Wasser zum Schlucken der Tabletten und half ihm zurück auf die Couch.

Danach schliefen sie beide.

Am Morgen schleppte sie den Rollstuhl nach unten und nahm dann mit Soupspoon Stufe für Stufe. Das Perocet dämpfte den Schmerz, und die Antibiotika verwandelten sein flüsterndes Hauchen in einen überraschend musikalischen Tenor. Sie fuhr mit ihm zum University Hospital und überließ ihn mit dem Schreiben von Dr. Mussar einer Krankenschwester von den Bahamas.

«Ich bringe die Karte heute nachmittag vorbei», sagte Kiki durch die Glasscheibe zu der Frau mit den langen Wimpern.

«Wir brauchen einen Versicherungsnachweis, ehe wir den Patienten aufnehmen können», sagte die Krankenschwester schlicht. Sie machte keine Anstalten, sie in den Wartebereich zu lassen.

«Ich kann Ihnen die Karte heute nachmittag vorbeibringen.» Kiki sah der Frau direkt in die großen Mandelaugen. «Er war die ganze Nacht lang auf und hat Schmerzen gehabt. Ich habe nur daran gedacht, ihn hierherzubringen. Dr. Mussar hat gesagt, es geht in Ordnung. Ich meine, ich arbeite, wissen Sie.»

Der Finger der Krankenschwester hielt über dem Messingknopf auf dem Tresen inne. In den langen roten Fingernagel war ein winziger Goldstern eingraviert.

«Na ja ...»

«Um Viertel vor sechs bin ich wieder da.»

Marshall & Pryde, ein Versicherungsunternehmen für Kranken-, Unfall- und Lebensversicherungen, verfügte über sieben Etagen am Broadway Nummer zwei. Den Eingang zum Gebäude krönte ein riesiges Mosaik, das Indianer und gelbhäutige spanische Soldaten zeigte, die unter einer flammenden scharlachroten Sonne an einem goldenen Strand aufeinanderstießen.

Der Aufzugbereich war mit einer dicken Samtkordel abgesperrt. Ein rotgesichtiger Wächter lehnte sich gegen ein Podest und starrte ins Leere. Von irgendwoher ertönte eine alte Big-Band-Melodie.

«Sie müssen sich eintragen, Miss», sagte er, als Kiki sich näherte. «Es ist nach neun.»

Das sagte er jeden Morgen zu ihr. Brian Coulane, der Personalchef, hatte diese Maßnahme vor über zwei Jahren eingeführt. Wenn die Angestellten das Gefühl hatten, überwacht zu werden, würden sie pünktlich zur Arbeit kommen. Alle Zuspätgekommenen mußten sich eintragen.

Sarah Fields, Coulanes Sekretärin, hatte Kiki und den anderen Frauen im siebenundzwanzigsten Stock erzählt, daß sie Ende der Woche die Belege bekam.

«Erstatten Sie Meldung?» hatte Brenda Jones gefragt.

«Nein, Honey, ich schmeiße sie einfach weg. In dem Büro hier gibt's soviel Scheißdreck, daß ich nicht noch mehr Ärger brauchen kann.»

Alle hatten gelacht, aber danach kam niemand mehr zu spät. Niemand außer Kiki.

Kiki war nur in einer Phase pünktlich zur Arbeit gekommen – als sie in Sheldon Meyers, ihren Chef, verknallt gewesen war. Sie war so zeitig gekommen, daß er an ihrem Schreibtisch Station machen und sie eine Weile miteinander reden konnten, ehe die Tagesarbeit anfing. Er hatte einen kleinen Bauchansatz, und sein Haaransatz ging zurück, aber sein Lächeln war freundlich, und er sagte nie etwas Mieses hinter dem Rücken anderer Leute.

Sheldon lehnte sich gegen ihren Schreibtisch und redete über alle Weltereignisse, über die er im Pendelbus von Jersey City zum World Trade Center in der *New York Times* gelesen hatte. Er sprach über Hungersnöte und Kriege und war dabei den Tränen nahe. Jedesmal, wenn Israel Vergeltungsmaßnahmen gegen die PLO ergriff und eines ihrer Lager im Jordanland bombardierte, zog Sheldon eine bittere Miene.

«Es ist eine Sünde, wenn Kinder sterben», sagte er, als hätte er den Auftrag zu dem Gemetzel gegeben.

«Fragen Sie sich nie, ob das alles real ist?» fragte Kiki einmal.

«Was haben Sie gesagt?» Sheldons Lippen waren üppig und faltig wie die etlicher schwarzer Männer, die sie gekannt hatte.

«Nichts. Ich meine, wir hören nie Bomben, sehen keine Million Verhungerter oder sonst etwas. Wir steigen einfach in den Bus oder in den Zug, kommen zur Arbeit und fahren nach Hause. Es ist irgendwie, als wären die Nachrichten auch bloß eine Art Fernsehshow. Etwas, das sich jemand ausgedacht hat.»

«Sie meinen», sagte er, «daß es mehr im Leben gibt. Daß ich etwas unternehmen müßte, wenn mir wirklich etwas daran liegen würde.»

Kiki ließ ihre Hand über den Schreibtisch bis zu Sheldons Schenkel wandern.

«Ich meine», sagte sie, «daß wir uns wegen dieser vielen Menschen schlecht fühlen, weil sie keine Chance haben, das Leben zu genießen. Man muß das Leben genießen.»

Sie saßen minutenlang da, berührten sich kaum, bis Sheldon schließlich in sein Büro ging.

Eines Morgens kam er jedoch zur Arbeit und erzählte Sarah (er hatte nicht einmal den Mut, es Kiki selbst zu sagen), er sei verlobt mit einer Frau, von der niemand aus dem Büro je etwas gehört hatte. Mit einer Jüdin, von der Sarah sagte, sie sei aus New Jersey, esse keine Schaltiere und müsse sich nach der Hochzeit das ganze Haar abschneiden lassen. Aber als Kiki ein Bild von ihr sah, mit ihrem ersten Kind, hatte sie nicht den Eindruck, sie trage eine Perücke.

Sie hieß Sury, aber Kiki fragte Sheldon immer: «Wie geht's Sorry?» Es verletzte ihn, das merkte sie, aber er war nicht der Typ von Mann, der etwas gesagt oder sie auch nur verbessert hätte. In Wahrheit war er ein Feigling, und Kiki schämte sich, weil sie ihn früher gemocht hatte und um halb neun ins Büro gekommen war, um ihm Kaffee zu bringen, den sie manchmal sogar aus eigener Tasche bezahlte.

Danach kam sie nie mehr früher als Viertel nach neun und manchmal erst um Viertel vor zehn. Sie trug knappe Geschäftskostüme, aber unter dem Jackett hatte sie manchmal eine Seidenbluse mit Spaghettiträgern an. Sie beugte sich über Sheldons Schreibtisch, damit ihm die Rundungen ihrer kleinen Brüste in dem Halbschalen-BH nicht entgehen konnten. Manchmal mußte der Feigling einfach aufschauen, und dann bekam er zu sehen, was er für die knochige Jüdin aufgegeben hatte.

Kiki hatte im Grunde nichts gegen Juden. Sie wußte, daß Sheldon ein Auge auf sie geworfen hatte, deswegen war er morgens immer vorbeigekommen. Er wollte sich amüsieren, aber wenn es ernst wurde, kehrte er in die Herde zurück. Mom und Dad war eine Christin nicht zuzumuten.

Also beugte sie sich vor und zeigte ihre Titten, ließ manchmal eine Brustwarze heraushängen. Sie kam nie wieder zeitig zur Arbeit.

Hinter Kikis Schreibtisch saß eine Frau. Eine Frau vom Umfang eines Kühlschranks. Ihr teigiges Gesicht war von Leberflecken übersät. Vor ihr standen ein Doughnut mit Gelee, eine Styroportasse mit Kaffee und ein Aschenbecher, in dem eine Zigarette brannte. Über die Löschunterlage waren Krümel, Asche und abgebrannte Streichhölzer verstreut.

Rawna McPherson. Die Teilzeitkraft hatte sogar ein Namensschild. Eine von diesen Tanten, die ihre gesamten Haustiere mitbrachte, wenn sie am Wochenende zu Besuch kam.

«Ja?» sagte der Kühlschrank.

Kiki sah die Frau nur an.

«Was kann ich für Sie tun?»

«Das hier ist mein Schreibtisch.»

«Wie bitte?»

«Wie bitte? Wie soll ich Ihrer Meinung nach diesen Scheißdreck auf meinem Schreibtisch entschuldigen?»

«Oh.» Die Hängebacken sackten nach unten, als Rawna McPherson den Kopf hob. Sie mußte drei Zentner wiegen. «Ach, Sie sind das. Sie sind entlassen worden, und ich bin als Ersatz für Sie eingestellt worden.»

Wie lange war es her? Sie war am Dienstag ins Krankenhaus eingeliefert worden, am Dienstag letzter Woche. Sie hatte an jenem Tag gearbeitet; am Abend war sie niedergestochen worden. Und heute war Donnerstag, also war es, war es ... Sheldon hatte ihr nicht geschrieben. Niemand war in die Wohnung gekommen ...

«Sie sollen in die Personalabteilung gehen. Dort liegt Ihr Scheck – hey!»

Kiki hatte Rawna und die Schweinerei auf ihrem Schreibtisch vergessen. Sie ging direkt zu der geschlossenen Tür hinter der Sekretärin. Rawna versuchte gar nicht erst, aus ihrem Stuhl hochzukommen. Sie wandte nur den Kopf und sagte: «Halt!», mit einer Stimme, die daran gewöhnt war, daß ihr gehorcht wurde.

Kiki riß die Bürotür auf und schlug sie hinter sich zu. Sheldon war gerade dabeigewesen, sich Augentropfen einzuträufeln; seine Tränendrüsen gaben nicht genug Flüssigkeit her. Er ließ das Fläschchen fallen und schielte durch die Tropfen hindurch.

«O Gott!»

«Was, zum Teufel, soll das heißen, daß Sie mich rausgeschmissen haben? Glauben Sie, ich bin bloß eine nichtsnutzige Teilzeitkraft, mit der Sie nicht mal reden müssen?»

Sheldon sah zu ihr auf. Seine Schultern waren so schmal, daß ihm kein Anzug von der Stange richtig paßte, aber niemand in seiner Familie hatte je einen Maßanzug besessen, außer für Beerdigungen und Hochzeiten.

«Ich warte. Für wen, zum Teufel, halten Sie sich überhaupt?»

«Mr. Meyers? Mr. Meyers!» kläffte Rawna durch die Gegensprechanlage.

Sogar der Schwächling Sheldon hatte etwas Stolz, etwas Rückgrat. Das bißchen setzte er jetzt ein und stand wacklig auf. Kiki bewunderte seinen Mumm, aber sie ärgerte sich immer noch darüber, daß sie ihm je etwas gezeigt hatte.

«Ihr, äh, Scheck ist … ist in der Personalabteilung, Miss … Waters. Solche Unordnung können wir hier nicht dulden …»

Plötzlich begriff Kiki. Sie merkte, daß andere im Büro ihm diese schreckliche Situation aufgezwungen hatten, diejenigen, die sich über ihn lustig machten. Vermutlich Marylin Walsh aus der Abteilung für Autoversicherungen. Sie machte sich ständig über Sheldon lustig, grinste immer dreckig und schnitt ihm das Wort ab, wenn er etwas zur Sache sagen wollte. Das war ihr Werk. Sie hatte den armen Sheldon in dieses stammelnde Wesen verwandelt.

Kiki hatte sich an jenem Morgen gut angezogen; sie trug einen weinroten Hosenanzug mit einer cremefarbenen Bluse und einer Kordelkrawatte. Als sie die Jacke aufknöpfte, sackte Sheldon in seinen Stuhl zurück.

«W-was?»

Sie sagte: «Ich bin niedergestochen worden. Ich war bewußtlos und im Krankenhaus, Mr. Meyers.» Sie riß die Bluse auf, verstreute überall imitierte Perlmuttknöpfe. Dann riß sie den Verband ab. Die schartige Linie der Einstichstellen reichte hinunter bis zum Becken, deshalb zog Kiki die Hose ein Stück nach unten. Sie trug zu Hosen niemals Slips, wenn sie nicht gerade ihre Periode hatte, daher war um ihren bleichen Daumen herum auch ein Streifen orangeroten Schamhaars zu sehen. Die genähten Schlitze warfen Falten, waren immer noch feucht vom Blut.

Sie hielt die Bluse hoch, die Hose unten, und Mr. Sheldon Meyers konnte den Blick nicht von ihr wenden. Er schluckte wie ein Trottel in einer schlechten Komödie, und seine wulstigen Lippen standen offen. Als Kiki merkte, daß sie gewonnen hatte, zog sie die Hose wieder hoch und stopfte die Blusenzipfel hinein. Sie knüpfte sich eben die Jacke zu, als Rawna McPherson polternd zur Tür hereinkam.

Sie war nicht nur dick, sie war groß und hatte speckige Arme und Beine. Starke Zellulitisnarben überzogen ihre Haut. Sie war überall dick, nur ihre Hände waren klein und zart. Wenn Kikis Mutter eine Frau wie die hier gemocht hätte, dann hätte sie gesagt: «Oh, Rawna, ja. Lieber Himmel, sie hat schöne Hände.»

Aber Kiki mochte sie nicht. Sie fragte sich, ob ihr regenbogenfarbenes Kleid womöglich aus einem Tischtuch geschneidert worden war. Und ihre Schminke übertünchte Aknenarben, die Kikis Verletzungen in den Schatten stellten.

«Mr. Meyers?» fragte Rawna. «Ist mit Ihnen alles in Ordnung?»

Sheldon schnappte nach Luft wie ein Fisch. Er machte große Augen und atmete durch den Mund.

«Ich habe Miss Waters gesagt, sie soll in die Personalabteilung gehen, aber sie ...»

«Das ist okay, Rawna.» Sheldon rückte sich die rote Chefkrawatte zurecht.

Rawna starrte auf einen Knopf auf dem Fußboden und sah zu Kiki, die ihre Jacke zurechtzog.

«Äh», äußerte Sheldon. «Kiki ist, äh, jetzt wieder hier. Sie, sie hat, äh, nun ja, es war ein Unfall. Sie bekommt ihren Schreibtisch zurück.»

«Was?» fragte Rawna.

«Keine Sorge, Rawna, wir behalten Sie. Es ist nur so, daß wir nichts davon gewußt haben, und jetzt, jetzt wissen wir es.»

In der ersten Stunde scheuerte Kiki ihren Schreibtisch. Essensreste zogen Kakerlaken und Ungeziefer an. Die

Wall Street war auf uralten Kellern voller Ratten erbaut. Einmal war eine Frau von einem Rudel Ratten angegriffen worden, die eine Sprengung aus ihrem unterirdischen Zuhause vertrieben hatte. Die Ratten stürzten sich auf die Frau, krochen unter ihr Kleid. Als sie im Notarztwagen abtransportiert worden war, schrie sie, und Blut lief ihr aus Bißwunden an den Wangen und den Lippen.

Brenda, Sarah und Rudolfo kamen, um zu hören, was passiert war.

«Als du nie ans Telefon gegangen bist, Mädchen», sagte Brenda zu Kiki, «haben wir geglaubt, daß du hier aufgehört hast. Du hast doch erst vor einer Woche nach einer neuen Stelle gesucht.»

«Ich würde nie hier aufhören, ohne es dir zu sagen, Honey. Unter Freunden ist das doch wohl so üblich.»

Als sie hörten, daß Kiki niedergestochen worden war, regten sich alle auf, wollten jede Einzelheit wissen. Aber wirklich zum Staunen brachte sie, als ihnen Kiki erzählte, wie sie ihre Stelle wiederbekommen hatte.

«Du hast dir wirklich die Bluse aufgerissen?» fragte Brenda und riß vor anzüglicher Verwunderung die Augen weit auf.

«Und meine Hose nach unten gezogen, damit er auch ein Stückchen Muschi zu sehen bekam.»

Rudolfo, der eigentlich Henry hieß, tanzte um Kikis Schreibtisch herum, als sie das sagte. Er warf die Beine hoch in die Luft wie eine Cheerleadermajorette und gurrte: «Oooooooo!»

«Wie konntest du das nur tun?» fragte die schlichte Sarah aus Great Kills. Sie liebte ihre Freundinnen, hielt sich aber für nicht so wild wie Kiki und Brenda. Sarahs Mann war Börsenmakler, und sie hatten zwei Kinder, die auf Staten Island in die Grundschule gingen.

«Er hätte mich rausgeschmissen, wenn ich ihm nicht irgend etwas gezeigt hätte. Und ich kann es mir im Augenblick nicht erlauben, meine Stelle zu verlieren. Ich habe Verpflichtungen, denen ich nachkommen muß.»

«Er wollte dich rausschmeißen?» rief Brenda so laut, daß es Sheldon in seinem Büro hören konnte. «Du könntest ihn verklagen. Ihn und die ganze Firma dazu.»

Um elf waren Kikis Freunde an ihre Arbeitsplätze auf der anderen Seite des Gebäudes zurückgegangen. Von dort aus hatten die Fenster einen Blick auf die Freiheitsstatue und Ellis Island.

Gegen Mittag war es, als wäre Kiki nie weggewesen. Sie suchte in der obersten Schreibtischschublade nach der Schachtel mit den einschneidigen Rasierklingen. Die Schachtel war immer noch da, ganz hinten. Sie nahm den gelben Passierschein von einem Haken an der Wand hinter ihrem Schreibtisch und fuhr mit dem Aufzug in den neunundzwanzigsten Stock, das Computerstockwerk. Der Aufzug führte in einen kleinen, eisigen Raum, wo sie eine große Schiebetür aus Glas und eine abgeschlossene beigefarbene Tür vor sich hatte. Durch die Glasscheibe sah Kiki einen rundlichen Asiaten, der durch einen Strohhalm aus einem großen Plastikbecher trank. Seine in Turnschuhen steckenden Füße lagen auf dem Tisch vor ihm. Seine Augen waren fast geschlossen. Er trug einen Wollpullover, geschmückt mit gelben und braunen Skifahrern, die aussahen, als wollten sie über seinen dicken Bauch nach unten wedeln.

«Hey, Kiki», sagte er.

«Hey, Motie.»

«Willst du reinkommen?»

Sie nickte, und Motie langte unter den Tisch. Ein Summer ertönte, und sie stieß die schwere Metalltür auf. Innen war die Luft noch kälter. Eine Klimaanlage, um die Geräte im Wert von Millionen Dollar kühl zu halten, die entweder von IBM geleast oder gekauft waren. Hinter Motie befand sich eine Reihe waschmaschinengroßer Kästen. Das waren die Diskettenlaufwerke. An eines mußte sie herankommen.

«Was willst du?» fragte Motie. Er war nicht aufgestanden. Wenn er immer noch Scotch aus dem Plastikbecher trank, war es für Kiki ein Wunder, daß er noch wach war.

«Ist Fez da?» fragte sie.

«Was willst du von diesem Roboter?» Moties Eltern waren Koreaner, aber er war auf den Straßen von Newark aufgewachsen. Er war ein Einheimischer; erzogen in der Motor City und seit der Kindheit an Whiskey gewöhnt.

Fez, der Hüne mit dem Schmerbauch und den weißen Schuhen, war ebenfalls aus Newark, stammte aber aus einem weißen Viertel der Stadt.

«Er muß was für mich erledigen.»

«Was?» Motie setzte sich halb im Stuhl auf.

«Das könnte ich doch auch machen.»

«Nein, Motie.» Sie mochte Motie, Bernard und DJ. Sie wollte nicht, daß einer von ihnen Ärger bekam.

Aber Fez … Fez hatte letztes Jahr bei der Weihnachtsfeier Abigail Greenspan im Lieferantenaufzug vergewaltigt. Alle waren betrunken, und Abby flirtete gern, aber Kiki hatte die blauen Flecken auf Abbys Haut gesehen, das geschundene Fleisch und die Bißspuren. Fez hatte ihr gesagt, sie solle mit ihm ins Lager kommen, und dann mit seinem Schlüssel den Aufzug angehalten. Er riß ihr die Kleider vom Leib und tat ihr weh, bis sie alles machte, was er wollte. Als er mit ihr fertig war, kamen sie zurück zur Party; Abby war weinend in Kikis Armen zusammengebrochen.

Kiki blieb drei Tage lang bei Abby, bis die junge Frau ihre Sachen packte und zurück nach Boston fuhr, nach Hause zu ihrem Vater und ihrer Stiefmutter.

Nach Abbys Vergewaltigung war Kiki einen Monat lang übel. Den ganzen Januar suchte sie nach einer neuen Stelle, aber nirgends wurde auch nur annähernd das Gehalt bezahlt, das sie als Chefsekretärin von Sheldon bei Marshall & Pryde bekam. Lange Zeit mied sie den Computerraum, und wenn sie hinmußte, ging sie Fez aus dem Weg.

Im Waschraum des Hausmeisters, in den Kiki Abby gebracht hatte, um ihr die Bißwunden an den Armen und Beinen auszuwaschen, weinte Abby: «Was soll ich nur machen, Kiki?»

Kiki antwortete: «Ich nehm dich mit in meine Wohnung, und sobald du fahren kannst, setz ich dich in einen Bus nach Hause.»

«Sollte ich nicht zur Polizei gehen?»

«Nein», sagte Kiki leise. «Lieber nicht. Es ist besser, wenn du von hier wegkommst. Du weißt, daß Fez verrückt ist; er wird irgendwas unternehmen. Glaub's mir, ich weiß es. Es ist besser, wenn du wegkommst.»

«Er ist in seinem Büro», sagte Motie. «Spielt vermutlich an sich rum.»

Alle in der Computerabteilung, die nicht weiß waren, haßten Fez. Hinter ihrem Rücken zog er pausenlos über sie her, oft so laut, daß sie es hörten. Aber während der Tagesschicht war er der große Boß, und er erlaubte alles mögliche. Im Computerraum wurde täglich um Geld gespielt, und im Diskettenarchiv gab es eine gut bestückte Bar. Wenn Fez einen nicht mochte, flog man. Niemand wollte sich mit ihm anlegen; er war kräftig und grob und hatte einen irren Ausdruck in den Augen, der nur zu deutlich sagte, daß er sich nicht davor fürchtete, zu weit zu gehen.

Alle hatten Angst vor Fez. Und er war der Chef der Computerabteilung. Kiki war auf ihrem Stockwerk die Computerexpertin. Sie hatte ihre Kenntnisse von den Programmierern. Sie gingen gemeinsam zum Mittagessen, rauchten Joints und tranken Bier. Sie mochte die Programmierer, weil sie nicht so hochnäsig waren wie die Männer und Frauen in der Versicherungsabteilung.

Daß Kiki bei Marshall & Pryde so gut bezahlt wurde, lag daran, daß sie sich mit Computern auskannte und mit den Programmierern gut auskam. Am Computer war sie doppelt so schnell wie alle anderen. Dennoch versuchte Kiki, alles Geschäftliche mit Fez telefonisch zu erledigen. Wenn sie in den Computerraum gehen mußte, sprach sie mit Motie oder einem seiner Freunde.

Kiki fürchtete sich so sehr vor Fez, daß sie manchmal lieber etwas unerledigt ließ, statt zu ihm zu gehen.

Doch das hatte sich im Krankenhaus geändert.

Sie hatte immer noch Angst, aber jetzt fragte sie sich, was Angst nützte. Abigail war außer sich gewesen vor Angst. Hatte das etwas geändert? Kiki war voller Angst. Das hatte ihren Vater nie an etwas gehindert, und diese Jungen hatte es auch nicht aufgehalten.

Jetzt, obwohl sie immer noch etwas verängstigt war, wollte Kiki Fez gegenübertreten.

«Ja?» rief er, als Kiki an die Glastür geklopft hatte. Sie schob die Tür auf und ging hinein.

Fez war ein Gentleman. Er erhob sich in seiner vollen Größe von einsneunzig und kam um den Schreibtisch herum, um sie zu begrüßen. Er trug dunkelgrüne Polyesterhosen, dazu weiße Schuhe und ein weißes Sportjackett. Er hätte das Jackett über dem Bauch nicht zuknöpfen können. Sein Hemd war eine enganliegende Haut aus orangefarbenem Satin. Er trug nie eine Krawatte. Niemand im Computerraum trug eine Krawatte. Sie waren stolz darauf, daß sie zum Personal im Hinterzimmer gehörten. Sie lachten über die Sachbearbeiter und Abteilungsleiter in den Stockwerken darunter.

Fez gab Kiki einen Kuß auf die Wange. Sie ließ den Kuß zu, als Teil der Transaktion. Sie konnte Old Spice riechen und sah, wo er sich beim Rasieren geschnitten hatte.

«Was kann ich für Sie tun, Schätzchen? Kiki, nicht wahr?»

«Mhm.»

«Setzen Sie sich.» Er leckte sich die Lippen. Kiki hatte Fez nie gemocht, auch nicht vor der Geschichte mit Abby, schon deshalb, weil er dünne Lippen hatte.

«Ich hab ein Problem, Fez ...»

«Dafür sind wir hier oben da.»

«Ich hab Mist gebaut.»

Fez' wachsame grüne Augen wirkten, als stünden sie unter Strom.

«In welcher Hinsicht?» fragte er.

«Ich hab ein paar Sonderkonten für Mr. Merwyn angezapft und es falsch gemacht.»

Fez lächelte und ging zu seinem Stuhl zurück. Er setzte sich vor das Terminal und sagte: «Legen Sie los.»

«Das muß ich selber machen, Fez.»

«Warum?»

«Weil ... weil Merwyn mir seine persönliche Geheimzahl gegeben hat und ich sie niemandem verraten darf.»

«Sie wollen also, daß ich Ihnen Zugang zum System verschaffe? Glauben Sie, ich spinne?»

Kiki nahm zwei Flaschen aus ihrer Einkaufstasche. Die erste war ein Dreiviertelliter Chivas Regal, die zweite ein Liter Courvoisier XO.

«Bitte», sagte sie.

Fez' Blick wurde gierig, womit sie gerechnet hatte.

«Okay», sagte er. Er stand auf und deutete auf seinen Stuhl.

Bevor Kiki saß, war Fez schon an der Tür und rief: «Roger! Schau mal, was wir fürs Lager gekriegt haben.»

Das Lager war die Bar, die am Bandarchiv entlang verlief. Man konnte den ganzen Tag lang ins Archiv gehen, sich Bänder und einen Pappbecher Whiskey holen. Niemand durfte in den Computerbereich bis auf die

Abteilungsleiter, und denen war es gleich, was sich abspielte, solange die komplizierten Computersysteme problemlos funktionierten.

Fez war kaum zur Tür hinaus, als Kiki die ersten Tasten drückte. F12 für Versicherungssysteme. Wieder F12 für Policenunterlagen. F7 für Datenzugang. Über den schwarzen Schirm zuckten knallgrüne Schriftzeichen. Kiki hielt einen Moment lang den Atem an und fragte sich, ob Fez in die Datenbank der Versicherung eingeloggt war. Falls nicht, würde der Schirm nicht funktionieren, und der Datenbankmanager würde an seinem Terminal im neunundzwanzigsten Stock alarmiert werden.

«Ja.» Fez war jetzt draußen. «Kiki hat das mitgebracht. Stimmt's, Schätzchen?»

Kiki sah vom Schirm auf. Falls das Programm sich gegen Fez' Einloggen sperrte, hätte das Terminal einen lauten Piepton von sich gegeben.

Kiki steckte die linke Hand in die Tasche und klemmte sich die Rasierklinge zwischen die Finger. Sie hätte ihm ein Auge ausstechen können. Eine kalte Freude lief über ihre Stirn und ließ sie erschauern.

«Stimmt.» Sie lächelte ihn an und den Blödmann Roger im braunen Anzug, der hinter ihm stand.

Kiki drückte die Taste F3, um einen neuen Eintrag einzuleiten. F2 für Krankenversicherung. Dieses Programm bot Zugang zu leeren Informationsspeichern für Versicherte an.

«Okay.» Fez tätschelte Roger die Schulter. Der Mann mit den Hängeschultern und der großen Nase stand an der Tür.

«Danke, Kiki!» rief er.

Kiki ließ die Rasierklinge los und zog ein Stück Notizpapier aus der Tasche. Sie holte tief Luft und tippte so schnell wie möglich auf die Tasten ein.

Atwater und Tanya Wise wohnten in der Carmine Street 784, Wohnung 430. Das war eine Briefkastenadresse, die Kiki unter dem Namen einer früheren Zimmergenossin unterhielt – Rachel Fraumeister. Sie benutzte die Briefkastenadresse, damit niemand wußte, wo sie sich aufhielt. Auf diese Weise konnte ihr Vater nie erfahren, wo sie zu erreichen war.

Atwater und Tanya hatten die erste Jahresrate vor einem halben Jahr an einen freiberuflichen Vertreter bezahlt, aber irgendwie waren die Unterlagen verschwunden. Doch jetzt wurden sie eingegeben, mit dem angemessenen Altersunterschied und allen Informationen, die sie erfinden konnte. Fez war hereingekommen und wollte Kiki über die Schulter sehen.

«Könnten Sie mir eine Zigarette aus meiner Tasche holen, Fez?»

GEBOREN: 12.1.1921; 30.7.1959

«Hier drin dürfen Sie nicht rauchen.»

«Kommen Sie schon, Fez. Wer wird das schon merken?»

AUSSTELLUNGSDATUM DER POLICE: 3.1.1987
VERSICHERUNGSHÖHE: 1000000 DOLLAR
ÜBERPRÜFUNGSSTATUS: VOLLSTÄNDIG
ABSENDEDATUM: *SOFORT*

«Wo sollen die Zigaretten denn sein?» sagte Fez.

«In der Seitentasche.»

ZUSTÄNDIGER SACHBEARBEITER: SHELDON MEYERS (ZUGANGSNUMMER ZENTRALE 617)

Kiki drückte auf die Eingabetaste, und eine Kette von Schriftzeichen, rot statt grün, tauchte oben auf dem Bildschirm auf. AJ3119–A22X.

«Was haben Sie da auf dem Schirm?» Fez war direkt neben ihr, langte nach der Tastatur.

«Bloß die Police, die ich erledigen mußte …» Kiki streckte die Hand aus – «Moment, lassen Sie mich das speichern» – und drückte die Taste F10 – übermitteln und abschicken. Sofort wurde der Schirm leer.

«O nein! O Scheiße!» schrie sie. «Mist! Jetzt hab ich's verpfuscht. Warum, zum Teufel, mußten Sie mich denn was fragen?»

Fez' Miene hellte sich auf. Er tätschelte Kiki die Schulter und sagte: «Ach, jammerschade, Schätzchen. Wissen Sie, ich brauch mehr als ne Flasche Schnaps, damit ich die Datenbank für ne Fälschung aufmache. Viel mehr.»

«Das haben Sie mit Absicht gemacht. Arschloch.»

AJ3119–A22X, AJ3119–A22X.

Sie stand auf und stieß seine Hand weg. «Sie würde ich nie um etwas bitten, und wenn meine Stelle davon abhinge.»

«Sie kommen schon wieder.» Fez lächelte und verschränkte die Hände auf dem Rücken. «Ich hab mich immer gefragt, ob Sie eine echte Rothaarige sind.»

AJ3119–A22X.

Kiki lief aus dem Büro. Sie rannte den Flur entlang zum Ausgang.

Motie saß immer noch auf seinem Stuhl, schluckte immer noch Scotch. «Kiki.»

«Motie, könntest du mir einen Gefallen tun?»

«Klar. Muß ich dazu aufstehen?»

«Ich brauch eine Police, die bald aus dem Drucker kommen müßte. Sie geht an null-sechs-siebzehn.»

Motie nahm einen Bleistift aus der Hosentasche. Er versuchte, damit auf der Schreibtischplatte herumzukritzeln, aber die Mine war abgebrochen. Mit seinem schmutzigen Daumennagel pulte er das Holz von der abgebrochenen Spitze, bis genug Blei zum Vorschein kam.

«Ja?»

«AJ3119–A22X», sagte Kiki und seufzte, während sie beobachtete, wie Motie die Nummer auf die Schreibtischplatte schrieb.

«Wann ist sie ausgestellt worden?»

«Weiß ich nicht. Mary hätte sie schicken sollen, während ich hier oben war.»

«Okay, ich ruf Phibbs an. Er bringt sie, sobald sie ausgedruckt ist. Willst du, daß sie erst noch überprüft wird?»

«Nein. Sie läuft über Mr. Meyers. Er soll sie dorthin bringen», sagte Kiki. «Es ist ein besonderer Fall, vielleicht brauch ich dich, damit du es ein paar Monate über ihn laufen läßt.»

«Das muß ich mit McMartin klären, Kiki. Sonderverfahren muß er genehmigen.»

«Komm schon, Motie. Sei nicht so. Ich hab das verpfuscht, der Vertreter hat sich beschwert. Wenn ich das nicht in Ordnung bringe, krieg ich Ärger. Gespeichert ist die Police schon. Du brauchst sie nur abzuholen, wenn ich anrufe. Wer soll schon merken, daß du es warst?»

Motie war ein guter Junge.

«Okay», sagte er. «Ich mach's.»

Im Aufzug nach unten drehte sich Kiki um sich selbst und rief: «In Ordnung!» Sie stellte sich Fez vor, schlug ihm mit der Faust in die Wampe und spürte, wie etwas in ihrer Wunde riß.

Am Nachmittag rief Kiki im Klinikzentrum an und gab Soupspoons neue Versicherungsdaten durch. Ehe der Tag zu Ende war, hatte sie Termine bei einem Orthopäden, einem Onkologen und einem Zahnarzt gemacht. Sie verließ das Büro zeitig und kaufte mit ihrer Kreditkarte eine Wolldecke und einen Beistelltisch für ihn.

Am Abend aßen sie geräucherte Schweinshaxen aus einem italienischen Imbißladen und Schokoladeneis mit Schokoflocken.

Soupspoon mußte drei Schmerztabletten nehmen, bevor sich der Schmerz endlich legte.

«Wovon soll ich denn die Ärzte bezahlen, zu denen du mich schickst, Mädchen?»

«Mit der Versicherungspolice, die du unterschrieben hast.»

«Ich hab keine Versicherung. Scheiße. Ich hab Glück, wenn die Stütze was zuschießt.»

«Aber es ist so, wie ich gesagt habe. Ich hab dort, wo ich arbeite, eine Versicherung abgeschlossen. Das ist besser als Stütze vom County, Honey. Lauter Sachen, die von der Regierung nicht bezahlt werden.»

«Aber wie hab ich einfach so ne Versicherung kriegen können?»

«Du hast sie einfach gekriegt», antwortete Kiki. «Und jetzt versuch, dich auszuruhen. Wir können später drüber reden.»

Soupspoon wußte, daß mit den Papieren, die sie ihm zum Unterschreiben gebracht hatte, etwas nicht stimmte, aber er war erschöpft. Deshalb dachte er wieder an den Blues. Deshalb lag er auf dem Sofa der zornigen jungen Frau. Er konnte es nicht ändern. Er ließ also zu, daß Kiki die Decke über ihn breitete, und schloß die Augen. Die Arznei hatte den Schmerz in seinem Bein aus Feuer in kalten Stein verwandelt. Wenn er sich in die richtige Lage brachte, spürte er den Schmerz kaum noch.

Er schlief nicht ein, aber er schloß die Augen und hörte, wie Kiki durch die Wohnung ging. Später hörte er ein Klopfen an der Tür und dann Geflüster.

«Sch! Er schläft», sagte Kiki.

«Wie lang bleibt der noch hier?» Es war der knochige Junge, Randy.

Die Bettfedern ächzten.

«Ich weiß es nicht. Bis es ihm bessergeht. Der Arzt hat gesagt, vielleicht ist er wirklich sehr krank.»

«Das heißt nicht, daß du dich um ihn kümmern mußt.»

«Und wenn du so krank wärst, daß du dir nicht mal den Hintern abwischen könntest? Sollte ich dich dann einfach auf der Straße liegen lassen?»

«Aber mich kennst du, Kiki.»

«Aber mal angenommen, ich wär nicht da?»

Danach war es eine Weile still. Soupspoon trieb in den Halbschlaf. Er hörte das nasse Schmatzen von Küssen und dann: «Mhm, nein, Honey. Du mußt gehen, Randy.»

«Komm schon, Kiki. Ich mach ja gar nichts. Ich will dich nur im Arm halten.»

«Ich bin noch nicht wieder voll auf der Höhe, Honey. Wart ab, bis es uns beiden bessergeht.»

Soupspoon hörte, wie die Tür auf- und zuging. Dann schien die Stille im Zimmer über ihm zu schweben. Er spürte das Kitzeln von Haut am Hals, einer Berührung nahe, und dann einen feuchten Kuß auf die Wange.

6

Inez hatte ihn nachts ebenfalls oft geküßt.

Sie kam in seine Ecke des großen Zimmers, wenn er eine Weile im Bett gelegen hatte. Erst strich sie an einem Stück Schmirgelpapier, das an der Wand klebte, ein Streichholz an. Dann paffte sie in kleinen Zügen an der Pfeife, bis Atwater den süßlichen Rauch ihres aromatisierten Tabaks riechen konnte.

Inez kam sehr nah heran, aber er ließ die Augen zu,

gab keinen Mucks von sich, weil kleine Jungen schlafen gehn, wenn die Sternlein am Himmel stehn – sonst haben sie nirgends was verloren. Doch er schlief nicht. Er lag hellwach in seinem Kinderbett, legte Inez herein, und deshalb hätte er am liebsten gelacht und getanzt. Aber während sie da war, durfte er keinen Laut von sich geben.

Inez beugte sich über ihn. Er konnte es spüren, wie man den Erntemond spüren konnte, wenn er über den baufälligen Hütten der Pflücker im Delta stand. Und wie dieser Mond brachte sie süße Gerüche mit und leichte Atemzüge, die seine Haut kitzelten. Das war vor mehr als sechzig Jahren.

Dem Jungen kribbelte es in den Händen und Füßen. Er hätte am liebsten laut aufgelacht und Inez mit einem Freudensprung überrascht, damit sie merkte, daß er sie hereinlegte. Er konnte sich kaum zurückhalten, aber falls er sich rührte, wäre Inez wütend geworden. Inez wurde wütend, wenn Kinder sich nicht beherrschen konnten. Sie war nicht wie Ruby. Ruby war rundlicher und dunkler und lächelte fast immer. Inez roch süßlich, aber Ruby roch nach Brot.

Ruby war nicht einmal wütend geworden, als Atwater mit einem Steinwurf das Buntglasfenster von Rubys Großmutter eingeschmissen hatte. Ruby geriet nie außer sich. Sie machte nur ganz große Augen und sagte: «Atwater! Was haben wir da nur schon wieder angestellt?» Und dann arbeiteten sie gemeinsam hart daran, das Chaos zu beseitigen, bevor Inez etwas merkte.

Doch es war Inez, die nachts nach Atwater sah, wenn die Spirituslampen heruntergedreht worden waren. Es war immer Inez. Und Atwater hatte immer Angst, er werde sich nicht beherrschen können und plötzlich doch einen Mucks von sich geben. Er wußte, wie böse Inez geworden wäre.

Aber genau dann, wenn er wußte, daß er nicht länger durchhalten konnte, nahm Inez einen tiefen Zug von ihrer Pfeife und blies eine süßliche Rauchwolke über ihn. Aus dem Ameisenkribbeln wurden lange, taufrische, kühle Grashalme zwischen seinen Fingern und Zehen. Der Mond wich dem blauen Himmel, und Atwater stieg auf und sank wie einer der großartigen Drachen, die Fitzhew für die windigen Herbsttage bastelte.

Atwater Wise fiel aus dem Himmel und schlug laufend auf dem Boden auf. Das gelbe Gras, durch das er lief, war brusthoch, und die Erde hatte hundert verschiedene Gerüche. Einmal lief Blut aus seinem Knöchel, den er sich an einem scharfen, im Moos des Millwater Pond versteckten Felsen angeschlagen hatte. Da waren die Hügel der Feuerameisen, die sich auf die Heuschrecken und die müden Libellen stürzen würden.

Kaltes Wasser war gut. Trägflüssiges, verschorfendes Blut war gut. Auch die orangefarbenen Sprenkel im glänzenden grünen Auge der Libelle waren gut.

Der Wind keuchte durch das starre gelbe Gras wie eine alte Frau. Dort versteckten sich alle möglichen Vögel, benannt nach ihren Farben, Größen und Eigenschaften. Sie sangen, trillerten und krächzten.

Der Teufel schickte Krähen, aber sie konnten ihn nicht fangen. Sie riefen in der Krähensprache seinen Namen, aber der kleine Junge lachte nur.

Seine Träume waren voller Farben, Gerüche und Musik. Dann, unter der Decke aus Inez' süßlichem Rauch, lief er und spielte, während sie sich zurücklehnte – zu alt, als daß sie noch Spaß am Leben gehabt hätte.

Und dann der Kuß. Warm und feucht. Inez küßte Atwater nur, wenn sie glaubte, daß er schlief. Das laute Ächzen eines Dielenbretts und das Zuschnappen der Tür sagten dem Jungen, daß Inez zu Ruby in das große Bett zurückgekehrt war. Er konnte die Augen aufmachen, aber jetzt war er zu müde, um sich zu rühren.

Der kleine Junge schlief ein, aber der alte Mann wachte auf. Er vergoß über ein halbes Jahrhundert aufgesparte Tränen um den Tod der armen Libelle. Der rote Vogel, die dicke graue Grasmücke – verschwunden. Soupspoon weinte Tränen um die großartigen Reiher und den Zug, der direkt durch die Stadt fuhr und die riesigen Baumwollballen zum Mississippi brachte.

Er erinnerte sich an die einäugige Katze, die ans Fenster gekommen war und nach Inez' Gottesanbeterin Ausschau gehalten hatte, wie der Tod auf der Suche nach der einen Seele, die hinter ein paar Bäume geschlüpft und übersehen worden war.

Soupspoon erinnerte sich an die Tage, die er mit seinen Freunden unten am Fluß verbracht hatte – beim Angeln, Flößen und Schwimmen zwischen den Katzenfischen und Karpfen.

Er erinnerte sich an die Baumwollfelder und die vielen Männer und Frauen, die sich von den Plantagenbaracken zur Arbeit schleppten. Noch ehe die Sonne aufging, waren von den Feldern her Gebrüll und Rufe zu hören. Aber am Ende des Tages hörte er Stille.

Ich bin so kaputt, daß ich gleich sterben könnte, sagte Job Hockfoot immer. Aber am Samstag um Mitternacht tanzte er wie ein Verrückter.

Damals besaß ein Schwarzer nicht viel, aber er hatte Ohren für Musik, die Hände und den Mund, sie zu machen. Waschbretter, Waschwannen und selbstgebaute Gitarren. Mundharmonikas aus dem Billigladen und Songs von ganz tief unten …

«Nein, Daddy!» rief Kiki. Ihre Stimme war klein und hilflos.

Soupspoon fragte sich, ob ihn ihr Alptraum geweckt habe.

Er setzte sich auf, um nachzuschauen. Sie hatte alle Decken vom Bett geschleudert. Ihr nackter Hintern ragte in die Luft, während sie sich über dem Kissen krümmte.

«Nein.»

Eine weiße Frau hält mir den knochigen Hintern hin wie einen reifen Pfirsich an einem niedrigen Ast. Es war niemand mehr da, dem er es hätte erzählen können. Niemand mehr, der verstanden hätte, wie seltsam das war, wie furchterregend. Niemand, der gelacht und gesagt hätte: «Und was hast du dann gemacht?»

Und dann bin ich gestorben, sagte Soupspoon zu sich. Es war niemand da, der ihn gehört hätte. Und wenn schon – na und?

Das war der Blues.

Er war elf Jahre alt, als er den Blues zum erstenmal hörte. Das war im Jahr 1932. Es war ein Samstag, und Atwater hatte bei einer Scheunenparty herumgelungert. Er konnte lange bleiben, weil Inez vergessen hatte, ihn nach Hause zu schicken.

Es war Phil Wortham, der auf einer selbstgebauten viersaitigen Gitarre spielte, während Tiny Hill die Quetschkommode bearbeitete. So etwas hatte Atwater noch nie gehört. Er spürte den Rhythmus in sich, und die Texte, die Texte waren wie die Gespräche, die täglich von Leuten geführt wurden, aber er hörte genauer hin und vernahm Dinge, die er noch nie gehört hatte.

Dir bricht das Herz, oder dein Brunnen versiegt. Dinge wie Kuchenteig auf dem Schüsselboden oder wie der Nebel, der am Sommermorgen über der Straße hing.

Atwater hätte zu der Musik am liebsten getanzt, deshalb wußte er, daß sie gut war.

Ein guter Freund des Jungen – ein älterer Mann namens Bannon – war erst vor einer Woche umgebracht worden. Atwater hatte keine Träne vergossen.

Im Delta starben Menschen; sie starben ständig. Atwater hatte nicht geweint, aber ein finsteres Gefühl hatte Besitz von ihm ergriffen. Er konnte es nicht benennen, bis er Phil und Tiny auf der Scheunenparty spielen hörte. Er hatte nicht gewußt, daß er die Schwermut, den Blues in sich hatte.

Diese Musik hatte ihn verändert. Von da an stieg er nachts, wenn Ruby und Inez zu Bett gegangen waren, aus dem Fenster und lief zum Milky Way.

Das Milky Way war ein baufälliger alter Hühnerstall,

der mit Teer angestrichen und mit gelben Farbklecksen gesprenkelt war, die Sterne darstellen sollten. Im Tageslicht war es ein schiefes, häßliches Gebäude. Aber nachts, wenn man durch Captaw Creek kam und um die alte Ulme herumbog, sah es verzaubert aus, wie eine Kapelle auf einem Berg.

Er war noch zu klein für eine Blueskaschemme, aber an seinem Geburtstag wollte er unbedingt hin.

Und deshalb erzählte Atwater an einem Sommerabend, als die Sonne noch schien, er und Petey Simms wollten am Bach Netze für Flußkrebse auslegen. Aber tatsächlich hatten sie vor, den Vierteldollar, den Fitzhew Atwater zum Geburtstag geschenkt hatte, für zwei Glas Whiskey bei Oja, dem gnomenhaften Inhaber des Milky Way, auszugeben.

Petey schaffte es bis zu der alten Ulme – dort blieb er stehen und gaffte, während Atwater weiterging.

«Was haste denn, Petey Simms?» fragte Atwater, als er sich umdrehte und feststellte, daß er allein war.

Petey schüttelte nur den Kopf. Er war ein Junge mit langem Hals und schwerlidrigen Augen, den alle bis auf Atwater Turtle nannten – die Schildkröte.

Atwater folgte Peteys Blick zu zwei Frauen, die vor der Kneipe standen. Sie waren üppige Frauen in lose sitzenden Kleidern, die in der Brise wehten, manchmal nach oben flogen und ihre Beine entblößten. Sie hatten sehr kräftige Beine. Petey sah diese Frauen an (vor allem, wie Atwater wußte, die Beine) und schüttelte den Kopf.

Auch Atwater hatte Angst, aber er meinte, sie seien in Sicherheit, solange sie zusammenblieben.

«Komm schon», sagte er. «Die werden dich nicht gleich beißen.»

Er sagte es laut, um seinen Freund zu beschämen, rechnete aber nicht damit, daß die Frauen es hörten.

«Hey, du!» rief eine.

Petey ergriff die Flucht wie ein verängstigter Hase. Husch! Fort war er.

«Hey, Junge!» rief die Stimme wieder. «Du!»

Eine der beiden kam auf ihn zu. Im Gehen schaukelten ihre Schenkel. Sie winkte ihm herzukommen, während ihre Freundin vor der Kneipe stehenblieb, die Hand über die Augen gelegt, damit sie besser sah.

«Ich?»

«Komm her!» rief die Frau – nicht übertrieben freundlich. Sie war groß und vollbusig und trug ihr Haar straff zurückgekämmt. «Komm her!»

Atwaters nackte Füße gehorchten, aber er wollte nicht dort hinübergehen.

«Beeil dich, Junge! Ich hab nicht die ganze Nacht lang Zeit!» Die üppige Frau lächelte und stemmte eine fleischige Faust in die Hüfte.

«Ja, Ma'am?» sagte Atwater, als er vor der Frau stand.

«Elma», sagte sie. Ihr Lächeln zeigte, daß ihr ein Vorderzahn fehlte. Ein zweiter war abgebrochen. «Ich heiße Elma Ponce. Und wie heißt du?»

«A-A-Atty ...»

«A-A-Atty», verspottete Elma den armen Jungen. «Was haste hier verloren, A-A-Atty? Weiß deine Momma, daß du hier bist?»

«Elma, was soll dieser Quatsch mit dem Kleinen?» Die zweite Frau war zu ihnen gekommen.

Damals wirkten sie wie Frauen, aber jetzt, auf Kikis Couch, hatte Soupspoon sie als Teenager in Erinnerung. Sie waren etwa achtzehn gewesen, aber für Atty Wise waren sie Frauen. Sie trugen Kleider im selben losen Schnitt. Elmas Kleid war blau, das ihrer Freundin ein verwaschenes Orange.

«Is ja bloß ein Spielchen, Theresa.» Elma packte Atwater am Arm. «Was haste hier verloren, Atty?» Der liebevolle Ton ihrer Stimme entging ihm nicht.

«Mein Geburtstag», flüsterte er.

«Was? Sprich lauter.»

«Ich hab heut Geburtstag.»

Elma bleckte wieder die schadhaften Zähne. «Du hast Geburtstag? Und bist zum Milky Way gekommen, um nen Kuß zu kriegen?»

«N-nein ...», sagte Atwater. Er spürte, daß er zitterte, konnte aber nichts daran ändern.

«Du machst dem armen Jungen angst, Elma.» Theresa lachte. «Laß ihn in Ruhe.»

«Ich bin hergekommen, weil ich an meinem Geburtstag was trinken will», sagte Atwater. Er sprach schnell, damit Elma nicht wütend wurde. «Ich bin hergekommen, weil ich für meinen Vierteldollar zum Geburtstag was trinken will.»

«Du hast nen Vierteldollar?» fragte Theresa.

«Mhm. Ja, Ma'am.»

Elma, die Atwater immer noch am Arm hielt, zog den Jungen zum Eingang des Milky Way. «Komm mit», war alles, was sie sagte.

Mitten auf die dunkelblaue Eingangstür war ein verschmierter gelber Kreis gemalt. Der Kreis sollte den Mond darstellen.

Elma stieß die Tür auf und zerrte Atty hinter sich her. Als Nachhut folgte Theresa, die den Jungen an der Hose festhielt.

Elma ging an den Tresen und rief: «Oja! Reich ne Halbliterflasche rüber!» Sie zeigte durch den finsteren Raum auf eine Reihe behelfsmäßig zusammengezimmerter Nischen auf der anderen Seite.

«Den Teufel werd ich tun», erwiderte der kleine, dicke Oja. Er stieg auf einen Hocker, um Elma ins Gesicht zu sehen. «Wo willste denn Geld für nen halben Liter aufgetrieben haben? Vor zehn Minuten haste ja noch nicht mal n Bier bezahlen können.»

Theresa zwickte Atty in den Hintern und kicherte ihm ins Ohr.

Er war dankbar für ihre Nähe, denn innen erschreckte ihn das Milky Way zu Tode. Der Boden war schwarz und klebrig, übersät mit zertretenen Erdnußschalen. Es roch nach Schweiß und abgestandenem Bier. Die Decke war schief und niedrig; an manchen Stellen hätte ein ausgewachsener Mann nicht aufrecht stehen können.

Und es war heiß.

«Ich kann nicht zahlen», brüllte Elma. «Aber mein Freund hier kann's.»

Elma riß Atty am Arm und zerrte ihn zu sich.

«Na? Zahl den Mann, Atty», sagte sie. «Du willst doch auf deinen Geburtstag anstoßen, oder?»

Atwater nahm den Vierteldollar aus der Tasche und reichte ihn ihr.

«Nicht mir. Gib ihn dem Barmann und sag ihm, was du willst. So macht das ein Mann.»

Oja hatte ein breiiges Gesicht, aus dem zwischen aufgeplatzten Lippen eine lange Zigarre heraushing. Für die Arbeit auf den Baumwollfeldern war er zu klein, deshalb hatte er sich selbständig gemacht.

«Na?» fragte der Barmann.

Atty drückte seinen Vierteldollar in die fleischige kleine Hand.

«Deine Tanten wissen, daß du hier bist, Junge?» fragte Oja, sobald er die Münze eingesteckt hatte.

«Ja, Sir.»

«Biste sicher?» Oja konnte einen Trick mit den Augen. Er riß eines ganz weit auf und kniff das andere zusammen, bis es nur noch ein schimmernder Schlitz war.

«Schieb das Auge wieder in den Kopf zurück, Nigger», warnte Elma. «Er hat dir gesagt, daß sie's wissen, und sein Geld hat er dir auch gegeben. Rück endlich mit der Flasche raus. Voll mit dem dunkelbraunen Zeug.»

Als sie den Whiskey und den Blechbecher in Empfang genommen hatten, schob Elma Atty vor sich her, bis sie ihn zwischen sich und der Wand in der Nische eingeklemmt hatte. Theresa setzte sich auf die andere Seite und hielt über den Tisch weg seine Hand. Nach dem ersten Probeschluck lehnte sich Elma an Atty, rieb ihm die Brust und hielt ihm den Becher an die Lippen.

«Trink, Atty. Das ist das einzig Wahre. Trink noch nen Schluck mehr, Baby. Das macht einen Mann aus dir.»

Seine Zunge und seine Kehle brannten. Die Dünste

des selbstgebrannten Gebräus brachten seine Augen zum Wässern und raubten ihm den Atem. Aber am stärksten spürte Atty, daß Elma an seiner Brust herumrieb und ihn zwickte.

«Heut nacht lassen wir dir da n paar Haare wachsen», flüsterte sie.

Theresas Lächeln leuchtete hell auf ihrer schwarzen Haut.

Sie alle tranken. Atwater hielt den Atem an, während er beobachtete, wie der Becher von Theresas Lippen zu Elmas Mund und dann zu ihm wanderte. Sie befingerten ihn überall, und durch den Schnaps lachten sie immer lauter.

Elma lag fast auf ihm. Sie ließ ihren Arm in seinem Schoß ruhen.

«Ich glaub, A-A-Atty mag mich, Theresa», sagte sie.

Theresa langte über den Tisch und faßte ihn am Nacken. Sie zerrte an ihm, bis sie sich über den Tisch hinweg küßten.

«Laß lieber die Pfoten von ihm, du Luder», sagte Elma in einem ernsten Ton. «Ich hab ihn gefunden. Heut abend gehört er mir.»

Wenn sie sich nicht stritten oder an Atty herumfummelten, redeten die Frauen dummes Zeug. Atty erfuhr, daß sie in Peale's Slope wohnten, einer kleinen Slumvorstadt, wo die meisten Schwarzen unter Verschlägen ohne Wände schliefen oder bei gutem Wetter draußen auf dem Boden. Elma wohnte dort bei ihrem Onkel in einem kleinen Blockhaus. Theresa war bei ihnen eingezogen, als ihr Freund sie verlassen hatte.

Atwater wollte alles über die beiden Frauen wissen.

Er hätte jedes Wort, das sie sagten, wiederholen können, aber er verstand nicht alles. Noch Jahre nach diesem Abend erinnerte er sich an Dinge, die sie gesagt hatten, und plötzlich, durch irgendein Ereignis, begriff er, was sie gemeint hatten.

Später kamen mehr und mehr Leute in die Bar. Es wurde lauter und verrauchter, aber Atwater fiel das kaum auf. Theresa und Elma reichten ihm. Wenn Elma sich nahe zu ihm beugte, sah er zwischen ihren Brüsten nach unten, und sie bedachte ihn mit ihrem kaputten Lächeln und sagte: «Atty? Was kuckste dir da an?»

«Wie geht's den Damen?» Ein schlanker Mann glitt neben Theresa auf die Bank, sah aber Elma in die Augen.

«Wen fragste?» erwiderte Elma. Sie nahm Attys Hand und hielt sie fest.

«Dich, Baby. Mit wem soll ich denn sonst reden?»

«Ich weiß bloß eins, Nigger, du hättest schon vor neun Tagen hier sein sollen.»

«Nigger?» Der Mann hatte ein Kindergesicht, aber wenn er lächelte, sah er bösartig aus. Bei diesem Lächeln wurde der Griff von Elmas Hand fester, und Atwaters Herz raste.

«Weiß nicht, was es da zu lächeln gibt. Atty hat mich auf einen Drink eingeladen, deshalb ist er heut abend mein Freund.» Aus Elmas Stimme war alles Spielerische gewichen.

Das hübsche junge Gesicht wandte sich Atty zu. Er lächelte wieder, ohne die Zähne zu zeigen.

«Cody, was haste hier verloren?» fragte Theresa.

«Hab doch gesagt, daß ich komm», sagte er.

«Das ist über ne Woche her.»

«Hab was erledigen müssen, Frau. Bin so schnell wie möglich hergekommen.»

«Was haste erledigen müssen?» fragte Elma.

«Seh nicht ein, was dich das angeht. Hast dir ja schon nen anderen Freund zugelegt.» Cody lächelte, langte nach unten und holte eine volle Literflasche Old-Crow-Whiskey aus seinem Overall. «Hab mich damit eigentlich entschuldigen wollen, aber ich werd wohl ne neue Freundin suchen müssen. Biste immer noch mit John zusammen, Theresa?»

Die Schwarze öffnete den Mund und schüttelte den Kopf.

«Theresa!» rief Elma.

«Ich hab doch gar nix gemacht!» schrie Theresa. Sie leckte sich die Lippen und wich Codys lächelnden Augen aus. «Er hat bloß gefragt, und ich hab's ihm gesagt.»

«Direkt unter meiner Nase baust du keinen Scheiß», sagte Elma. Sie quetschte Atwaters Hand.

«Kommt schon, Mädchen», sagte Cody. «Wir wollen uns doch nicht streiten. Der Whiskey hier reicht für alle. Stimmt's, Atty?»

«I-ich glaub, ich hab genug», antwortete der Junge. Im Raum war es heiß, aber seine Stirn fühlte sich eisig an. «Ich muß … ich muß nach Hause.»

Cody langte wieder in eine Hosentasche und brachte ein langes, selbstgeschmiedetes Messer zum Vorschein. Die Klinge war schwarz und schartig, aber Atwater sah, wie scharf sie war. Das Heft bestand aus wattiertem Kork, eng umwickelt mit grüner Angelschnur.

Cody legte das Messer neben die Flasche und sagte:

«Mann, du willst doch nicht etwa meine Gastfreundschaft ablehnen?»

«Cody ...»

«Halt's Maul, Theresa. Hat dich jemand was gefragt? Wenn der hier Manns genug ist, mir die Frau zu klauen, dann ist er auch Manns genug, mit mir zu trinken.»

Elma saß stocksteif da. Sie ließ Attys Hand los. Das war der furchterregendste Augenblick für Atwater. Wenn Elma Angst hatte, dann hatte er keine Chance.

«Ich trink mit», sagte Atty.

Cody lächelte weiter, goß den Blechbecher voll bis zum Rand und schob ihn dann vor Atwater.

«Cody, so viel kann er nicht trinken», sagte Theresa. «Er ist noch kein Mann.»

Cody hob die Hand, und Theresa zuckte so heftig zurück, daß sie mit dem Kopf gegen die Wand stieß.

Atwater griff nach dem Becher und nahm den ersten Schluck. Über fünfzig Jahre waren vergangen, und er staunte immer noch, daß er die Kraft gehabt hatte, so viel zu trinken.

Cody legte dem Jungen einen Finger an die Kehle, um sich zu vergewissern, daß er schluckte.

Als Atty den Becher schließlich absetzte, lächelte Cody und sagte: «Das ist nur die Hälfte.»

Der Raum veränderte sich, nachdem Atwater getrunken hatte. Er hörte vor allem Lärm, vermischt mit Gesprächsfetzen, die ungewohnt deutlich an seine Ohren drangen; die Farben wurden kräftiger, und an den Wänden sah er wirklich Sterne.

Elma sagte etwas, aber er bekam es nicht mit.

«Siehste?» Elma zeigte auf ihn. «Jetzt haste es geschafft, daß dem Jungen schlecht ist.»

Sie bewegte sich schnell von der Bank weg, um Atwater hinauszulassen. Er rutschte problemlos hinüber, aber das Aufstehen war eine ganz neue Erfahrung. Ein Bein gab nach, dann das zweite. Er schlug mit dem Kinn gegen den Tisch, aber das Gefühl war eher angenehm als schmerzhaft. Cody fing ihn auf, kurz bevor er zu Boden gegangen wäre.

Das bösartige Kindergesicht kam nah an seines heran und sagte: «Du gehst raus, machst dein Geschäft, dann kommste wieder, hörste?»

Der Junge dachte daran zu nicken – vielleicht tat er es auch.

«Denn wenn du nicht in zwei Minuten wieder da bist, dann komm ich raus und schlitz dich übel auf.»

Dann stieß Cody ihn Richtung Tür. Er ging wie auf Eiern; er prallte von einem Körper ab und stieß mit dem nächsten zusammen. Es war wie ein spielerischer Kindertanz, bei dem alle lachten und drängelten. Ihm machte das Herumgealbere jedoch nichts aus, denn selbst in dem kleinen Raum war er zu betrunken, die Tür allein zu finden.

Da war wieder der Mond. Etwa drei Viertel voll. Eine Pupille, die in einem riesigen schwarzen Auge trieb. Die Nachtwolken waren die Schultern dieses Zyklopen. Die Luft war kühl und gut zum Durchatmen, nicht wie der Höllendunst im Milky Way.

Während Atwater sich erleichterte, lachte er, weil es ein so gutes Gefühl war. Dann setzte er sich in Gang.

Die Blätter knackten, der Bach klang wie Kinderglöckchen. Jeder Schritt war ein Trommelschlag.

Er hatte sich verlaufen, aber das spielte keine Rolle. Er führte ein langes Gespräch mit seinem ermordeten Freund und verabschiedete sich von ihm.

Er zerkratzte sich im Unterholz und fiel schließlich kopfüber in den kalten Bach. Das Wasser ernüchterte ihn einen Augenblick lang, und er setzte sich auf einen großen Stein und fragte sich, wo er war.

Einmal hörte er, wie jemand seinen Namen rief. Erst glaubte er, es sei Inez auf der Suche nach ihm. Fast hätte er gerufen, aber dann fürchtete er, es könne Cody sein. Deshalb blieb er still und stellte sich tot.

Am nächsten Morgen wachte er in Alyce Griggs' Scheune auf, etwa fünfhundert Meter von seinem Zuhause entfernt. Eine weiße Henne gackerte und hüpfte um seine Füße herum.

«Was hast du hier drin verloren, Junge?»

Als Atwater den Blick hob, spürte er einen stechenden Schmerz im Kopf und am Kinn.

«Entschuldigung, Miss Griggs», sagte er zu der ältlichen Weißen. «Ich hab mich im Milky Way betrunken und bin hier in Ihrer Scheune gelandet.»

«Das ist der Teufel in dir, Atty», warnte die hagere Weiße. «Das weißt du, stimmt's?»

«Ja, Ma'am», sagte er und meinte es ernst.

«Geh jetzt. Ich hoffe, Inez versohlt dich gründlich.»

Er bekam nie Schläge wegen jener Nacht. Als Atwater zur Tür hereinkam, wankte er vor Fieber. Von der Auskühlung und dem Whiskey war er krank geworden. Drei Wochen lang wechselten sich Ruby und Inez bei seiner Pflege ab, legten ihm feuchte Handtücher auf die Stirn und flößten ihm ein ekelhaftes Hausmittel nach dem anderen ein.

Seine Lungen füllten sich mit Wasser. Er würgte und hustete und nahm schließlich hin, daß er sterben würde. Er verabschiedete sich so tapfer von Ruby und Inez, daß sogar Inez mit der steinernen Miene weinte.

Als Atwater das Bett wieder verließ, wußte er, daß er ein Mann war.

«Daddy?» Kiki setzte sich im Bett auf.

«Alles in Ordnung mit dir?» fragte Soupspoon.

Sie war nackt, als sie zur Couch herüberkam. Sie setzte sich mit gespreizten Beinen vor ihn und streckte die Hände aus, damit er sie hielt.

Es ging ihr nicht um Sex. Sie war ein verängstigtes kleines Mädchen, nicht älter als Atty im Milky Way, streckte die Hände aus, um gerettet zu werden.

«Was stimmt denn nicht?»

«Ich weiß es nicht. Ich habe Angst», sagte sie. «Ich habe Angst … vor …»

«Vor was?»

Kiki erzählte ihm von ihren Träumen von dem Jungen aus Stein, der ihr mit dem Messer auflauerte.

«Das ist okay, Schätzchen», sagte Soupspoon, als sie fertig war. «Hier kommt er nicht rein.»

«Das ist nicht alles», sagte sie und wich seinem Blick aus.

«Was ist denn sonst noch?»

«Ich kann's dir noch nicht sagen. Ich ... ich muß warten.»

«Okay», sagte er und versuchte, ihren Blick einzufangen, ohne ihre orangefarbene Scham mit den Augen zu verschlingen. «Ich bin hier, wenn du soweit bist.»

«Was hast du denn?» fragte Kiki. «Warum schaust du von mir weg?»

«Ich weiß es nicht. Es ist einfach, weil du ein nettes Mädchen bist. Du solltest vor einem alten Mann wie mir deine Blöße bedecken.»

«Bist du schüchtern?» Sie grinste, während sie seinen Blick suchte.

«Nein, ich bin nicht schüchtern. Ich hab alles gesehen. Aber ich mag dich und hab das Gefühl, daß ich nicht auf dumme Gedanken kommen will.»

Als er das sagte, wurde Kikis Gesicht weich. Ihre Augen verwandelten sich in vollkommene Kreise, und auf den Wimpern bildeten sich Tränen. Sie beugte sich vor, als wollte sie Soupspoon umarmen, doch dann stand sie auf, ging zum Bett und stöberte auf dem Fußboden herum. Sie trieb einen lumpigen braunen Bademantel auf und wickelte sich hinein.

Sie streckte die Arme aus, als sie zur Couch zurückkam.

«Darf ich Sie umarmen, Mr. Wise?»

«Klar.»

«Ich laß nicht zu, daß dir etwas zustößt», flüsterte sie während der Umarmung.

Soupspoon dachte an den kleinen Atty, der über Steine, weiß wie Totenschädel, durch die Wildnis wanderte.

7

Die Untersuchungen zeigen, daß die Tumore in Ihrem Becken und in der Lunge bösartig sind», sagte die Ärztin.

Soupspoon war wegen der armen Frau übel zumute. Sie mußte sich um drei kleine Kinder und ihren Ehemann kümmern, und der Kummer, den er ihr bereitete, war nichts für junge Mütter. Babys konnten den Kummer in der Muttermilch schmecken; hörten es daran, wie die Mütter sprachen.

«Das ist okay, Honey», sagte er. Er streckte die Hand nach ihrer aus. Erst zuckte die junge Ärztin leicht zurück, doch dann entspannte sie sich.

«Machen Sie sich keine Sorgen um einen alten Mann wie mich, Schätzchen. Ich hab schon fast siebzig Jahre auf dieser Welt hinter mir. Ich hab mehr gesehen als die meisten Präsidenten und Könige. Machen Sie sich lieber Sorgen um Ihre Kinder.»

Dr. MacDuff wollte etwas sagen, aber die Worte blieben ihr im Hals stecken, und ihre weißen Wangen liefen rosa an.

«Ich ...», stammelte sie.

Soupspoon dachte, sie hätte sich vielleicht besser gefühlt, wenn er hätte weinen können.

«Sie sind so lieb zu mir, und ich müßte eigentlich Sie trösten», sagte sie. «Ist Tanya bald hier?»

«Ja, sie kommt. Aber lassen Sie lieber mich über das hier mit ihr sprechen. Wissen Sie, Kiki explodiert schnell.»

«Kiki?»

«Das, äh, das ist mein Spitzname für sie. Kiki.»

Soupspoon saß auf einem langen Papierbogen, den die Ärztin auf der Untersuchungsliege für ihn ausgebreitet hatte. Er trug lediglich seine nicht zugeknöpfte Hose. Dr. MacDuff saß auf einem niedrigen Stuhl. Ihr langes schwarzes Haar reichte bis zur Taille, und ihre auf Soupspoon gerichteten Augen waren fast schwarz.

«Sie sollten sich einer Strahlenbehandlung unterziehen, Mr. Wise. Das wird im Cooney-Institut in Washington Heights gemacht. Es ist teuer, aber ich glaube, das ist das Beste für Sie.»

«Ja, aber wissen Sie, ich hab nicht mal zehn Cent, und so viel verdient Tanya nun auch wieder nicht.»

«Die Versicherung kommt dafür auf.»

«Ich begreife nicht, warum Sie sich überhaupt die Mühe machen wollen. Die können gegen Krebs doch nichts tun.»

Die junge Frau stand auf und warf das Haar zurück. Sie setzte sich neben Soupspoon und schlug einen dunklen Aktendeckel auf, der gespenstische Röntgenaufnahmen seiner Knochen enthielt. Soupspoon hatte die Bilder bereits von weitem gesehen, als Dr. MacDuff sie den anderen Ärzten auf ihrer Station gezeigt hatte.

«Sehen Sie, daher rühren die Schmerzen in Ihrer Hüfte.» Sie zeigte auf einen dunklen Bereich oberhalb der Stelle, die er für sein Hüftgelenk hielt. «Im Knochen wächst ein Tumor. Haben die Schmerzmittel gewirkt?»

«Na ja, wenigstens kann ich nachts durchschlafen und ein bißchen gehen.»

«Die zweite Aufnahme zeigt Ihre Lunge. Da ist nur ein ganz winziger Tumor. Der macht uns noch keine Sorgen, weil er so klein ist und Sie dort noch keine Symptome aufweisen.»

Soupspoon sah ihren Ellbogen an, der beim Zeigen auf seinem Arm lag.

Eine Ärztin. Eine weiße Ärztin, die ihn behandelte, seinen Arm mit ihrem berührte.

«Die Strahlenbehandlung hat einen hohen Erfolgsfaktor. In Fällen wie diesem liegt er bei siebzig Prozent. Ich bin optimistisch», sagte sie. «Aber Sie müssen vorsichtig sein. Ich gebe Ihnen ein Rezept, weil Sie schon jetzt einen hohen Blutdruck haben und die Behandlung ihn verschlechtern könnte.»

«Was hat denn der Blutdruck damit zu tun?»

«Eine Menge. Er könnte zum Herzinfarkt führen, zu einem Schlaganfall.»

«Meinem Herz fehlt nichts.» Soupspoon trommelte sich gegen die Brust wie ein einhändiger Tarzan. «Wo ich gewesen bin, braucht man ein gutes Herz.»

Kiki füllte die Formulare aus und begleitete ihn in den ersten fünf Tagen im Zug zur Klinik. Sie sah zu, als die kleinen schwarzen Punkte eintätowiert wurden, auf die die Strahlen gerichtet werden sollten. Sie wartete auf der anderen Seite des Bleischutzes, während er flach auf einem Tisch in dem großen grünen Raum lag und ein riesiger Roboterarm Radiumstrahlen in seine gebrechlichen Knochen schoß.

Sie setzten sich mit Dr. Fey zusammen, der einen großen Banditenschnurrbart und scheue braune Augen hatte. Er war fröhlich und stellte alle möglichen unsinnigen Fragen danach, welche Baseballmannschaften Soupspoon mochte und wie lange das Paar verheiratet sei.

Dr. Fey war mißtrauisch, als er erfuhr, Soupspoon und Tanya seien verheiratet. Doch als er merkte, mit welcher Hingabe sich die junge Frau um ihren Mann kümmerte, war er beruhigt. Das Paar trug zueinander passende Eheringe, die Kiki auf dem Straßenmarkt gekauft und dann von einem Juwelierschüler am Fashion Institute of Technology hatte anpassen lassen.

Bei Sheldon hatte sich Kiki damit entschuldigt, sie sei wegen ihrer Schnittwunden in physiotherapeutischer Behandlung. Zweimal ging sie tatsächlich ins Krankenhaus. Die Naht mußte überprüft werden; sie mußten die austretenden Flüssigkeiten untersuchen.

«Die haben die Muskeln da unten zerschnitten, und ich muß dafür sorgen, daß meine Beine gesund bleiben, sonst werd ich im Alter zum Krüppel.» Sie hätte ihm alles erzählen können. Sheldon nickte nur und sagte, es gehe in Ordnung. Er war besser als ein Liebhaber; er hatte Angst vor ihr.

Die Tabletten, die Soupspoon nahm – Perocet, jeweils drei, sechsmal am Tag, die dreifache Dosis, die der Apotheker empfohlen hatte –, machten ihn müde und lustlos. Nach der Therapie verschlief er den ganzen Tag und wachte dann nachts auf, halb im Traum, und dachte über die verlorenen Tage seines Lebens nach.

Nach der ersten Woche unternahm er die lange Bahnfahrt zur Klinik allein. Die Frauen waren alle nett zu ihm. Für Dr. Fey arbeiteten nur Frauen.

Soupspoon brachte ihnen süße Brötchen und heißen Kaffee mit Magermilch und Süßstoff, wie sie ihn mochten. Dann saß er in dem Labyrinth aus Stühlen mit Sitzkissen und schmorte in den Sonnenstrahlen, die durch die Jalousienschlitze drangen. Er döste auf dem Stuhl und dachte an die trägen Felseneidechsen am Water Moccasin Pond. In der Mittagssonne krochen sie das Schieferufer hinauf. Er stellte sich vor, er sei auch eine Eidechse, die sich sonnte, ohne die Zeit oder den Verstand, sich wegen Krebs oder der Monatsmiete Sorgen zu machen. Er mußte nur Fliegen fressen, und die Fliegen reichten für tausend Jahre.

Ein fernes Klingeln ertönte, wenn die blaßlila Tür zum Warteraum aufging. Zum Skelett abgemagerte alte Männer und kahle Kinder kamen herein. Sie hatten alle denselben Gesichtsausdruck, als konzentrierten sie sich auf eine Frage, die ihnen durch den Kopf ging. Ein tiefgreifendes religiöses Problem, vielleicht auch Mengenlehre. Alte Frauen in aus der Mode geratenen Kleidern kamen herein. Etliche trugen pastellfarbene Hosen, T-Shirts und keinen Schmuck. Viele, die noch ein paar Haare hatten, kämmten sich längst nicht mehr. Sie saßen da, starrten vor sich hin und versuchten, mit ihrem Problem fertig zu werden. Sie saßen da und warteten darauf, von den Schwestern aufgerufen zu werden.

Es waren drei Schwestern. Yvonne, eine üppige braune Frau, die aus Tennessee stammte, neun Kinder hatte und einen Ehemann, der nichts taugte, aber gut aussah. Wendy, die blond war und immer lächelte, obwohl sie eine Zahnspange und schlechte Haut hatte. Und Bristol, eine Engländerin mit aufrechter Haltung, die alles mögliche machte und der es sogar noch gelang, nett zu sein, wenn sie eine verängstigte, sterbende alte Frau durch die Tür schob.

Soupspoon mochte Bristol. Müßig musterte er ihre großen Brüste und die kleinen Jadeohrringe, die neben ihrem eckigen Kinn baumelten, wenn es klingelte.

Zwei junge Männer kamen herein. Sie waren verschieden wie Tag und Nacht. Einer brünett, der zweite blond. Sie waren beide groß, aber Harry war nüchtern und ernst, während Bob grinste, wie er als Dreijähriger gegrinst haben mußte. Harry redete nicht gern. Wenn man Harry begrüßte, nickte er und schaute einem auf die Hände. Aber Bob lachte, als würde er einen Cousin wiedertreffen, den er vor langer Zeit aus den Augen verloren hatte, und erkundigte sich nach dem Leben, das man geführt hatte.

Bob war über einsachtzig und wog sechzig Kilo. Sein blondes Haar bestand nur noch aus Büscheln, und er hatte offene Wunden im Gesicht, aus denen Eiter und Blut sickerten. Bob konnte nur gehen, wenn Harry seinen Arm hielt. Normalerweise kamen sie spät.

Nachdem Soup Bob kennengelernt hatte, reservierte er ihm, wenn es möglich war, einen Stuhl in der Nähe der Schwesternstation.

«Wie geht's dir, Bob?» fragte Soupspoon immer.

Bob erwiderte den Blick, als müsse er gründlich nachdenken, dann lächelte er und sagte: «Wenn's mir ein bißchen schlechter ginge, wär ich besser dran als jetzt.» Oder sonst was mit schwarzem Humor.

Während sie warteten, unterhielten sich Bob und Soupspoon. Sie verglichen ihre Schmerzen und Behandlungen. Bob sprach über Seifenopern und über Ereignisse aus den Nachrichten. Harry hielt sich im Hintergrund und ließ die beiden quasseln. Hin und wieder fragte er, ob Bob es bequem habe oder ob er einen Schluck Wasser brauche.

«Hast du ne Freundin, Bob?» fragte Soupspoon einmal. Möglich, daß Bob wegen seiner Krebserkrankung von seiner Freundin verlassen worden war; vielleicht war er deswegen auf die Hilfe seines Freundes Harry angewiesen.

«Harry ist meine Frau», antwortete Bob in einem verschmitzten Ton. Er sah Soupspoon geradewegs in die Augen, als er das sagte, mit einem Lächeln unter den wenigen Schnurrbarthaaren, die ihm noch geblieben waren.

«Oh.» Soupspoon nickte. «Du bist ein Homo, was?»

«Heutzutage nennen wir das schwul», sagte Bob.

«Ja, ich weiß. Aber weißt du, manchmal bleibt einem ein Wort im Mund kleben, und kein anderes kommt dir richtig vor. Wenn ich über meine Leute rede, neige ich bis heute dazu, ‹farbig› zu sagen. Ich weiß, ich müßte ‹Neger› sagen, ‹Schwarzer› oder ‹Afroamerikaner›, aber ich sag ‹Farbiger›, weil das so hieß, als ich ein Junge war, und es mir glatt über die Zunge geht.»

Bob lachte mit seinem leichten Reizhusten, und sie wurden Freunde.

Soupspoon bekam heraus, was AIDS bedeutete. Viele Menschen hatten es, ohne überhaupt davon zu wissen. Er erfuhr, daß Harry ebenfalls AIDS hatte.

«Mann, das tut mir leid», sagte Soupspoon eines Tages zu Harry. Der kräftige junge Mann nickte und lächelte. Da begriff Soupspoon, warum er immer so finster aussah. Wenn er lächelte, weinte er gleichzeitig.

«Wir haben alle den Blues im Leib, stimmt's, Bobby?»

«Wenigstens können wir zusammen singen», sagte er. «Wenigstens eine Zeitlang.»

In der dritten Woche waren Soupspoons Schmerzen so gut wie verschwunden. Er mußte nur noch zwei Percocet am Tag nehmen.

Bobby war tot.

Harry schickte einen langen Brief, den Kiki Soupspoon vorlas. Darin stand, Soupspoon habe Bobby in den letzten beiden Wochen dabei geholfen, lachen zu können. «Er hat sich nur auf zwei Dinge gefreut, Sie morgens zu sehen und sich nachmittags *As the World Turns* anzuschauen», hieß es in dem Brief. Außerdem stand darin, wo der Gedächtnisgottesdienst stattfand. Im Village, nicht weit von Kikis Wohnung entfernt.

Soupspoon stand hinten in der Kapelle. Über vierhundert Menschen hatten sich versammelt, um dem Toten die letzte Ehre zu erweisen. Die Angehörigen füllten die erste Reihe. Mutter, Vater, seine Schwester und ihre Kinder. Sie waren alle am Boden zerstört. Sie weinten um Bobby Grand. Doch was Soupspoon wirklich unter die Haut ging, waren die Männer, die hergekommen waren, um dem Toten die letzte Ehre zu erweisen – sie weinten ebenfalls, trauerten um einen Menschen, der ihnen etwas bedeutet hatte. Ein tapferer Mann, von dem man, unwissend wie man war, nie geglaubt hätte, daß er sterben könne.

Das erinnerte Soupspoon an Jolly Horner.

Jolly hatte ein dickes schwarzes Gesicht, in dem sich glänzende Wangen wölbten. Er zeigte beim Lächeln kräftige Zähne, die Eisennägel hätten durchbeißen können. Seine Hände und Beine waren so stark, daß er ein Wasserfaß hochheben und fünfhundert Meter weit tragen konnte.

Wenn Jolly Horner hinter Soupspoons Gitarre in die großen Hände klatschte, klang es wie Artillerie; Kanonenbeschuß und Blues.

I hear a train a-comin'
bang!
You know you hear it too
Bang!
It's got a seat for me, Mr. Charlie
Bang!
I be sittin' right next to you

Unter Jollys Füßen gab der Boden nach. Seth Wyles wettete mit seinem Onkel, Jolly könne ein zwei Zentner schweres Fleckschwein die Leiter hoch auf Seths Scheunenboden tragen. Jolly hätte das gekonnt, daran gab es keinen Zweifel, aber er wollte nicht. Er wollte sich nicht für Weiße zum Narren machen. Aber Seth brachte ihn trotzdem dazu. Er sagte zu Jolly, wenn er seine Stelle behalten wolle, sei es besser, wenn er das Schwein nach oben hieve.

Es war keine besondere Herausforderung, bis auf die

Tatsache, daß das Schwein Angst hatte und der Bretterboden der Scheune nicht massiv genug war. Jolly schaffte es nach oben, aber dann brach der Boden durch, und er stürzte samt Schwein nach unten. Beide fielen in die Box der Ackerstute. Die Stute bäumte sich auf und zerschmetterte Jollys dickes Gesicht.

Das Leben war damals hart gewesen.

Ständig starben Menschen. Junge Menschen starben an harten Schlägen, Krankheiten und durch Selbstmord. Wenn man um alle geweint hätte, wäre man an der Trauer gestorben. Sollten ihre Mütter weinen, ihre Kinder; alle anderen nahmen es nur zur Kenntnis und gingen weiter. Zum Trauern gab es keinen freien Tag.

Doch nach Jolly Horners Tod gab es einen freien Tag. An jenem Tag ging niemand auf die Plantagen. Niemand ging auf die Felder oder zur Arbeit in die Häuser der reichen Weißen.

Jolly hätte nicht sterben dürfen, das wußte jeder Schwarze in der gesamten Umgebung. Am Vorabend der Beerdigung gingen ein paar Männer in die Scheune von Wyles. Sie schlachteten sein Fleckschwein und schlugen der Stute den Schädel ein.

Und niemand entdeckte je die Täter, denn als die Weißen am nächsten Tag in die Siedlung der Schwarzen kamen, fanden sie am Straßenrand eine Totenwache aus über tausend Menschen vor.

Jolly hatte überall Freunde. Die Menschen liebten ihn wegen seiner Kraft und wegen seines lauten, zähnebleckenden Lachens. Jollys Lachen konnte man bei Tag und bei Nacht hören, weil er niemals müde wurde.

Tausend Männer und Frauen kamen, um sich von Jolly zu verabschieden. Aber sie kamen auch, um Gott etwas zu sagen, das meinte jedenfalls Soupspoon. Die schwarze Bevölkerung aus dem ganzen County war gekommen, um Zeugnis abzulegen für den unschuldigen Tod eines guten Mannes. Eines rechtschaffenen Mannes.

Soupspoon ertappte sich hinten in der Kirche dabei, daß er weinte, doch er war sich nicht sicher, um wen er weinte.

Er kam um drei nach Hause und setzte Teewasser auf. Er nahm zwei zusätzliche Tabletten, weil ihm an jenem Tag seine Hüfte zu schaffen machte. Er konnte nichts tun, um dem armen toten Jungen zu helfen, aber wenigstens konnte er etwas gegen die Schmerzen unternehmen.

Als Kiki nach Hause kam, lag Soupspoon schnarchend auf dem Bett. Auf dem Fußboden standen seine Schuhe, und in der Luft hing der stechende Geruch nach verbranntem Blech.

«Was, zum Teufel, ist hier los!» rief sie und schleuderte den heißen Topf gegen die Wand über Soupspoons Kopf. Soupspoon wachte auf und warf einen Blick auf die tobende Frau.

Sie riß seine Schuhe vom Boden hoch.

«Hältst du das hier für einen Schweinestall?» Sie stampfte durch das Zimmer und schleuderte die Schuhe durch die Fensterscheibe. «Gottverflucht noch mal, das hier ist kein Katzenklo!»

«Es tut mir leid, Schatz», sagte Soupspoon leise. Er klopfte mit dem Zeh gegen den Boden, als wollte er wie beim Musizieren den Rhythmus verlangsamen, Harmonie herstellen.

Kiki kam mit schnellen, klackenden Schritten vom zerschmetterten Fenster zum Bett.

«Scheiße, ja, es tut dir leid!» schrie sie. Als nächstes spürte sie einen stechenden Schmerz, der ihr von der Faust aus durch den rechten Arm fuhr. Soupspoon ächzte und fiel durch die Wucht des Schlages auf die Seite.

«Es tut dir leid?» brach es aus Kiki heraus. Sie holte mit der linken Faust aus und traf Soupspoon aufs Auge.

«Scheiße!» schrie er und hielt sich die Hände vor das Gesicht.

«Gottverflucht noch mal, gottverflucht noch mal …», brüllte Kiki weiter. Bei jeder Silbe boxte oder schlug sie, bis ihr die Luft ausging und sie auf Soupspoon fiel. Sie hielt ihn fest, als wollte sie ihn nie wieder loslassen.

Später besorgte Kiki gehacktes Rinderfilet, eine Dose Grünkohl und Zitronenkuchen. Sie machte Eispackungen für Soupspoons geschwollenes Auge und fragte alle paar Augenblicke: «Bist du in Ordnung, Atwater? Bist du okay, Honey?»

Er reagierte achselzuckend und ächzend auf diese Frage, bis er sie fünfmal zum Weinen gebracht hatte. Schließlich sagte er: «Mach dir keine Gedanken, Honey. Du bist ein gutes Mädchen. Du warst gut zu mir. Es ist einfach zuviel, auf so engem Raum mit jemandem zusammenzuleben. Ich reiß mich in den letzten Behandlungstagen zusammen, dann zieh ich aus.»

«Du mußt nicht weg, Soup.»

«Es ist nicht recht, daß ich hier wohne und dir auf der Tasche liege. Und ich brauch ne eigene Wohnung.»

«Aber wie willst du das bezahlen? Du hast kein Geld.»

«Ich kann arbeiten. Ich bin zwar über fünfundsechzig, aber jemand zum Putzen wird immer gebraucht. Denn wenn man nicht arbeiten kann, dann ist man schon tot.»

«Du kannst so lange bei mir wohnen, wie du willst», sagte Kiki.

8

Sie saßen über eine Stunde lang schweigend nebeneinander auf der Couch. Soupspoon holte ein altes Adreßbuch aus dem Gitarrenkasten und murmelte vor sich hin, während er es durchblätterte. Kiki sackte neben ihm zusammen und sah elend aus.

«Warum siehst du nicht fern?» fragte Soupspoon, um zu zeigen, daß er ihr nicht mehr böse war.

«Keine Lust.»

Soupspoon hatte das Adreßbuch weggelegt und polierte jetzt mit einem übergroßen weißen Taschentuch seine Gitarre. Er beobachtete die schmollende junge Frau und schüttelte den Kopf.

«Warum hast du mich geschlagen, Mädchen?»

«Ich weiß es nicht.»

«Meinst du, es ist recht, Leute zu schlagen, wenn du wütend bist? Meinst du, dadurch lernen sie was?»

Kiki zog eine finstere Miene und änderte ihre Haltung – ein verstocktes Kind.

«Ich hab dir nicht weh tun wollen», sagte sie.

«Doch.»

«Nein.»

«Du hast mir weh getan, und du hast es auch gewollt. Und du weißt, daß ich dir nicht weh getan hab.»

«Das Haus hätte abbrennen können», brach es aus ihr heraus. «Wir hätten sterben können!»

Soupspoon legte ihr die Hand auf den Schenkel und sagte leise: «Aber du hast uns gerettet, Honey. Du hast uns alle gerettet.»

Ein Beben durchlief Kikis Körper. Erst die Schulter, dann bis zum Fuß. Sie krümmte sich vornüber, als sich ihr Magen zusammenzog.

«Ich hab mal bei mir zu Hause einen Brand gelegt», sagte sie.

«Das hast du getan?»

Kiki starrte vor sich hin, bejahte das mehr mit ihrer Haltung als mit irgendeiner Geste.

«Ist jemand gestorben?»

Die Frage schien Kiki zu amüsieren. Sie lächelte, dann grinste sie. «Nein», sagte sie. «Niemand ist gestorben. Die haben nicht mal mitgekriegt, was passiert war. Ich hab im Keller ein Streichholz angezündet und es in eine Mülltonne voller Papier geworfen. Dann bin ich nach oben gegangen und hab darauf gewartet, daß das Haus abbrennt.»

«Wie alt warst du da?»

«Acht.»

Der ganze Zorn, die ganze Traurigkeit waren aus ihr gewichen. Sie ging zurück zu ihrem Bett und schaltete die Johnny-Carson-Show ein.

Soupspoon griff wieder zu seinem Adreßbuch und murmelte die hingekritzelten Namen wie ein Gebet in einer fremden Sprache.

«Kiki?»

«Ja, Soup?»

«Kannst du mir Geld leihen?»

«Klar. Wofür?»

«Ich will mir nen Kassettenrecorder kaufen.»

Es war spät. Kiki lehnte am Kopfteil ihres Bettes. Neben ihr standen ein Glas und eine Flasche Jack Daniel's.

«Wozu brauchst du einen Kassettenrecorder?» fragte Kiki durch den blaugrauen Zigarettendunst.

«Was hat die Ärztin zu dir gesagt?»

«Welche?»

«Dr. MacDuff. Was hat sie gesagt, als du dort warst?»

Der Fernseher warf lange, flackernde Schatten über Kikis Gesicht, aber der Ton war leise gestellt. «Sie hat gesagt, dein Zustand hätte sich gebessert. Und wenn du zu den Nachuntersuchungen und so weiter gehst, dann bist du okay.»

«Das ist alles? Das ist alles, was sie dir gesagt hat?»

«Na ja ...» Schwaches Gelächter ertönte aus dem Fernseher, dann ein Trommelwirbel. «Du weißt doch, wie Ärzte sind, die sagen immer so Sachen, aber es muß nicht so sein.»

«Was für Sachen?»

Kiki riß die Augen weit auf. Für einen Moment sah sie im gespenstischen Licht des Fernsehers aus wie ein Zombie, eine jener Kreaturen, von denen alte Leute erzählten, um Kindern einen Schreck einzujagen.

Soupspoon hatte sie jetzt wirklich wieder gern. Er spürte die Wut, die sich in ihr angestaut hatte. Deshalb hatte sie ihn geschlagen. Aber sogar die Schläge entsprangen ihrer verrückten Form von Liebe. Es war genau die Verrücktheit, aus der heraus sie ihn aufgenommen hatte.

Jetzt wollte sie schweigen, ihn nicht damit erschrecken, was die Ärztin möglicherweise gesagt hatte.

«Was für Sachen?» fragte Soupspoon noch einmal.

«Na ja … es heißt doch immer, wenn du auch bloß ein bißchen Krebs hast, dann hast du vielleicht nur noch fünf Jahre zu leben.»

«Höchstens», fügte Soupspoon hinzu.

«Es könnte länger sein.» Im gleichen Augenblick war sie den Tränen nahe.

«Ich hab mal nen Mann namens Bannon gekannt», sagte Soupspoon. «Alter Rumtreiber unten in Mississippi.»

«War er dein Freund?» Kiki wischte sich die Augen und die Nase an der Decke ab.

«Könnte man so sagen. Ich war noch ein Junge, und er ging auf die Sechzig zu. Aber damals, auf dem Land, da konnte man Freunde in jedem Alter haben, und es war nichts Seltsames daran.»

«Und was war mit deinem Freund?» fragte Kiki. Jemand im Fernsehen rief etwas, dann kam Applaus.

«Bannon? Bannon war von Beruf Dieb und ein geborener Geschichtslehrer.» Soupspoon warf einen Blick auf die Gitarre, die neben ihm auf der Couch lag. «Er hat auch Gitarre gespielt.»

Vorsichtig nahm er die Gitarre und legte sie in den Kasten zurück.

«Bannon ist immer mit mir spazierengegangen. Dabei hat er mir alles darüber erzählt, was er wahre Geschichte genannt hat; alles, was er von afrikanischen Studenten in Washington gelernt hatte, als er Hausmeister an der Howard University war.»

«Was hat er gestohlen?» fragte Kiki.

«Was?»

«Du hast gesagt, er war ein Dieb. Was hat er gestohlen?»

«Er hat nur Weiße bestohlen; aber wirklich geliebt hat Bannon Geschichte, vor allem die afrikanische Geschichte, von der er gesagt hat, daß die Weißen sie unter den Teppich gekehrt haben, weil sie neidisch auf alles waren, was die Afrikaner hatten, als die Menschen in Europa noch in Höhlen hausten.

Er hat gesagt, daß die afrikanischen Rassen schon vor sechstausend Jahren zivilisiert waren. In Ägypten und im Sudan, dort hat alles angefangen. Die ersten Juden und die ersten Christen waren Schwarze. Sie haben Babylon und die Pyramiden gebaut, sie haben die Bibel geschrieben und sind auf den Meeren gesegelt. Die meisten Schwarzen wissen das heute nicht mehr. Aber ich weiß es. Die meisten weißen Kinder glauben, daß England alt ist, Rom alt ist. Aber sie haben keine Scheißahnung ...» Es war Soupspoons Stimme, doch es waren Bannons Worte. Ein adretter kleiner Mann mit krausem grauen Haar, das seinen glänzenden schwarzen Schädel wie ein Heiligenschein umgab.

Soupspoon lachte vor sich hin.

«Was ist so komisch, Soup?»

«Ich hab Bannon kennengelernt, weil ich mal in seine kleine alte Hütte hinter der Willis-Plantage eingebrochen bin. Ich wollte bloß ein paar Äpfel klauen, aber ich hab nicht gewußt, daß er hinter dem Haus ein Nickerchen machte. Er hat mich am Knöchel erwischt, bevor ich durch das Fenster abhauen konnte.»

«Hat er dich geschlagen?» fragte Kiki.

«Nö. Er hat zu mir gesagt: ‹Wenn du was anstellst, mußt du's auch richtig machen.› Ich hab unter dem Pecanbaum neben seinem Haus geschwitzt und gezittert. Das Gras war kalt, und die Pecannüsse unter meinen Füßen waren hart.

Bannon hat zu den Baumzweigen hinauf gepredigt: ‹Hier ist ein schwarzes Kind, das einen alten schwarzen Mann bestehlen will – sein eigenes Volk.› Und dann hat er mit dem Unterricht angefangen. Er hat davon erzählt, daß die Schwarzen keine Ahnung mehr von ihren Wurzeln haben, daß sie keinen Stolz kennen. Und davon, daß alles in Afrika angefangen hat – Lesen, Schreiben, Rechnen.

‹Die Weißen haben nie was erfunden außer Waffen. Aber mehr haben sie auch nicht gebraucht.› Das hat er gesagt.

Mit diesen Waffen haben sie alles auf der Welt gestohlen. Sie haben ihre Lagerhäuser mit jedem gottverfluchten Zeug gefüllt, das sie wegschleppen konnten.

Und wenn sie nichts mehr schleppen konnten, haben sie Sklaven dazu gezwungen, ihre eigenen Sachen in die Lagerhäuser zu schleppen. Und als die Weißen mehr hatten, als sie brauchen konnten, haben sie die Sklaven gezwungen, für sie zu arbeiten und sie zu bedienen.

‹Die Weißen waren die schlimmsten Räuber in der Geschichte›», sagte Soupspoon mit tiefer Stimme, damit Kiki merkte, daß er den schon lange toten Bannon zitierte. «‹Und es ist unsere Aufgabe, alles wieder zurückzustehlen.›

Der alte Mann hat nichts vom Arbeiten gehalten, nein, Sir! Er hat gesagt: ‹Wenn du für die Weißen arbeitest, hilfst du ihnen dabei, dir das Geld aus der Tasche zu stehlen. Wenn du dein Leben lang jeden Tag arbeitest, bringst du es vielleicht zu zehntausend Dollar. Aber die landen dann wieder auf der Bank der Weißen. Und du wohnst von sechs bis sechsundsechzig in der gleichen gottverfluchten Hütte und zahlst den Weißen sogar noch Miete dafür. Wenn du stirbst, reißt dir der weiße Bestattungsunternehmer das Gold aus den Zähnen.›

Ich war noch ein kleiner Junge, etwa zehn, glaub ich. Mein Daddy und meine Momma waren schon tot, und ich hab niemand zum Reden gehabt. Ich hab bei diesen zwei Frauen gewohnt, die ich meine Tanten genannt hab, aber ich hab wohl nen Mann zum Reden gebraucht. Und Bannon hat so großartig reden können, daß ich mich immer noch an alles erinnere, was er mir erzählt hat. Es war, als wär ich mein Leben lang angelogen worden, und jetzt war endlich jemand da, der mit der Wahrheit rausrückte.

Und er hat das Reden auch gebraucht. Denn Bannon wußte mehr als fast jeder, den ich je gekannt hab, aber er konnte nicht lesen. Alles, was er wußte, war in seinem Kopf, und er mußte reden, um sich zu erinnern – wenn du verstehst, was ich meine.»

Kiki holte tief Luft und legte die Hand an die Kehle. Sie sah aus, als wollte sie etwas sagen, aber sie fand keine Worte.

«Er hat gesagt: ‹Wenn du durch ein Fenster steigst, dann muß es das Fenster eines Weißen sein. Und wenn du ne Waffe benutzt, dann gegen nen Feind, nicht gegen nen verlorenen afrikanischen Bruder, der nicht mal weiß, wer er ist.›

Weißt du, ich hab keine Waffe gehabt. Scheiße! Ich hab nicht mal nen Stock gehabt. Aber wenn ich nen Stock gehabt hätte, dann hätte ich damit um mich geschlagen, weil ich genau wußte, was er meinte.

Ich hab jeden Tag bei Bannon verbracht, Äpfel und Speckschwarten gegessen, und der alte Mann hat über die großen Schwarzen in der Geschichte gesprochen. Nachmittags, bei langen Spaziergängen, hat er mir alles über Leute wie Marcus Garvey und die Rückkehr nach Afrika erzählt. Er hatte immer die Häuser von Weißen im Visier. Bannon hätte keinen Farbigen bestohlen, er hat gesagt, es ist unrecht, einen Farbigen zu bestehlen.»

Soupspoon lachte meckernd und lehnte sich auf der Couch zurück. «Aber wenn ein Weißer zufällig nicht da war und die Tür abgeschlossen war, dann hat's Bannon nichts ausgemacht, durchs Fenster einzusteigen und die Tür aufzumachen. Verstehst du, er ist wütend geworden, wenn ein Weißer ein Schloß an der Tür gehabt hat.

Er hat gemeint, der Weiße hat Geld da drin, das er Farbigen gestohlen hat.»

«Seid ihr je erwischt worden?»

«Ich nicht. Ich hab mich an nem Dienstagmorgen mit ihm treffen sollen, und er hat mir von Hannibal und den schwarzen Armeen erzählen wollen, die sich die Römer aus Afrika geholt haben. Verstehst du, ich hab nicht bei ihm gewohnt, weil er gemeint hat, die Leute könnten mißtrauisch werden und zwei und zwei zusammenzählen. Ich hab also weiter bei meinen Tanten gewohnt, hab ihnen aber nie erzählt, was ich mach.»

In Soupspoons Herzflattern schwang ein Anflug von Schmerz mit.

«Als ich hingekommen bin, war die Hütte niedergebrannt, und Bannon war tot. Sie hatten ihn gepackt, Feuerholz über ihn gestapelt und ihn dann angezündet. Seine Arme waren nur noch schwarze Knochen, die herausragten.

Ich bin sofort zu Inez und Ruby zurückgerannt. Und ich hab gebetet, daß die Leute, die Bannon umgebracht hatten, nie was von mir erfahren.»

Kiki kam vom Bett herüber und umarmte ihn.

«Und was hat das alles mit einem Kassettenrecorder zu tun?» fragte Kiki eine Weile später. Sie schaltete die Lampe aus, so daß nur noch die bläulichen Strahlen des Fernsehers das Zimmer erhellten.

«Nur zwei Männer haben mir je was beigebracht», sagte Soupspoon. «Bannon Tripps und Robert Johnson. Aber sie haben mir eine Menge beigebracht. Weißt du, ich hab nie Kinder gehabt, nicht mal Nichten oder Neffen.

Aber in Chicago hab ich mal nen Mann namens Early kennengelernt, William Early. Das ist zwanzig Jahre her, und er wollte mich interviewen, für ein Buch über den Blues. Er wollte es *Back Road to the Blues* nennen. Aber damals wollte ich nicht. Es war ne schlimme Zeit in meinem Leben, und ich hab nicht an Blues denken wollen.»

«Aber jetzt willst du?»

«Deshalb möchte ich nen Kassettenrecorder. Ich will meine Geschichte erzählen, wie Bannon seine erzählt hat. Jetzt weiß ich auch was. Ich hab was zu sagen, und du mußt mir die Chance geben, es zu sagen, Kiki.»

«Was?»

«Ich könnte jederzeit sterben, Mädchen. Bevor das passiert, muß ich was sagen und es Mr. Early schicken.»

«Warum rufst du ihn nicht einfach an?»

«Ich will ihn nicht anrufen, gottverflucht noch mal! Ich will's hier erzählen und abspielen. Ich will's auf meine Weise erzählen, ohne die ganze Fragerei und solchen Scheißdreck. Ich will's einfach auf meine Weise machen.»

«Okay, Daddy», sagte Kiki. «Ich besorg ihn dir am Zahltag. Am nächsten Freitag, ich schwör's dir.»

9

Um vier am nächsten Tag verließ Soupspoon die Wohnung. Er wußte, wohin er wollte, hatte es aber nicht eilig. Seine Hüfte tat ihm kaum weh, und er hatte den ganzen Tag noch keine Tablette gebraucht.

«Guten Tag, Mr. Wise», sagte Mrs. Manetti. Sie kam die Treppe herauf, als er hinunterging.

«Mrs. Manetti. Wie geht es Ihnen heute?»

«Oh, ganz gut, glaub ich», sagte sie und sah auf seine Füße.

Sie war älter als er; grauhaarig, mit rundlichen, plumpen Zügen und dicken Händen, die viele Jahre schwerer Arbeit hinter sich hatten. Sie hatte Arthritis und war gezwungen, beide Füße auf jede Stufe zu setzen, ehe sie die nächste erklomm. Sie stellte beide Plastiktüten ab und holte tief Luft. «Brauchen Sie Hilfe?»

«Vielleicht könnten Sie eine Tüte nehmen.» Sie lächelte, als täte es weh, um Hilfe zu bitten. «Ich wohne ganz oben.»

Soupspoon trug beide Tüten den Weg zurück, den er gekommen war. Sie kamen am vierten Stock vorbei, wo er mit Kiki wohnte, gingen hinauf zum sechsten, wo die alte Frau neununddreißig Jahre lang mit Alessio Manetti gewohnt hatte – und weitere dreiundzwanzig Jahre allein. Es war Alessios alter Rollstuhl, den Kiki sich ausgeliehen hatte.

Sie nahmen eine Stufe nach der anderen – auf ihre Weise.

Auf halber Höhe zum fünften Stock verschnauften sie.

«Es tut mir leid, was die mit Ihnen gemacht haben, Mr. Wise. Ich hab versucht, mit denen zu reden, aber Sie wissen ja, daß diese jungen Leute nicht zuhören wollen. Die haben nur Bier und Baseball im Kopf und pfeifen den Mädchen in den Miniröcken hinterher.

Ich hab Mr. Grumbacher angerufen und hab ihm gesagt, daß es nicht recht ist. Es ist nicht recht, jemanden auf die Straße zu setzen, der krank ist. Gott treibt auch die Miete ein, wissen Sie.»

Sie bekam keine Antwort; Soupspoon wollte nicht über das Thema reden.

«Wie geht es Ihnen jetzt?» fragte sie.

«Richtig gut. Kiki hat mich zu Ärzten gebracht, die sie kennt. Die haben an meinen Knochen verdammt gute Arbeit geleistet.»

Mrs. Manetti beugte sich vor und sah ihn aus ihren halbblinden grauen Augen an.

«Sie mögen sie?»

«Kiki? Ja. Sie hat mich aufgenommen.» Soupspoon spürte die Schwellung über seinem linken Auge, aber er glaubte, was er sagte.

«Ich weiß nicht recht. Das stimmt schon», sagte die untersetzte kleine Frau. «Aber na ja, Sie wissen schon ... sie hat ein Schandmaul, und Sie sollten mal die Männer sehen, die sie mit nach Hause bringt. Mrs. Green wohnt direkt über ihr und hört sie. Laut und immer Streit. Ich meine nur, daß Sie vorsichtig sein sollten, Mr. Wise. Wissen Sie, auf den ersten Blick hat sie ein strahlendes Lächeln, aber nicht, wenn sie was getrunken hat.»

«Ich weiß nicht recht. Kann schon sein.» Soupspoon griff nach den Tüten und ging voran. Er wollte nichts Schlechtes über Kiki hören. Er wollte sie vor den Worten der alten Frau beschützen. Was wußten diese alten Frauen denn von schlimmen Zeiten, vom Griff zur Flasche, um zu vergessen? Natürlich wurde Kiki wütend, aber nicht ohne Grund. Sie hatte gute Gründe und ein gutes Herz. Aber Soupspoon wollte keine Entschuldigungen vorbringen. Er wollte nur diese Tüten tragen, wie es sich für einen Gentleman gehörte, und sich dann um seine Angelegenheiten kümmern.

Hinter sich hörte er Mrs. Manetti vor Anstrengung keuchen. Er drehte sich um und sagte: «Gehen Sie langsamer. Ich muß mich bewegen, aber Sie könnten sich doch Zeit lassen.»

Sie ließ sich jedoch keine Zeit. Die alte Witwe strengte ihre Füße an und klammerte sich an das Geländer, bis sie ihn fast eingeholt hatte. Sie atmete stoßweise, wie ein gieriger kleiner Hund.

«Welche Wohnung?» rief Soupspoon in ihre Richtung.

«Nummer dreiundsechzig», sagte sie und schleppte sich weiter die Treppe hinauf.

An der Tür holte sie ihn ein.

«Sie hat mich eine Hexe genannt. Dabei hab ich nur gefragt, ob das Sozialamt nicht helfen könnte, weil das denen ihre Aufgabe ist. Ich hab das nicht böse gemeint. Ich hab nicht gesagt, daß das, was sie getan hat, verkehrt ist», erklärte Mrs. Manetti. «Sie hat keinen Respekt. Einem solchen Mädchen können Sie nicht trauen, Mr. Wise.»

Während sie redete, stöberte Mrs. Manetti die ganze Zeit in ihrer Handtasche herum. Schließlich brachte sie einen Kupferschlüssel mit rotem Plastikgriff zum Vorschein. Sie hielt den Schlüssel zwischen zwei Fingern und wartete.

«Soll ich die Tüten hineintragen?» fragte er.

«Nein, danke. Sie haben schon genug getan. Ich komm zurecht.» Sie machte keine Anstalten, die Tür aufzuschließen.

Soupspoon beobachtete ihren wachsamen Blick.

Nach einem Moment blinzelte sie.

«Wissen Sie, Mrs. Manetti …»

«Was?»

«Kiki ist kein schlechtes Mädchen …»

«Ich hab nicht gesagt …»

«Entschuldigung, Ma'am, aber lassen Sie mich ein paar Worte dazu sagen. Mehr verlange ich gar nicht.» Soupspoon streckte die Hände aus. «Sehen Sie, Kiki ist ein bißchen wild, aber so ist sie nun einmal. Sie trinkt und wird manchmal bösartig. Aber als sie mich auf der Straße gefunden hat, da hat sie ihre Tür aufgemacht und mich aufgenommen. Sie konnte nicht anders. Manche Sachen macht man eben einfach. Wenn man jemand lange kennt und jeden Tag sieht, dann lädt man ihn hin und wieder zu einer Tasse Kaffee ein, stimmt's?»

Die grauköpfige, grauäugige alte Frau nickte, umklammerte immer noch den Kupferschlüssel.

«Wir können nichts dafür, wie wir sind, Ma'am.» Soupspoon sah sie noch eine Weile lang an – wartete.

Mrs. Manetti hob ihren Schlüssel hoch. «Ich muß

jetzt gehen, Mr. Wise. Ich muß meine Tochter in Miami anrufen.»

Soupspoon wollte sowieso keinen Kaffee. Er wollte draußen sein und ohne Schmerzen gehen können, deshalb zog er los. Er ging die Avenue C entlang zur Pitt Street, überquerte sie und ging dann Richtung Orchard Street.

Er hörte Musik, in seinem Kopf und auf den Straßen. Eine dröhnende Baßgitarre aus den Hecklautsprechern eines vorbeifahrenden Autos. Klangfetzen aus Apartmentfenstern. Das hüpfende Hinterteil eines stämmigen Mädchens in Shorts, das dem Sound aus seinen Kopfhörern lauschte und an einer Softeiswaffel leckte.

Musik hatte fast von Anfang an zu seinem täglichen Leben gehört. Er hatte sich der Musik verschrieben, als er noch ein Junge in Mississippi war.

«Was soll das heißen, daß du Musiker werden willst?» fragte Cleophus Brown den dreizehnjährigen Atty Wise. «Hast du den Verstand verloren?»

«Ich will lieber an Gitarrensaiten zupfen als Baumwolle pflücken, Cleo. Verdammt noch mal! Lieber würde ich in der Hölle Kohlen schippen.»

Nach einer Lungenentzündung war der kleine Atty Wise wieder und wieder zum Milky Way geschlichen, hatte von draußen der Musik gelauscht. Er hatte Jeff «Little Boy» Tynan gehört, Willa Smith und Job Landry mit Rodeo Bob White. Cody sah er nie wieder, aber Elma und Theresa waren jeden Abend dort. Er sah sie tanzen und trinken, flirten und sich um Männer streiten, ein Jahr lang, bevor sie sich wieder zu sehen bekamen.

Niemand sah ihn, weil Atty auf die Eiche hinter dem Milky Way kletterte und durch einen Schlitz hineinschaute, den er in die Teerpappenwand geschnitten hatte. Er konnte dort die ganze Nacht lang sitzen, ohne das derbe Gerede, den harten Schnaps, die scharfen Gerüche und die aufgeheizte Stimmung.

In jenem ersten Jahr hatte er den Mord an zwei Männern mit angesehen. Der eine war Shrimper Martins, ein großer, kräftiger Pächter, der seine Freundin Maretha in Clarksville verlassen hatte, weil er zurück nach Hause zu seiner Frau und seinen sieben Kindern in Cougar Bluff wollte. Shrimper war, wie Atwater in den Tagen nach seiner Ermordung erfuhr, ein Frömmler, der samstags sündigte und Gott am Sonntag morgen um Vergebung bat.

Er saß mit seinen Freunden an einem Kartentisch und machte ein großes Fest aus seiner Rückkehr. Es wurde viel getrunken und gelacht. Atty gefiel das gar nicht, weil sie so viel Krach machten, daß Oja an jenem Abend die Musik ausfallen ließ. Es gab nur Trinksprüche, Gejohle und lautes Gerede, weil Shrimper im Milky Way beliebt war und alle sich über seine Rückkehr freuten.

Als Atwater begriff, daß keine Musik gespielt werden würde, wäre er am liebsten gegangen. Aber er wollte bis zum Dunkelwerden warten, damit er nicht gesehen wurde. Und da sah er Maretha, die zur Kneipentür mit dem klecksigen Mond ging. Damals wußte er nicht, wer sie war, aber er merkte, daß sie anders war. Zunächst einmal trug sie gute braune Baumwolle, fein genug für die Kirche. Und sie ging mit festen Schritten, nicht wie die hin und her wankenden Stammgäste, die sich hier sonst die Klinke in die Hand gaben.

Atwater sah sie am Eingang, und dann sah er sie durch den Schlitz in der Wand. Shrimper saß zwischen seinen Freunden, lächelte und hob den Blechbecher. Als er den Becher an die Lippen setzte, hielt ihm Maretha ihre Pistole an den Kopf. Sie sagte etwas, das Atwater nicht hören konnte. Shrimper drehte sich um, doch die Kugel traf ihn in die Schläfe, ehe er Maretha ins Gesicht sehen konnte. Zwischen den darauffolgenden Schreien und Rufen fielen fünf weitere Schüsse; jeder klang wie eine Axt, die in dicke Rinde geschlagen wird.

Ich hab dir gesagt, daß du mich nie verläßt. Das hatte Maretha gesagt. Atwater erfuhr das später, nachdem die Polizei gekommen war und Maretha ins Gefängnis gebracht hatte.

Ein halbes Jahr danach änderte Atwater seinen Namen. Es war kurz nachdem «Big Mouth» Willa Smith ihn dabei ertappte, wie er durch den Riß in der Wand schaute. Sie hörte auf zu singen und kam sofort nach draußen.

«Junge!» rief sie. «Was machst du denn da oben?»

«Ich hör zu, Ma'am.»

«Komm runter.»

Sie brachte Atty hinein und zerrte ihn dorthin, wo sie Gitarre spielte und röhrte.

«Atty!» rief Elma. Direkt hinter ihr grinste Theresa

ihn an. Elma langte nach ihm, aber Willa schlug ihre Hand weg.

«Schlampe!» zischte Willa. «Pfoten weg! Der Junge hier will nichts von dir wissen. Er ist ein Musikliebhaber. Er weiß die Kunst zu schätzen.»

Wenn er mit Willa zusammen war, wirkte das Milky Way nicht so furchterregend. Sie war nicht groß, hatte aber kräftige Hände und die große Klappe, der sie ihren Spitznamen verdankte. Sie war meistens betrunken und mit einem Repetiergewehr bewaffnet.

Willa gefiel es, daß der kleine Atwater sie durch den Schlitz in der Wand beobachtet hatte, und sie war entschlossen, einen Musiker aus ihm zu machen.

Er hatte noch nie etwas gespielt; deshalb gab sie ihm vier große Zinnlöffel und zeigte ihm, wie er sie halten, wie er sie gegen die Brust, den Bauch und die Beine schlagen mußte.

«Spiel irgendwo zwischen meinen Kopfbewegungen und meinem Aufstampfen mit dem Fuß. Spiel so, als ob du mich liebst», sagte sie. Und er tat es.

Er liebte sie und klapperte hinter der Backsteinmauer ihrer Stimme mit den Löffeln.

Ruby und Inez hatten es aufgegeben, ihn zu Hause festzuhalten.

«Er ist jetzt ein Mann», sagte Inez angewidert zu Ruby. «Ein Idiot.»

Willa gab Atty von jedem Dollar, den sie verdiente, zehn Cent; folglich war er reich. Er verbrachte jeden freien Augenblick damit, Gitarre spielen zu lernen, weil Willa einmal zu ihm gesagt hatte: «Gitarrensaiten sind der direkte Schlüssel zum Herzen einer Frau.»

In der Nacht des zweiten Mords klapperte er jedoch immer noch mit den Löffeln. Willa sang, erfand aus dem Stegreif ein Lied, dessen Titel hätte lauten können «Ain't Gonna Be No Cotton When I Die». Sie schlug ihre dickbäuchige, siebensaitige Gitarre, und Soupspoon (so hieß er inzwischen) klapperte mit den Löffeln dazu. Dann gab es plötzlich Ärger. Soupspoon sah, wie Tree Frank von Vesey Turnot einen Stoß verpaßt bekam. Tree kippte nach hinten, aber hilfreiche Hände fingen ihn auf und schoben ihn wieder nach vorn. Vesey traf Tree mit der Wucht eines Hammerschlags am Kinn. Soupspoon wußte, daß Tree durch diesen Schlag zu Boden gehen würde.

Aber so kam es nicht.

Tree holte aus. Vesey ebenfalls. Sie sahen mehr oder weniger wie kleine Jungen aus, die einen Streit ausfechten, ehe sie zum Abendessen nach Hause rennen.

Aber das hier waren Männer. Vesey hatte schnelle und präzise zuschlagende Fäuste. Er traf Tree, wo er wollte, und er traf ihn oft. Tree war langsam und schwerfällig. Fast jeder seiner Schwinger ging ins Leere. Aber seine paar Treffer machten Vesey schwer zu schaffen.

Zuerst erwischte Tree seinen Gegner an der Seite. Dann traf er Vesey so hart, daß dessen linker Arm durchhing. Als Tree schließlich seine Faust in Veseys Gesicht schlug, sah es für Soupspoon so aus, als wäre eine Wassermelone aufgeplatzt.

Das Blut schoß aus Veseys Gesicht wie eine Schlange, die von einem Stein hochschnellt. Der stolze Boxer hob die rechte Hand, um das Blut aufzufangen, dann rief er: «O nein! Nein!»

Er langte nach Trees rechtem Arm, damit er nicht abermals getroffen wurde.

Tree warf den Arm herum, schleuderte Vesey in alle möglichen Richtungen, aber der blutende Boxer klammerte sich an ihm fest.

«Bitte, bring mich nicht um!» schrie Vesey. «Bitte! Bitte!»

Schließlich warf Tree seinen Gegner zu Boden. Er hätte ihn auch dort gelassen, aber durch den Anblick seines Bluts war der arme Vesey wie von Sinnen. Er umklammerte Trees Beine und flehte: «Es tut mir leid! Bitte, schlag mich nicht noch mal!»

Auf den Knien bewies Vesey mehr Kraft als mit den Fäusten. Tree konnte ihn nicht abschütteln, ganz gleich, wieviel Mühe er sich gab. Seine Kleidung, seine Hände waren voll von Veseys Blut.

«Laß mich los, Idiot!» schrie Tree.

Willa hatte aufgehört zu singen.

«Schmeißt den Kerl da drüben raus!» rief sie.

Tree wich gegen den Tresen zurück. Er langte hinter sich und packte einen Tontopf voller eingelegter Schweinsfüße. Tree schleuderte den massiven Tontopf mit aller Kraft nach unten, genau auf Veseys Schädel.

Veseys Schreie erstarben. Der ganze Topf mit Schweinssülze ergoß sich über seinen Kopf. Er sackte gegen den Tresen, und alle anderen im Raum verstummten.

Schließlich überprüfte Ulla Backley Veseys Atmung und seinen Puls. «Er ist tot.»

Sie bahrten Vesey auf dem längsten Tisch im Milky Way auf. Er lag flach auf dem Rücken, das gutaussehende braune Gesicht verklebt mit Blut und Schweinssülze.

Als sie hörten, daß Vesey tot war, verließen viele Leute die Bar. Diejenigen, die blieben, waren das Geschworenengericht.

Niemand rief die Polizei wie bei Maretha. Maretha hatte einen Mann ermordet. Tree hatte nur einen Gegner geschlagen, der im Kampf gestorben war.

«Vesey hat angefangen», sagte Elma. «Er hat zu Tree gesagt, er sieht komisch aus und daß seine Momma wahrscheinlich eine Straßenhündin war.»

«Ja», pflichtete ihr ein schmächtiger Pächter bei. «Und als Tree gesagt hat, er soll aufhören, hat Vesey mit der Schlägerei angefangen.»

Tree hatte seinen Kopf in den Händen vergraben. Er hatte niemals einen Menschen umbringen wollen und war untröstlich bei dem Gedanken, was aus seiner Seele werden würde. Das war der Augenblick, in dem Soupspoon beschloß, Berufsmusiker zu werden.

«Als ich gehört hab, daß sie wegen nem Schimpfwort aufeinander losgegangen sind, hab ich gewußt, daß ich das tun muß», sagte er am Nachmittag darauf zu Cleophus. «Ich hab gewußt, daß mein Leben keinen Furz wert ist. Da mach ich lieber das, was ich wirklich will, bevor sie mich drankriegen.»

«Spinnst du, Junge?» fragte Cleophus. Er hatte einen gewaltigen, wilden Haarschopf und trug einen karierten Overall. Die Leute behandelten ihn wie einen Clown, aber Soupspoon wußte, daß Cleophus der klügste Mann in Cougar Bluff war – nach Bannons Tod.

«Ja, Sir, stimmt», sagte Soupspoon. «Der Unterschied ist bloß, daß mir das klar ist. Wissen Sie, wenn ich da draußen beim Baumwollpflücken wär, dann wär ich jede Nacht im Milky Way, sturzbesoffen und mürrisch. Und wenn ich genug getrunken hätte, dann wär mir wahrscheinlich auch nach ner Prügelei. Und wissen Sie, wenn ich mich prügeln würde, dann wär's mein Ende.»

Cleophus kratzte sich unter dem kräftigen Bart und dachte über die Worte des Jungen nach.

Was hatte er gesagt? Soupspoon konnte sich nicht daran erinnern. Es war zu viele Jahre her. Zu viele Kriegsgeschichten und schlechte Filme, zu viele Flaschen Bier. Zu viele Freundinnen, die er belogen hatte und die ihn ihrerseits belogen hatten.

Soupspoon kam die Straße entlang. Auf einem leeren Grundstück zwischen zwei Häusern lungerten ein paar Männer herum. Auf der anderen Seite des Grundstücks verlief eine kurze Sackgasse.

«Hey, Mister. Mister.» Das war ein alter Mann, der unter einem schwarzweiß karierten Jackett ein fleckiges grünes T-Shirt trug. Seine Hose war hellbraun, und er trug eine Mütze der Mets. Weiße Stoppeln wuchsen an seinem schwarzen Kinn.

«Ja?»

«Haste nen Vierteldollar?»

«Verdammt», sagte Soupspoon. «Ich hab fünfzig Cent.»

Der Mets-Fan wankte vorwärts, hob den Kopf und lächelte.

«Gibt's hier irgendwo nen Club, der jemandem namens Rudy gehört?» fragte Soupspoon.

«Die lassen dich nicht rein», sagte der Mann. «Die lassen dich bestimmt nicht rein. Da könnten wir gleich unser Geld zusammenschmeißen und uns nen fünfundvierziger Colt besorgen.»

Soupspoon nahm zwei Vierteldollar aus der Tasche. «Wo ist der Club?» fragte er.

«Da drüben.» Der Betrunkene hob die Hand, in der er das Geld hielt. Die Münzen fielen zu Boden, aber Soupspoon ließ sich nicht ablenken. Es war eine schwarze Tür – die Art von Tür, mit der abergläubische Leute Flüche abwehren wollen – am Ende der Sackgasse.

Innen roch der dunkle, heiße Raum stark nach Bier. Hinten verlief ein langer schwarzer Tresen, und auf einer Seite standen ein paar Tische. Ein halbes Dutzend Schwarze saßen im Raum, rauchten, tranken und unterhielten sich leise. Alle sahen auf, als Soupspoon zum Tresen ging.

«Ein Bier, bitte», sagte er zu der Barkellnerin.

«Das hier ist ein privater Club, Mister», antwortete sie.

«Ist der Besitzer Rudy Peckell?»

«Ich hab doch gesagt, es ist ein Privatclub», antwortete sie. «Und das heißt, daß ich Ihnen gar nichts sagen muß, und jetzt gehen Sie dahin, wo Sie hergekommen sind.»

«Rudy ist nämlich», sagte Soupspoon, als ob die Frau kein Wort gesprochen hätte, «ein Freund von mir. Bin ihm vor ein paar Jahren über den Weg gelaufen, und er hat gesagt, ich soll vorbeikommen, wenn sich mal die Gelegenheit ergibt.»

Die Frau musterte Soupspoon. Aufsteigender Zorn zeichnete sich in ihrem Gesicht ab, aber er fand, daß sie trotzdem nett aussah. Sie wußte nicht, ob sie ihm glauben sollte, aber er merkte, daß es ihr im Grunde auch egal war.

Sie holte ein Glas unter dem Tresen hervor und stellte es unter den Zapfhahn.

«Das macht einsfünfundsiebzig», sagte sie, als das Glas vor ihm stand.

«Wie heißen Sie?»

«Sono.» Sie nahm seine zwei Dollar und steckte sie in die Schürzentasche, ohne Anstalten zu machen, ihm sein Wechselgeld herauszugeben.

Sono war klein und gut proportioniert. Ihre Lippen schürzten sich zu einem ständigen, wenn auch bitteren Kuß. Ihre Haut war tiefgelb, und wenn sie sprach, bewegte sich ein tiefes braunes Muttermal auf ihrer Kehle. Eine große Fliege schwirrte über ihrem Kopf, aber Soupspoon konnte ihr Summen nicht hören, weil das Geräusch des Kühlschranks so laut war.

Soupspoon meinte diese Frau zu kennen. Er hatte sie zwar nie zuvor getroffen, doch er hatte viele Frauen wie sie gekannt. Eine nette Frau, die ihren Daddy und ihre Kinder liebte. Eine Frau, die nie begriff, warum die Leute sie so behandelten, wie sie es taten. Und obwohl sie es schwer hatte, war sie immer noch auf der Suche: auf der Suche nach dem richtigen Mann. Einem gutaussehenden Schwarzen, der so reden konnte, daß ihr die Kleider vom Leib fielen; der den ganzen Tag lang hart arbeitete und nachts ein Playboy war. Einem Mann, der die heiße und starke Liebe ertragen konnte, die sie in ihrer Brust verschloß. Einen Mann, der verstand, daß ihre Liebe alles war, was er im Leben brauchte. Einen harten Mann, den sie aufknacken konnte wie eine süße Pecannuß.

«Ist Rudy schon hier?» fragte Soupspoon.

«Sehen Sie ihn irgendwo?»

«Ist er schon hier?»

«Mhm, nein. Rudy kommt immer erst später.»

«Gut, wenn er kommt, sagen Sie ihm, daß ich mit ihm reden muß. Gibt's hier Sandwiches?»

«Nö. Nur Kartoffelchips und Brezeln.»

«Was kosten die?»

«Wenn Sie was trinken, sind die Brezeln gratis.»

«Dann geben Sie mir welche. Ich werde dort drüben an dem Tisch warten, bis Rudy kommt.»

Sono füllte eine Plastikschale mit dünnen Brezeln und reichte sie Soupspoon.

Er war glücklich darüber, daß er aß und trank, Farben sah und die abgestandene Luft einatmete.

Gegen Abend füllte sich die Bar. Alle möglichen Schwarzen kamen herein. Manche kamen in Arbeitskleidung, in Overalls und Stiefeln. Ein paar trugen synthetische pastellfarbene Anzüge mit breitkrempigen Hüten und fast fluoreszierenden Schuhen. Alte Männer mit traurigen gelben Augen und in fadenscheinigen Hosen waren dabei. Ein Hüne, den Sono Bongo nannte, riß die Augen weit auf und erzählte Witze, gespickt mit unanständigen Ausdrücken. Soupspoon schnappte

Bruchstücke seiner Zoten auf, zum Beispiel: «Das häßliche, häßliche Arschloch hatte so ne dicke Zunge, daß er ihr's damit besorgen und ihr gleichzeitig die Muschi lecken konnte...» Jede Menge Gelächter. «Und ihr wißt ja, von so was kann sich keine Schwarze trennen!» Daraufhin brachen alle in Gelächter aus. Sono lachte so heftig, daß sie sekundenlang in die Knie ging.

Rudy kam gegen halb acht; er trug einen mitternachtsblauen Seidenanzug und ein gelbes Hemd. Seine gelockerte Krawatte war blutrot. Ihm folgte ein kräftiger Hawaiianer. Soupspoon hielt ihn für einen Hawaiianer, weil er ein knallbuntes Hemd trug und trotz einer ziemlich braunen Haut sehr große Augen für einen Asiaten hatte. Glattes schwarzes Haar fiel ihm bis auf die Schultern.

«Übernimm die Tür, Cholo.» Rudy grinste und bleckte seine blendendweißen Zähne. «Wer hat die Steinchen?»

«Die sind hier, Rudy», sagte ein Mann ganz in Rosa. «Ich hab sie gleich neben den Eiern, damit die wissen, wer der Chef im Ring ist.»

Cholo nahm seinen Platz an der Tür ein. Etliche Männer folgten Rudy in den hinteren Teil der Bar. Sie drängten sich alle um ihn. Er fuhr sich mit der Hand tief in die Tasche und förderte ein fettes Bündel Geldscheine zutage. Er warf einen Schein auf den Tisch und sagte: «Hundert Dollar! Hundert Dollar auf meinen ersten Wurf!» Dann schleuderte er die Würfel so heftig, daß es wie ein Gewehrknall klang.

«Fünf! Das ist meine Glückszahl. Meine Kleine ist

fünf. Ich war fünf, als ich meine erste Frau hatte. Ich hab fünftausend Dollar in der Tasche. Jetzt wollen wir mal sehen, ob ihr Grünschnäbel flüssig seid.»

Er warf einen Blick zu Soupspoon hinüber und lächelte. Er zeigte die Zähne und nickte, wandte sich dann aber wieder den anderen Spielern zu. Soupspoon wußte, daß er warten mußte. Jetzt war Rudy der Mann, während Soupspoon wieder zurückschrumpfte auf die Größe eines Jungen.

Die Männer brüllten und gaben Wetten ab.

Soupspoon trank sein Bier und beobachtete sie von seinem Tisch aus. Es sah danach aus, als sei Rudy am Gewinnen, aber er konnte es nicht genau sagen. Er war nie ein Zocker gewesen, hatte sich nie etwas aus solchen Risiken gemacht.

«Na, was geht Ihnen durch den Kopf?» Sono stellte ein frisches Glas Bier auf den Tisch.

«Ich frag mich, wie Sie das aushalten.»

«Was aushalten?»

«Mit diesen ganzen hechelnden Hyänen in diesem Stall eingesperrt zu sein.»

«Zwei Sechsen!» rief ein Arbeiter. «Verdammt noch mal!»

Jemand kicherte meckernd. Geld wechselte die Hände.

«Ich hab's Rudy ausgerichtet», sagte Sono.

«Was hat er gesagt?»

«Wenn Sie noch länger hier sind, hat er vielleicht Zeit für Sie.»

«Ich bleib hier.»

Sono entfernte sich von ihm. Auf halbem Weg zum Tresen blieb sie stehen und kam zurück. Sie stellte das

Tablett ab und kam ganz nahe an den Bluesmusiker heran.

«Männer sind Idioten», sagte sie mit leiser Stimme. «Sie können es ganz gut verbergen, deshalb sind die meisten Frauen noch blöder, weil sie auf sie hereinfallen.

Aber ich vertrau nie nem Mann», fuhr Sono fort. «Weil ich sie hier drin seh, wo sie niemandem was vormachen müssen. Die könnten sich genausogut in ne Reihe stellen und die Schwänze auf den Tisch legen. Das ist alles, wo denen was dran liegt – wer den dicksten Schwanz hat und wer die meisten Mösen aufreißt. Nach vier Nächten in diesem Höllenloch hab ich von Männern so die Nase voll, daß es mir ein Jahr lang reicht.»

«Sind alle Männer so?»

Sono grinste Soupspoon höhnisch an. Sie wollte nicht zulassen, daß er sich für eine Ausnahme hielt.

«Ja», sagte sie. «Ihr alle.»

«Und was ist mit Ihrem Boß?»

«Das ist was anderes.»

«Wieso was anderes?»

«Rudolph ist Geschäftsmann. Er macht nur Geschäfte. Er hat nur ne große Klappe, damit die Männer trinken und ihr Geld zum Fenster rauswerfen. Er hat beim Würfeln immer die Oberhand. Er verdient immer Geld.»

«Also ist wenigstens Rudolph kein Idiot, was?»

«Das heißt noch lange nicht, daß er mich nicht zum Narren halten könnte oder ne andere arme Frau.»

«Sono!» rief ein Spieler.

Sie griff nach dem Tablett und machte sich wieder an die Arbeit.

Während des Abends klopfte es hin und wieder an der Tür, und Cholo schaute durch den Spion und machte dann auf. Die meisten Spieler kamen zu Rudy; sein Laden war das Atlantic City der Lower East Side.

Gegen zwei wäre Soupspoon am liebsten gegangen. Er dachte an ein letztes Glas Bier, als es an der Tür klopfte. Cholo schaute nach und pfiff dann so laut, daß es weh tat.

Das Würfeln hörte auf, und alle Männer waren auf den Beinen, schlenderten ziellos weg vom Spieltisch.

Cholo riß die Tür auf, und ein Weißer in einem zerknitterten hellbraunen Anzug kam herein. Auf der Schwelle stieß er Cholo beiseite.

«Wie geht's denn so, Mann?» fragte jemand neben Soupspoon.

Es war der Mann in Rosa. Er hatte ein dunkles Gesicht voller Narben und kaute auf einem Streichholz herum. Er streckte die Hand aus.

«Ich heiße Billy Slick.» Sein Atem roch säuerlich.

«Ich werd Soupspoon genannt.»

«Hallo, Officer Todd», sagte Rudolph. Er breitete die Arme aus wie ein halbherziger Christus, mit einem wie eingegipsten Lächeln im Gesicht.

«Es ist untersagt, die Tür abzuschließen, wenn die Bar geöffnet hat», sagte der Cop.

«Vor zehn Minuten ist ein Mann hier rausgegangen und hat gesagt, er kommt zurück, weil er noch ne offene Rechnung mit Cholo hat. Wir haben abgeschlossen, damit wir keine Scherereien kriegen.»

«Sie hätten die Polizei rufen sollen», sagte der Cop.

«Nicht hinschauen», sagte Billy zu Soupspoon. «Tun Sie so, als ob Sie mit mir reden, und lassen Sie Rudy seine Nummer abziehen.»

Rudy redete. «Ich hab dem Mann keine Schwierigkeiten machen wollen. Vielleicht hat er ja bloß Unsinn verzapft.»

«Wie heißt der Mann?» Der Polizist holte einen Notizblock aus der Tasche.

«Gehen wir doch in mein Büro und unterhalten uns unter vier Augen, Officer.» Rudolph wies ihm den Weg, und die beiden gingen durch eine Tür hinter dem Tresen.

«Zeit fürs Schmiergeld», sagte Billy Slick.

«Ja, nehm's an.»

«Hab ich Sie schon mal wo gesehen, Mann?»

«Nö. Aber ich kenn Rudy. Hab ihn aber schon lange nicht mehr gesehen.»

«Wo haben Sie gesteckt?»

«Ich war krank. Krank und müde.»

«Jammerschade», sagte Billy Slick, dem das völlig egal war. «Aber jetzt geht's Ihnen besser, stimmt's?»

«Wann macht Rudy zu?»

«Das kommt drauf an.» Der Blick des Hünen hellte sich auf, wenn Rudys Name erwähnt wurde. «Falls ne Frau auf ihn wartet, macht er gegen zwei, halb drei zu – falls ne Frau auf ihn wartet oder er ne Pechsträhne hat.»

Soupspoon nickte und musterte Billy von oben bis unten. Er war um die Vierzig; unter seiner rosafarbenen Kleidung zeichneten sich die Muskeln ab.

«Was wollen Sie von Rudy?» fragte Billy.

Der alte Bluesmusiker spürte, daß ein Lächeln auf seinem Gesicht erschien. Er hörte das Lachen der Männer, sogar die träge surrende Fliege, die immer noch irgendwo im Raum war.

«Hören Sie's?» fragte Soupspoon schließlich.

«Ob ich was hör? Ich hör nix.»

«Darüber will ich mit Rudy reden.»

«Sind Sie verrückt?» fragte Billy.

«Mhm. Ich bin Musiker, jedenfalls war ich mal einer. Vielleicht könnte ich wieder einer werden.»

«Sie wollen hier spielen?» Als er lächelte, entblößte Billy zwei Zahnlücken und einen abgebrochenen Zahn. Das erinnerte Soupspoon an jemanden, aber er konnte sich nicht recht erinnern, an wen.

Die Luft um sie herum war säuerlich von Billys Atem, aber Soupspoon machte es nichts aus. Er mochte die Atmosphäre.

«Schauen Sie rein, wann immer Sie wollen», sagte Rudolph zu Officer Todd. Todd war schroff und ging schnell auf die Tür zu. Er stellte Blickkontakt mit jedem Mann her, der ihn anschauen wollte – aber die meisten Männer sahen zu Boden.

Auf dem Weg zur Tür sagte Todd zu Cholo: «Von jetzt an bleibt die Tür offen.»

Der Hawaiianer nickte, doch als Todd draußen war, warf er die Tür zu und schob den Riegel vor.

Als die Tür zuging, war Billy Slick sofort auf den Beinen.

«Ich brauch ne Sieben!» rief er. «Ich hab ein Heimspiel!»

Um drei war das Spiel vorüber. Im Club waren nur noch Rudys Angestellte. Rudolph sprach am Tresen kurz mit Billy Slick und Sono, dann schlenderte er herüber zu Soupspoons Tisch.

«Soup», sagte Rudy.

Soupspoon streckte die Hand aus, stand aber nicht auf. «Rudy.»

«Was kann ich für dich tun?»

«Du hast hier ein hübsches Lokal», antwortete Soupspoon. «Setz dich doch und trink was mit mir.»

«Ich hab Termine.» Rudy zeigte auf seine protzige goldene Armbanduhr – es war Viertel nach drei.

«Du hast keine fünf Minuten Zeit, mit nem alten Freund was zu trinken?»

Einen Augenblick lang schien der Spieler sich unbehaglich zu fühlen. Soupspoon sprach mit dem Jungen, den er gekannt hatte, nicht mit dem Mann, der vor ihm stand.

«Sono!» rief Rudy. «Bring ne Flasche Wild Turkey und zwei Gläser.»

Rudy setzte sich und legte die Hände auf die Knie.

Sono kam mit dem Schnaps und schenkte den beiden ein.

«Ich brauch Arbeit, Rudy», sagte Soupspoon.

«Arbeit?»

Soupspoon nickte und fuhr mit dem Daumen über den Glasrand.

«Hey, Mann, tut mir leid, aber hier hab ich nix für dich. Hier sind bloß ich, Cholo und Sono. Billy hilft manchmal aus, aber für alles, was er macht, bist du zu alt.»

«Ich könnte Blues spielen.»

«Das hier ist kein Musikclub, das weißt du, Soup. Scheiße, ich hab noch nicht mal ne Musicbox. «

Jetzt, als Mann, war Rudy groß und kräftig. Er war selbstsicher, und die Leute respektierten ihn. Aber Soupspoon erinnerte sich an den knochigen kleinen Jungen mit abgeschnittenen Hosenbeinen und ohne Hemd. Er und seine Frau Mavis holten Rudy oft in der Wohnung seiner Mutter ab und nahmen ihn zum Abendessen mit nach Hause. Dann gab es paniertes Huhn, und danach spielten sie im Vorderzimmer mit ihm Domino.

Als er Rudy zum erstenmal gesehen hatte, war er nicht älter als sechs gewesen. Soupspoon und Mavis gingen spazieren, als sie den kleinen Jungen sahen, der auf der Straße Flaschen zerschlug.

Mavis ging direkt auf ihn zu und packte ihn am Arm.

«Heb die verdammten Scherben auf, Junge! Glaubst du, die Leute wollen kaputte Reifen haben, bloß weil dir langweilig ist?»

Aus seinem Gesichtsausdruck schloß Soupspoon, daß es das erste Mal war, daß jemand versuchte, ihn zur Raison zu bringen.

Vermutlich stimmte das. Seine Mutter taugte nicht viel. Sie hatte sieben Kinder – jedes von einem anderen Freund. Als Mavis Rudy dazu brachte, sie in sein Zuhause in Harlem zu führen, fanden sie zwei Kleinkinder vor, die auf dem Boden Erdnußbutter aus dem Glas aßen, während Mrs. Peckell mit einem ihrer Männer im Hinterzimmer war.

«Vielleicht sollten wir lieber gehen, Mavy», hatte

Soupspoon vorgeschlagen. Er wollte in keine Prügelei mit einem Mann geraten, den er nicht einmal kannte.

«Wenn du willst, Soupspoon Wise, kannst du gehen», hatte Mavis gesagt. «Aber ich schau mir nicht mit an, wie diese Kinder leben müssen.»

«O ja! Ja, Baby!» schrie Mrs. Peckell hinter der geschlossenen Tür.

Rudy steckte sich den Finger ins Ohr. Ihm war peinlich, welchen Mangel an Manieren seine Mutter zeigte.

Mavis schickte Rudy mit seinen kleinen Brüdern hinaus auf den Flur. Dann hämmerte sie gegen die geschlossene Tür.

Das Geschrei hörte auf, und Soupspoon konnte die Geräusche raschelnder Kleidung ausmachen. Das Ächzen von Sprungfedern drang an seine Ohren, dann hörte er jemanden durch das Zimmer gehen.

«Was ist denn?» rief eine Frauenstimme.

«Kommen Sie raus!» befahl Mavis. So hatte Soupspoon sie noch nie reden gehört. Zum erstenmal kam ihm der Gedanke, daß sie nicht immer zusammenbleiben würden.

Die Frau, die aus dem Zimmer trat, bot einen schlimmen Anblick. Die Kleopatra-Perücke saß schief auf ihrem Kopf, ihre Augen hatten zwei verschiedene Farben, und das um ihren üppigen Körper gewickelte Laken war völlig verfleckt – zum Teil noch feucht und gesprenkelt mit Blut.

Der Mann, der hinter ihr erschien, war klein. Er trug eine graue Hose und ein ärmelloses Hemd.

«Was ist denn?» fragte die aufgelöste Frau wieder.

«Ich komme wegen Ihrer Kinder.» Mavis war nicht größer als Mrs. Peckell, aber es gelang ihr trotzdem, auf sie hinunterzuschauen.

«Was ist mit meinen Kindern?» Mrs. Peckell sah auf den Boden, wo die beiden Kleinkinder gegessen hatten.

«Es ist besser, wenn ich gehe, Jessie», sagte ihr Freund.

«Richard, setz dich hin!»

Fast hätte er es getan. Es stand zwar nirgends ein Stuhl, doch er ließ den Hintern nach unten sacken, als wollte er sich auf dem Boden niederlassen und auf ihren nächsten Befehl warten. Doch statt hinzufallen, machte er einen langen Schritt nach vorn wie ein russischer Kosakentänzer – und dann noch einen.

«Richard!»

Aber er war schon zur Tür hinaus. Und er schien Mrs. Peckells Kampfgeist mitgenommen zu haben. Urplötzlich wirkte sie schlaff und schwammig – im Bewußtsein, wie verschlampt sie und ihre Wohnung waren.

«Was ist mit meinen Kindern?» fragte sie Mavis wieder.

«Ich hab Rudy auf der Straße gefunden, wie er Flaschen zerschlagen hat.»

«Ist er verletzt?» fragte Jessie Peckell.

«Ihm fehlt nichts. Aber jetzt komm ich hier rauf und finde Ihre anderen Kleinen, wie sie auf dem Boden essen, mit den Händen, und Sie liegen mit diesem jämmerlichen kleinen Feigling im Bett ...»

«Das ist Juanitas Schuld», sagte die betrübte Mutter.

«Ich hab ihr gesagt, sie soll ihnen was zu essen geben und sie in den Park bringen. Ich versohl Juanita den Arsch, wenn sie nach Hause kommt.»

«Sind das Ihre Kinder?» Mavis' Stimme bebte.

Jessie bebte auch; sie sah aus wie ein Kind, das hinter dem Haus beim Rauchen erwischt worden ist.

«Sind es Ihre?» Mavis hob die Hand, und Jessie zuckte zusammen.

«Sind es Ihre?» fragte Mavis abermals. «Sind sie es? Denn wenn das Ihre Kinder sind und Sie nicht jeden Augenblick auf sie aufpassen, dann sterben sie, und nichts, was Sie sagen, bringt sie zurück. Und wenn das einmal passiert ist, dann helfen keine Blumen mehr, keine Brise vom Meer …»

Mit erhobener Faust ging Mavis auf Rudys Mutter zu. Jessie wich zurück, aber nicht, weil sie Angst hatte, meinte Soupspoon, sondern wegen des Leids, das Mavis ihr gezeigt hatte.

«Ich werde bald sterben, Rudy», sagte Soupspoon. «Hab Krebs in den Knochen und bin so gut wie obdachlos. Ich hab mich bestrahlen lassen, und jetzt soll ich Chemo kriegen. Und ich will bloß eins: Blues spielen.»

«Weiß die Tante das?» Rudy nannte Mavis seine Tante.

«Mavis ist in New York?»

«Mhm», antwortete der Junge im Mann.

«Na ja, ich hab seit Jahren nicht mehr mit Mavis gesprochen. Und ich will auch nicht, daß du ihr was erzählst. Ich will bloß ein Ja oder Nein von dir hören.»

«Ich weiß nicht mal, was du willst.»

«Ich will Musik spielen. Ich will hier spielen. Ich brauch bloß nen Stuhl.»

Rudy verzog wieder das Gesicht wie ein kleiner Junge. Soupspoon erinnerte sich, wie Mavis ihn zum erstenmal mit zu sich nach Hause genommen hatte: Auch damals war sein Gesicht völlig verkrampft gewesen. Er wollte die Nacht nicht in einer fremden Wohnung verbringen. Er wollte es nicht, bis er den Schweinebraten mit Kartoffeln und Bratensauce gekostet hatte; er wollte nicht, bis er zum Frühstück Buchweizenpfannkuchen und Schinken und dann einen Ponyritt im Central Park bekam.

«Die Leute kommen nicht hierher, weil sie Musik hören wollen, Soup. Sie kommen zum Zocken her, zum Zocken und zum Trinken.»

«Mir ist gleich, was sie wollen. Sie kriegen mich», sagte Soupspoon. «Du weißt, daß du mir was schuldig bist, Rudy.»

«Ich kann dich nicht bezahlen.»

«Das ist okay. Ich nehm Spenden.»

Rudy trank seinen Scotch aus. Er lehnte sich in seinem Stuhl zurück, beugte sich dann vor und legte die Ellbogen auf die Knie. Dann setzte er sich wieder auf und hielt sich die Hand vor den Mund.

Soupspoon lächelte über den Anblick des zappeligen Jungen, der ein Mann geworden war.

«In drei Wochen ist die Chemo vorbei. Wenn die mich nicht umbringt, dann hab ich vielleicht noch ein halbes Jahr, vielleicht länger. Ich denke, in nem Monat oder in fünf Wochen bin ich so kräftig, daß ich herkommen kann. Laß es uns ausprobieren, und wenn's nicht klappt … na schön, dann geh ich.»

Billy Slick und Sono hörten vom Tresen aus zu.

«Mach es, Rudy», sagte Sono.

«Ja», stimmte Billy Slick ein. «Mach's.»

«Und du übernimmst die Verantwortung dafür, Billy?» fragte Rudy in einem drohenden Ton.

«Klar mach ich das. Ich sag ihm, wann er spielen und wann er aufhören soll. Scheiße! Das hab ich im Palladium dauernd gemacht, bis sie mir nen Tritt in den Hintern verpaßt haben.»

Rudy nickte. Sono grinste ihren neuen Freund an.

«Okay», sagte Rudy. «Hör zu. Ich sag dir was. Du rufst mich an, wenn du in vier, fünf Wochen soweit bist, dann sehen wir weiter. In Ordnung?»

Sie schlug ihm heftig ins Gesicht, als er auf Zehenspitzen hereinkam.

«Wo, zum Teufel, bist du gewesen?» Kiki stand keine zehn Zentimeter von Soupspoon entfernt – ihr Atem hatte einen Alkoholgehalt von fünfundvierzig Prozent. Sie ballte die Faust. Soupspoon wußte, daß er zu Boden gehen würde, wenn sie ihn wieder schlug, deshalb stieß er, so kräftig er konnte, mit beiden Händen gegen ihre Brust. Er holte aus, um sie zu schlagen, traf sie aber nur seitlich am Kopf, als sie auf dem Linoleum ausrutschte.

Als sie auf dem Boden aufprallte, trat Soupspoon einen Schritt zurück. Er wollte nur schleunigst weg, doch dann stieß er gegen die Tür, und sie fiel zu. Er konnte sie nicht aufmachen, weil er es nicht wagte, Kiki den Rücken zuzuwenden, wenn sie durchdrehte.

Aber er hätte sich keine Sorgen zu machen brauchen. Kiki rollte sich auf dem Boden zusammen und schluchzte.

«Rühr mich nicht an!» kreischte sie, als er neben ihr in die Hocke ging. Er spürte ein Stechen in der Hüfte und in der linken Wange, aber das, was ihn wirklich schmerzte, war ein Stich, der mitten durch sein Herz ging.

«Ich rühr dich nicht an. Ich setz mich bloß neben dich. Das ist alles. Ich geh nirgends hin.»

Während Kiki weinte, preßte Soupspoon die Finger gegen die linke Seite seiner Brust. Der Schmerz war wie eine harte Erbse in seinem verkrampften Herzen. Das war die Erinnerung an Liebe und die Nähe des Todes, gleichzeitig. Es entfachte eine wilde Freude in ihm.

«Du hättest mir nicht weh tun müssen», sagte Kiki, das Gesicht immer noch zwischen den Knien vergraben.

«Ich hab bloß Angst gehabt, Schatz. Ich wollte nur nicht, daß du mich schlägst.»

«Ich hab's nicht so gemeint», sagte sie. «Ich hab mir bloß Sorgen gemacht, weil's so spät war und du nicht angerufen und keine Nachricht hinterlassen hast. Du warst einfach weg, und ich hab Angst gehabt, daß du nicht mehr zurückkommst.»

Soupspoon legte die Hand auf ihre bebende Hüfte. Sie griff nach ihm und umklammerte seine Hand.

«Wo soll ich denn hin, Baby? Ich hab mich doch bloß darum gekümmert, was ich nach der Chemotherapie machen will.»

«Was meinst du damit?» fragte Kiki, als sie sich aufsetzte. Sie wischte sich die Tränen aus den Augen und strich sich mit derselben Bewegung das Haar zurück.

«Die Ärztin hat gesagt, daß es mir eine Weile richtig schlecht gehen wird. Sie sagt, Chemo ist Gift für den Krebs. Aber ich denke mir, wenn sie mir Gift geben müssen, dann muß ich wirklich schon sehr krank sein. Wahrscheinlich dauert es nicht mehr lange, bis ich sterbe.»

«Sag das nicht, Daddy ...»

«Schneid mir jetzt nicht das Wort ab, Mädchen. Weißt du, seit du mich hier raufgebracht hast, hab ich nachgedacht – ich hab mit dem Bluesspielen angefangen, weil ich das Gefühl gehabt hab, ich werd jung sterben, und ich wollte einfach immer nur spielen. Und jetzt, wo ich wirklich sterben werd, will ich's wieder tun. Ich will was machen, was hinterlassen.»

«Es tut mir leid», sagte Kiki.

«Ja, Baby. Mir auch.»

«Ich hab dir nicht weh tun wollen», sagte sie.

«Das weiß ich doch, Baby. Das weiß ich.»

10

In den nächsten drei Wochen behandelten Dr. Fey und seine Assistenten Soupspoon mit Chemotherapie. Von den Giften bekam er Tag und Nacht Ohrensausen, sie raubten ihm den Appetit und brachten die spärlichen Reste seines Haars zum Ausfallen.

Er nahm zwölf Pfund ab.

In den ersten Tagen wankte er durch die Wohnung; er übergab sich und fröstelte. Ihm war kalt, ganz gleich, wieviel er anzog. Sogar vor dem Herd empfand er die Kälte des Todes. Sein Blut wurde vergiftet, und der Arzt gab ihm eine Transfusion nach der anderen. Soupspoon mußte jeweils sechs Stunden lang auf einem harten Tisch liegen, während das Blut in seine Vene tropfte.

Nach einer Woche beschlossen sie, ihn im Krankenhaus zu behalten, weil der Arzt befürchtete, er würde den langen Anfahrtsweg nicht länger überstehen.

Nach dem dritten Tag hatte die Oberschwester Kiki gebeten, zu Hause zu bleiben. Kiki stritt sich pausenlos mit den Schwestern und schlug Alarm, sobald Soupspoon auch nur leichtes Unbehagen empfand – und meistens hatte er Schmerzen wie ein Sterbender. Kiki schrie, kommandierte und versuchte, die Schwestern zu behindern, wenn sie glaubte, sie täten ihm unnötig weh.

Doch erst, als sie in einem Wutanfall das Tablett mit den Spritzen durch das halbe Zimmer gefegt hatte, bat Nurse Jones sie zu gehen.

«Sie helfen Atwater nicht, Tanya», sagte sie so freundlich wie möglich.

Danach hatte Kiki Randy aufgefordert, nach Soupspoon zu sehen – es war keine Bitte. Sie schenkte Randy nur Aufmerksamkeit, wenn er Soupspoon in der Krebsstation Gesellschaft leistete.

Randy hatte gesehen, wie sie die Decken über ihn

zog, wenn er schlief. Sie wollte nicht einmal flüstern, wenn Soupspoon döste.

Als Kiki von Randy verlangte, sich für die Krankenhausbesuche freizunehmen, machte er es. Er hatte keine Wahl. Es wäre das Ende ihrer Freundschaft gewesen, wenn er sich geweigert hätte.

Er war erst fünfundzwanzig, über zehn Jahre jünger als Kiki. Aber trotz des Altersunterschieds war er verrückt nach ihr. Er war verliebt in ihr rotes Haar und ihre sehnigen, bleichen Arme. Der leichte Südstaatenakzent in ihrer Stimme brachte ihn immer zum Lächeln. Es gefiel ihm, daß sie sich nicht herumschubsen ließ und daß sie sich nie scheute auszusprechen, was sie dachte. Wenn jemand etwas sagte, was ihr nicht paßte, ließ sie es ihn wissen – ganz gleich, wer es war. Es spielte keine Rolle, ob es Weiße oder Schwarze waren. Kiki sagte jedem ihre Meinung.

Es stimmte, daß sie eine unflätige Ausdrucksweise hatte, vor allem, wenn sie unter dem Einfluß von Alkohol oder Marihuana stand. Randy billigte weder künstliche Stimulanzien noch eine unflätige Ausdrucksweise. Seine Mutter hatte ihn in Flushing, Queens, zu einem echten Gentleman erzogen.

Randy hatte nur eine Mutter. Sein Vater hatte nicht einmal Randys Geburt miterlebt. Lange Zeit hatte Randy geglaubt, sein Vater sei tot. Das war die Geschichte, die seine Mutter ihm erzählt hatte. Aber mit vierzehn fand er einen Stapel Briefe von einem gewissen J. Chesterton, adressiert an seine Mutter.

Es gab keinen Grund zu der Annahme, daß seine Mutter gelogen hatte. Es hätte irgendein anderer

J. Chesterton sein können. Vielleicht ein Cousin. Es konnten keine alten Briefe von seinem Vater sein; das wußte er, weil die Poststempel erst sechs Jahre alt waren.

Es hieß, Randys Vater sei beim Transport einer Fracht Kühlschränke von Bethesda, Maryland, nach Marokko ums Leben gekommen. Jamal, sein Vater, war ein blauäugiger Araber aus einem uralten Geschlecht; ein weißhäutiger Araber mit Händlerblut in den Adern. Esther, Randys Mutter, stammte aus Südamerika – ein Abkömmling der Konquistadoren. Ihr Blut, sagte sie, sei zu neunundneunzig Prozent spanisch, denn die Oberschicht habe sich nicht mit den Eingeborenen gepaart. «Solche Paarungen», erzählte sie dem Jungen, «gab es unter Indianerinnen und einfachen Soldaten.» Als Randy sie fragte, warum sie ständig eine so braune Haut habe, sagte sie, soweit sie wisse, sei der einzige dokumentierte Fall von Rassenpaarung in ihrer Ahnenreihe der mit einer Majaprinzessin vor über drei Jahrhunderten.

«Aber weißt du, königliches Blut ist stark», erklärte sie dem leicht beeindruckbaren Jungen. «Es setzt sich jahrhundertelang durch.»

Eines Tages jedoch erschien ein schwarzes Paar mit zwei Kindern an der Haustür und behauptete, sie seien Cousin und Cousine von Jamal Chesterton, dessen Vater ein englischer Forscher gewesen sei. Mrs. Chesterton erklärte ihnen mit großer Geduld und Zurückhaltung, ihr Cousin und ihr Mann müßten den gleichen Namen gehabt haben, seien aber in Wahrheit zwei völlig verschiedene Menschen.

«Aber wir haben Jamal letzte Woche gesehen», sagte die üppige braune Frau. «Er hat uns diese Adresse gegeben. Er wollte wissen, wie es seinem Sohn geht.»

«Das ist der Beweis», sagte Mrs. Chesterton. «Mein Mann ist vor vierzehn Jahren gestorben. Er hat nie erfahren, daß er einen Sohn hatte. Er ist bei einem Schiffbruch vor der Küste von Afrika ums Leben gekommen.»

«Jamal ist nicht tot», sagte der adrette kleine Mann im rehbraunen Anzug. «Er ist in Atlanta.»

Atlanta war die Stadt auf den Poststempeln der Briefe, die Randy gefunden hatte.

«Ich weiß nicht, was ich Ihnen sagen soll», sagte Mrs. Chesterton. Sie hielt die Tür weit offen, als wollte sie beweisen, daß es in ihrem Haus kein Geheimnis gab. «Ihr Cousin hat sich geirrt. Sagen Sie ihm, ich hoffe trotzdem, daß er seine Frau und seinen Sohn findet.»

Mrs. Chesterton bedachte das Paar mit einem breiten Lächeln und wartete darauf, daß sie gingen. Randy merkte, daß sie noch mehr sagen wollten, doch stattdessen nahmen sie ihre Kinder, einen Jungen und ein Mädchen, bei der Hand und gingen.

Als sie fort waren, setzte sich Randys Mutter an den Küchentisch. Sie weigerte sich, auch nur eine Frage nach dem fremden Paar zu beantworten. Das alles sei nur ein Irrtum gewesen, sagte sie.

Am nächsten Tag suchte Randy nach den Briefen, aber sie waren aus dem Schreibtisch verschwunden.

Drei Wochen später kam ein Möbelwagen und brachte sie zu einer neuen Adresse in Long Island City.

Randy wußte, daß der Umzug etwas mit den Briefen und dem Besuch des schwarzen Paares zu tun hatte. Seine Mutter hatte seine Beziehungen zu schwarzen Kindern in der Schule immer mißbilligt und geriet in kalte Wut, wenn jemand ihn für etwas anderes hielt als das, was er war – ein exotischer Weißer.

Randy hatte als Kind nie etwas gegen Farbige. Ihm gefiel, daß sein Haar so lockig war, und als er alt genug war, sich gegen Esther durchzusetzen, ließ er sich Rastazöpfe wachsen. Randy nahm keinen Anstoß an Schwarzen. Er hatte eine Menge schwarzer Freunde. Er kam mit Schwarzen so gut aus, daß ihn viele Leute, vermutlich wegen seiner Haare und des königlichen Majabluts, selbst für einen Schwarzen hielten.

Doch an diesem Punkt zog Randy den Schlußstrich.

Man mußte seiner Rasse treu sein.

Er war ein Exot; ein Weißer ohne eindeutige europäische Abstammung. Trotzdem war er weiß. Er hatte das Gefühl, Schwarze könnten seine Welt nie richtig verstehen. Wegen der Sklaverei und des alltäglichen Rassismus war der Welt der Schwarzen der Weg verschlossen, den er einschlagen wollte.

Nach dem Abschluß am Pace College wollte Randy an einer Ivy-League-Universität Jura studieren. Nach dem Jurastudium würde er an die Wall Street gehen, sich die Beziehungen zunutze machen, die er bis dahin geknüpft hatte. Trotzdem würde er sich weiter für die Unterdrückten einsetzen, auch wenn er ganz oben war.

In Kikis Weltsicht sah er eine Widerspiegelung dieser Gefühle. Er stellte sich vor, daß sie nicht nur verheiratet, sondern eine Art Team waren. Zwei konservative Weiße, die kein Problem damit hatten, Schwarze zu unterstützen. Natürlich würde er Kiki abgewöhnen müssen, das Wort «Nigger» zu benutzen. Aber im Augenblick übersah er diese Schwachpunkte, weil er Kiki liebte. Er wollte, daß sie seine Frau wurde. Und falls sie bei ihrem Entschluß blieb, niemals Kinder zu bekommen, würden sie eins adoptieren; vielleicht sogar ein afrikanisches Kind – das würde beweisen, daß sie das Herz am richtigen Fleck hatten.

Aber bevor etwas davon eintreten konnte, mußte er sich um Soupspoon kümmern. Er mußte es, weil Kiki ein so empfindsames Herz hatte, daß ihre Liebe eine Weigerung möglicherweise nicht überlebt hätte.

Anfangs lag ihm nichts an Soupspoon. Er war nur ein alter Mann, der nach verfaulten Maiskolben roch. Irgendwie hatte er herausbekommen, wie er Kikis Großzügigkeit ausnutzen konnte – das glaubte Randy jedenfalls.

Aber obwohl er nicht gern dort war, merkte Randy, wie schrecklich die Behandlungen waren. Soupspoon litt unter Übelkeit und starken Schmerzen, auch wenn er nicht klagte. Manchmal, wenn die Schwester Soupspoons Arm nur ganz leicht berührte, sah Randy, wie seinen ganzen Körper ein Schauer durchlief.

«O nein!» Soupspoons Mund bildete die Worte, aber er gab nie ein Geräusch von sich. Er ließ die Gifte in seinen Körper ein, doch sein Blick schien stärker zu sein als die Schmerzen.

Bei seinem dritten Besuch bemerkte Randy, daß sich

seine Gefühle für Kikis Freund verändert hatten. Er hatte ein Buch zum Lesen mitgebracht, aber es lag unaufgeschlagen da, während er in Soupspoons blicklose Augen schaute. Ihm war danach wegzugehen, aber er konnte es nicht; ihm war danach, auf die Toilette zu gehen, aber er mußte nicht. Als er schließlich das Zimmer verließ, lächelte eine Schwester ihm zu, und er wandte sich schnell ab, damit sie ihn nicht weinen sah. Da erkannte er das Gefühl, das ihn überkommen hatte – es war Scham. Er schämte sich darüber, wie nackt der Schmerz war.

«Dein Daddy ist tot?» fragte Soupspoon während seiner neunten sechsstündigen Transfusion.

«Ja, Sir. Ist gestorben, als ich zwei war – ein Schiffbruch.»

«Das tut mir leid.»

«Es ist lange her. Ich hab mich wohl inzwischen daran gewöhnt.»

Es machte Soupspoon Freude, den jungen Mann zu beobachten.

Randy brachte Lehrbücher mit, in denen er las, wenn Soupspoon döste. Bücher wie *Wall Street* oder *Investmentstrategien für die achtziger Jahre.* Er brachte auch das *Wall Street Journal* mit. Er las Soupspoon die internationalen und nationalen Nachrichten auf Seite eins vor, wenn der Kranke die Konzentration zum Zuhören aufbringen konnte.

Manchmal wurden die Spritzen, die Gifte und die fluoreszierenden Lichter zuviel für Soupspoon. Er bebte vor Schwäche und angesichts der Nähe des Todes. Dann legte Randy das Buch weg und hielt die trockenen alten Hände im Versuch, dem Zittern ein Ende zu machen. Einmal schüttelte es Soupspoon so schrecklich, daß Randy Angst bekam und sich so aufregte, daß er den alten Mann tatsächlich auf die Stirn küßte.

Ein Kuß.

Soupspoon sah auf in das besorgte Gesicht des Jungen, spürte immer noch, wo die Lippen ihn berührt hatten. Er versuchte, sich an das letzte Mal zu erinnern, als ihn jemand so geküßt hatte. Wann hatte zum letztenmal jemand seinen Schmerz erkannt und ihn wegküssen wollen? Vielleicht Ruby und Inez, er erinnerte sich nicht daran. Er war oft geküßt worden. Geküßt, abgeleckt, ausgesaugt. Er war auch getreten und herumgeschubst worden. Er war in Mavis und in andere Frauen verliebt gewesen. Aber keine von ihnen hatte je versucht, seinen Schmerz zu küssen. Er war in die ganze Welt verliebt gewesen, in alles, wenn die Musik stimmte. Aber Randys Kuß war etwas Besonderes. Etwas, das ihm gefehlt hatte.

An jenem Tag ging es Soupspoon schlechter als je zuvor. Ein Fieber überkam ihn, und er driftete in einen Alptraum. Manchmal packte ihn auf dem Transfusionstisch Schüttelfrost, und manchmal war er in einer Plantagenscheune, umringt von Leichen, die seinen Namen gekannt hatten.

«Woher stammt deine Familie?» fragte Soupspoon. Es war am Tag, nachdem er nach Hause geschickt worden war, und er und Randy saßen in Kikis Wohnung. Seine letzte Chemospritze war zwei Wochen her; deshalb hatte er nur leichtes Ohrensausen.

«Aus Nordafrika – das heißt aus Marokko – und aus Brasilien.» Er schaute beim Sprechen weg.

«Wir sind wohl überall gewesen, was?»

«Ich weiß nicht, was Sie meinen.»

«Farbige, Neger, Nigger. Wir waren überall.»

«Oh, ich verstehe», sagte Randy und warf einen Blick auf seine braune Hand. «Nein, Sir, da irren Sie sich. Ich bin kein Schwarzer. Mein Vater war ein reinrassiger Araber, und meine Mutter stammt aus Brasilien. Viele Leuten halten mich für schwarz, aber ich bin's nicht. Kein bißchen.»

Soupspoon sah ihn nur an, total verblüfft über Randys Behauptung.

«Deshalb habe ich so helle Augen», fuhr Randy fort.

«Kommt das von den Arabern oder von den Südamerikanern?»

«Manche Araber haben blaue Augen; das gilt als Segen. Im elften Jahrhundert gab es einen ganzen blauäugigen semitischen Stamm. Sie waren großartige Krieger und Gelehrte.»

«Deine Momma stammt von denen ab?»

«Mein Vater. Er war Geschäftsmann.»

Soupspoon hatte viele Schwarze gekannt, die als Weiße durchgegangen waren. Manche warfen sich in Schale und machten sich einen Spaß daraus, in weiße Restaurants oder weiße Kirchen zu gehen. Manche zogen in weiße Gegenden und lebten, als ob sie wirklich weiß wären. Sie heirateten, zogen Kinder groß und erklärten ihr lockiges Haar mit ihrer Abstammung aus Griechenland, Irland oder sonst einem exotischen Land mit weißer Bevölkerung. Sie gehörten zur Junior League und zum Ku-Klux-Klan, wählten die Konservativen; manche kandidierten sogar für ein Staatsamt. Sie beherrschten die Sprache der Weißen besser als diese selbst, weil niemand Weiße besser kennt als Schwarze. Ein Schwarzer kennt einen Weißen in- und auswendig. Und warum auch nicht? Die Schwarzen fuhren die alten Autos der Weißen, trugen ihre alten Klamotten, lasen ihre ausrangierten Bücher. Sie lebten in einer Welt, in der sie besser sein mußten als die Weißen. Weiße brauchten sich nie Sorgen darüber zu machen, wie sie redeten, gingen oder lachten. Für sie war es selbstverständlich, daß sie weiß waren. Alles, was ein Weißer tat, war deshalb in Ordnung, weil es ein Weißer tat. Doch ein Schwarzer war anders. Ganz gleich, wie eifrig er lernte oder wie rechtschaffen er war, ein Schwarzer trug immer noch das Kainsmal. Man brauchte nur hinzuschauen.

Aber wenn man eine helle Haut hatte und glattes Haar, dann wurde man besser behandelt. Weiße mochten hellhäutige Neger lieber, und ein hellhäutiger Liebhaber war der Traum vieler dunkler Seelen. Hellhäutige Schwarze hatten bessere Arbeit. Je hellhäutiger, desto besser.

Und wenn man hellhäutig genug war, konnte man vielleicht sogar durch einen Spalt schlüpfen und in den Himmel kommen.

Soupspoon erkannte sie. Manchmal ertappte er einen, der in einer Hotelhalle saß. Am Profil oder daran, wie er die Hände faltete, erkannte Soupspoon die gemeinsamen Wurzeln. Er war sich sicher, wenn der Mann seinen Blick auffing und schnell wegsah. Dieser Blick würde dem Mann monatelang schlechte Träume bescheren. Aber er hätte sich keine Sorgen machen müssen, denn Soupspoon hätte ihn nicht verraten. Niemand brauchte ihm zu erklären, warum farbige Brüder und Schwestern als Weiße durchgehen wollten. Für jemanden, der schwarz war, gab es damals in Amerika nichts von Wert. Man besaß nicht die Bohne, und wenn man etwas besaß, konnte es einem jederzeit wieder genommen werden. Vielleicht hatten Weiße es auch schwer, aber davon konnte man einen Schwarzen nicht überzeugen. Sein Brot war steinhart.

Das Leben war hart, und das war auch der Grund, warum manche Schwarze als weiß gelten wollten. Doch Randy, so dachte Soupspoon, hatte es schwerer getroffen als alle anderen.

Die Leute, die Soupspoon kannte, hatten wenigstens gewußt, woher sie kamen. Sie gingen als Weiße durch und lebten ihr Leben in der Welt der Weißen so, wie es alle Farbigen tun: Sie sahen den Leuten ins Gesicht und logen, was ihre Gefühle und ihr Wissen anlangte – logen über ihr Inneres. Das machten alle. Die Weißen anzulügen war sowohl ein Sport als auch eine Überlebenstaktik.

Die Menschen, die Soupspoon gekannt hatte, belogen die Weißen, aber Randy belog sich selbst. Ein Blick in sein Gesicht, und man wußte, was er war – ein grauäugiger Neger. Aber wenn er in den Spiegel schaute, sah er einen Weißen. Er bildete sich ein, er werde in die Geschichtsbücher der Weißen eingehen und der Star von Fernsehshows werden. Vielleicht liebte er Opern.

Soupspoon hatte früher über Menschen wie Randy gelacht, Spottlieder über sie erfunden. Aber jetzt nicht mehr.

«Na ja», sagte der alte Mann, «wir sind wohl alle Leute, die sich durchschlagen, so gut sie können.»

Als Soupspoons Kraft zurückkehrte, spürte er, wie sich der Ansturm seiner Krebserkrankung legte. Und indem er Randy vergab, fühlte er sich geheilt von der Krankheit, die Schwarze dazu brachte, sich zu wünschen, sie wären weiß. Alle seine Träume und Erinnerungen an das Delta und die Wege des Blues kehrten zurück, wurden schärfer und klarer, während er seine Gedanken zurückschweifen ließ.

Er erinnerte sich so deutlich an Robert Johnson, daß er manchmal glaubte, er könne tatsächlich mit dem Gitarristen reden. Er ging durch Kikis Studiowohnung, während sie bei der Arbeit war, stellte sich vor, RL stünde neben ihm, spreche über Frauen, die er gekannt hatte, oder darüber, wie viele Stücke er aus dem Gedächtnis spielen könne.

Alles stürzte plötzlich auf ihn ein; zuviel für ihn, als daß es einen Sinn ergeben hätte. Er versuchte, es aufzuschreiben, doch die Worte, die er zu Papier brachte, klangen nicht. Er schaltete den Kassettenrecorder ein, den Kiki aus dem Radio Shack mitgebracht hatte, und versuchte, seine Geschichten auf Band zu sprechen. Aber wenn er sie abspielte, fühlte er sich an einen unbegabten Babysitter erinnert, der versucht, ein Märchen zu erzählen, das er vergessen hat.

Schließlich bat er Kiki um Hilfe.

«Hör mir einfach zu», sagte er. «Ich bin ein Geschichtenerzähler. Ein Geschichtenerzähler braucht jemanden, der hören will, was er zu erzählen hat.»

11

Ich bin RL zur Erntezeit in Arcola, Mississippi, über den Weg gelaufen. Er spielte ein neues Lied, einen Blues, wie ich ihn noch nie gehört hatte. Der Text war von ihm, aber am Anfang waren mir die Worte egal. Mich hat seine wilde Stimme gepackt und die Art, wie er den Kopf zurückwarf, als könnte in ihm was brechen, wenn er es nicht mit einem Lied herausbrüllte. Er war wie ein Baptistenpfarrer, völlig vertieft in sein Gebet. Soll aber nicht heißen, daß fromme Leute je was mit RL und seiner teuflischen Musik im Sinn gehabt hätten.» Soupspoon wandte sich Kiki zu und zwinkerte. Sie hatte ein paniertes Huhn mitgebracht, einen Sechserpack Bier und eine Dreiviertelliterflasche Jack Daniel's. Sie baute den Festschmaus auf dem Eßtisch auf, setzte sich und hörte ihm weiter zu.

«Er war ein knochiger Junge», fuhr Soupspoon fort, «mit einem heilen Auge und einem toten, das in der Höhle herumschwamm. Die Leute haben behauptet, mit dem toten Auge hätte er direkt in die Hölle sehen können – und es weiß ja jedes Kind, daß der Blues dorther kommt.

Seine Hände rasten wie wütende Spinnen über die Gitarrensaiten. Niemand konnte so spielen wie RL, Robert Leroy Johnson. Er war ein Feldnigger, der zu faul zum Baumwollpflücken war. Er hatte Narben und war ziemlich klein. Er liebte seine Momma und fast jede andere Frau, die er kennenlernte.

Aber wie ich gesagt hab, es war spät am Tag, und es waren nicht viele Leute auf der Straße, weil in Mississippi Baumwollerntezeit war und alle bei der Arbeit waren, bis auf mich und RL und vielleicht noch fünf bis sieben andere faule Seelen.

Ich erinnere mich an vier krausköpfige Jungs, einen alten Mann, der Crawdaddy genannt wurde, und an zwei junge Mädchen. Die Mädchen waren Linda Powell und Booby Redman. Die Jungen stampften alle mit den Füßen und nickten im Takt zu dem, was RL sang. Und der alte Crawdaddy wackelte mit den Schultern, als ob er wieder ein junger Mann wäre und gleich auf den Tanzboden ziehen wollte.

An dem Tag war richtiges Hurrikanwetter, warm und kühl zugleich, mit einem Wind vom Golf her und Spottdrosseln, die bei jeder Note über den Himmel wirbelten.

Erst spielte er ‹Love in Vain›, aber als RL ‹Me and the Devil› sang, klappte Boobys Kinn nach unten. Sie trug ein schlichtes Baumwollkleid und ein knallrotes Tuch um den Kopf. Sie war ein gesundes Mädchen mit prallem Busen und stämmigen Beinen, aber als sie RL hörte, blieb ihr der Mund offenstehen, und sie ließ die

Hände baumeln. Als RL uns erzählt hat, seine böse Seele könnte den Greyhound einholen, hab ich geglaubt, Booby fällt einfach um und weint.

Dieser Junge konnte so spielen, daß einer Frau die Kleider vom Leib fielen.»

«Von den Rolling Stones?» fragte Kiki.

«Was?»

«‹Love in Vain›, haben das nicht auch die Stones gespielt?» Kiki grinste vor lauter Aufregung.

«Mädchen, willst du mich meine Geschichte erzählen lassen oder dauernd blöde Fragen stellen?»

Kiki nahm einen panierten Hühnerflügel, schürzte die Lippen und warf ihrem Freund eine Kußhand zu.

«So, wo war ich?» fragte Soupspoon. «O ja, wir waren draußen auf der Straße. RL hat mit seinen harten Sohlen aufgestampft und neuen Blues gesungen. Ich meine, er hat Musik gespielt, die vorher noch niemand gehört hatte, er hat direkt vor unseren Augen Geschichte gemacht. Die Leute sind gekommen, immer mehr, und die Nickel sind in seine alte Bohnenbüchse gefallen. Als die Menge groß genug war, bin ich auf die andere Straßenseite gegangen und hab meine Gitarre rausgeholt. Ich war erst sechzehn, aber weißt du, ich konnte spielen.

Bluesmusiker im Delta haben gern auf beiden Straßenseiten gespielt. Das war ein Schauspiel, wie es die Leute auf dem Land sehen wollten. Und es war keine Schande, wenn man auf der Straße nen Kumpel hatte, der einem half, wenn ein Hilfsarbeiter wütend wurde, weil man sein Mädchen zum Lachen brachte.

RLs Musik muß wohl zuviel für Booby gewesen sein, denn sie kam auf die andere Straßenseite, eigentlich war's ja bloß ein gebahnter Feldweg, und wollte meinen leisen, sanften Blues hören. Hinter mir war Satan nicht her. Deshalb bin ich immer noch hier, in Fleisch und Blut.

Es war ein unvergeßlicher Tag. Das Ende eines harten Tags auf den Feldern. Die Leute waren so müde, daß ihnen die Finger in den Staub hingen, aber trotzdem sind sie gekommen, wollten sehen, was alle anderen machten. Auch der Himmel war seltsam. Dicke fette Wolken rasten darüber hinweg, dann kamen Sonnenstrahlen, die einen Augenblick lang blendeten. Die Leute riefen: ‹Spiel!› und ‹All right!› Manche Mädchen bewegten die Füße, und bald tanzten die Jungen mit ihnen, denn wenn damals eine Frau tanzen wollte, meinte sie es ernst. Wenn ihr Freund nicht tanzen wollte, nahm sie einen andern Mann bei der Hand. So war es nun mal.

Wir haben gespielt und gespielt. Es hat Nickel gehagelt. Alle bewegten sich zu RLs bösen Launen. Und wenn sie müde wurden, kamen sie herüber zu mir, und ich hab sie beruhigt mit Liedern wie ‹Got Me a Country Girl› oder ‹Blind Catfish Blues›.

Es müssen vierzig Leute gewesen sein, die mir und Bob zugehört und dabei getanzt haben. Vierzig farbige Seelen, arm wie am Tag ihrer Geburt. Wir waren wilder als ein entfesselter Prediger, als der Countysheriff kam.

Heck Wrightson war ein Weißer, ein Mann, aus dem man zwei hätte machen können, und bösartiger als eine hungrige Ratte in der Hose. Er hat seinen Schlagstock auf die Gehplanken aus Holz geworfen, ihn klappernd über die Bretter rollen lassen. Er hat gerufen: ‹Geht lieber alle zu Boden, bevor der Stock ausrollt, denn ich schieß aus der Hüfte.›

Booby hat als erste geschrien. Und dann rannten die Leute auf einmal los, mit gesenkten Köpfen und mit den Händen in der Luft. Schwarze Seelen sind übereinandergefallen, und Heck hat Wort gehalten. Er hatte eine Pistole Kaliber einundvierzig in Gürtelhöhe und gab in einem lässigen Tempo Schüsse ab.

WUMM! Peng! Heck hat gelächelt. Linda Powell ist mit einem lauten Klatscher auf den Boden geprallt! Ich hab gesehen, wie ihr Freund, Lyle Cross, von ihr weggelaufen und um die Ecke vom Gemischtwarenladen gerannt ist.

Ich war in der Klemme wegen meiner Gitarre, die ich von meinem Onkel Fitzhew bekommen hatte und die ich nach meinem ermordeten Freund Bannon genannt hab. Ich konnte sie nicht einfach wegwerfen oder mit ihr wegrennen. Deshalb hab ich versucht, mich am Rand der Gehplanken so klein wie möglich zu machen. Die Leute haben immer noch geschrien, sind immer noch gerannt, und ich hab zu Gott gebetet, daß er mir und meiner Gitarre das Leben rettet.

Dann war da dieser harte Stiefel neben meinem Kopf.

‹Steh auf, Nigger›, hat der mit dem Stiefel gesagt. Und da wußte ich, daß mich Heck Wrightson am Kragen hatte.

Ich schau auf und seh, wie Heck vor mir aufragt und mir die Pistolenmündung ins Gesicht hält. Mit der anderen Hand hielt Heck RL am Hemdkragen fest.

Bobs Gesichtsausdruck erzählte die ganze Geschichte vom Leben der Farbigen in Mississippi. RL war ein dreister junger Mann, fehlgeleitet und wild. Aber als dieser Polizist ihn am Schlafittchen hatte, ist er einfach zusammengesackt und hat es eingesteckt. Sein heiles Auge starrte über den Feldweg hinweg, und sein totes Auge war Tausende von Kilometern weit weg. Sogar seine Lippen hingen durch. Denn wenn ein Weißer, vor allem ein Polizist, einen Nigger packte, war das das Ende der Geschichte. Wenn man ihm Ärger machte oder ihn beschimpfte, wenn man aufstand und ihm in die Augen schaute – wenn man irgend so was tat, wartete der Tod, ein Tod, so schnell wie die Kekse meiner Momma.

Heck schleppte uns zu dem weißen Barbiergeschäft, wo sein Onkel Zähne zog und Haare schnitt. Hinten im Laden war eine Zelle. Sie war bloß ein Verschlag mit nem Türrahmen aus Schmiedeeisen und fünf Metallstangen. Es war kein besonders eindrucksvolles Gefängnis. Es gab nicht mal Gitter an dem kleinen Fenster, aber wir waren so vernünftig, daß wir nicht versucht haben abzuhauen.

Bob hat sich in die Ecke gesetzt. Er setzte sich auf den Boden, weil's in dem Raum keine Möbel gab, nicht mal nen Hocker. Da drin stand nur ein Blecheimer, der stark nach Kotze und Scheiße gestunken hat.

‹Hey, Bob›, hab ich geflüstert, als Heck rausgegangen war, um mit seinem Onkel zu reden.

RL hat so heftig den Kopf geschüttelt, daß seine Bakken fast gegeneinander geklatscht wären, aber er hat kein Wort gesagt.

Ich bin von ihm weg zur Zellentür gegangen und hab hinausgeschaut in den Laden. Heck hatte unsere Gitarren in die Ecke gestellt, unter die Ablage für die Taschen und Jacken der Kunden. Ich hätte den Weißen am liebsten angeschrien, daß er unsere Gitarren wo unterbringen soll, wo sie in Sicherheit sind, aber dann hab ich mir Sorgen gemacht, wenn ich was sag, könnte er ne Saite zerreißen oder was Schlimmeres tun, aus reiner Bosheit.

Und da hat Bob angefangen. ‹Ohhh, Momma, yeah. Yeah, Yeaaaaahhh›, hat er gesungen.

‹Ohh, Momma!› rief er wieder. Dann hat er den Kopf zurückgeworfen und einen langen, hohen Ton ausgestoßen.

‹Was ist denn da los?› hab ich Heck sagen hören. Ich hab den Barbier sehen können, wie er hochgeschaut hat von dem Kopf, den er vor sich hatte. Ich hab RL gepackt und leise gesagt: ‹Ruhig, Bob. Der Sheriff mag keinen Lärm.› Aber inzwischen war Heck an der Zellentür. Er hatte Levi's an und ein Cowboyhemd mit Druckknöpfen. Auf der linken Wange hatte er eine scheußliche grüne Hautverfärbung. Er hat auf einem Nagel herumgekaut, als Ersatz für nen Zahnstocher. Er sagt: ‹Was ist hier drin los?›

Ich hab gesagt: ‹Gar nix.› Aber genau da legt RL los: ‹Ohhhh. Oh.›

‹Was stimmt nicht mit dem?› Heck hatte die Faust um eine Stange geballt. Ich hab Angst gehabt, er reißt sie aus der Tür und schlägt uns beide tot.

‹RL hat Anfälle›, hab ich zu ihm gesagt. Ich hab das für wahr gehalten.

Er sagt: ‹Willst du mich verarschen, Junge?›

Und ich sag: ‹Nein, Sir, nein, Sir, das will ich nicht.› Ich hab mich sofort geduckt wie ein Plantagennigger. Ich mein, ich hab auf dem Boden gesessen, aber ich hab mich trotzdem geduckt. Ich hab den Kopf hängen und beim Sprechen den Mund durchsacken lassen. Ich weiß, du willst nix drüber hören, daß sich jemand wie ein Nigger benimmt, wenn ein Weißer mit der Peitsche knallt. Aber du hast nicht damals im Süden gelebt. Du hast nie auf dem Boden gesessen, während ein Weißer wie ein Bär auf dein schwaches Fleisch hinunterschaut.»

An diesem Punkt seiner Geschichte fing Soupspoon an, schwer zu atmen. Er langte hinüber und griff nach einem Glas Whiskey, das Kiki eingeschenkt hatte. Er trank es aus, bevor er weitersprach.

«Heck hat die Zellentür aufgerissen und ist direkt zu RL gegangen. ‹Hör auf mit dem Geheul, Junge!›

Und RL sagt: ‹Ohhh, Momma!› und schaukelt hin und her. Heck hat Bob so hart geschlagen, daß der arme Junge über das ganze bißchen Fußboden gerollt ist. Aber er ist gleich wieder in die Hocke gegangen, in seine Ecke zurückgekrochen und hat wieder angefangen zu singen. Und Heck hat ihn wieder geschlagen. Aber diesmal hatte RL den Hintern fest verankert. Ich hab gemerkt, wie hart der Schlag war, aber RL hat bloß gezittert, gezittert und gestöhnt.

Der Sheriff war ein bißchen besorgt, als er gemerkt hat, daß seine Schläge RL nichts ausmachen. Also hat er sich zu mir umgedreht und gesagt: ‹Was stimmt nicht mit ihm?›

‹Anfälle›, hab ich gesagt. Ich hab die Schultern bis zu den Ohren hochgezogen. ‹Hat er schon als Baby gehabt›, hab ich gelogen.

Dieses Mal ist Heck mit der Faust auf RL losgegangen. RL kriegte die volle Breitseite ab und rutschte auf die Seite, aber er hat immer noch gesungen: ‹Ohhhh, Momma, yeah. Yeah.› Und über sein zusammengeschlagenes Gesicht ging ein wunderschönes Lächeln.

Da ist Heck von ihm zurückgewichen. Er hat mit einer Art von Ehrfurcht auf den armen Bluesmeister hinuntergeschaut.

‹Anfälle›, hat er geflüstert.

‹Schlimme›, sag ich zu ihm.

Dann sagt er: ‹Schaff diesen Nigger hier raus!› Er hat die Tür zugeknallt und ist wieder in den Laden gegangen.

Ich hab RL hochgeholfen und ihn durch das Geschäft geschleppt. Und die ganze Zeit hat er gestöhnt und die Augen verdreht. Ich hab ihn nach draußen gezerrt und ihn gegen eine Mauer gelehnt. Dann bin ich zurückgegangen, um unsere Gitarren zu holen. Ich hab sie beide gekriegt und mir um den Hals gehängt. Und jede tapfere Seele, die mich für nen Feigling gehalten hätte, weil ich in der Zelle den Kopf gesenkt hab, hätte sich gewundert, wie mutig ich jetzt war. Denn da hab ich Mr. Wrightson die Stirn geboten.

‹Stimmt was nicht, Junge?› hat er mich gefragt, als klar war, daß ich mich nicht vom Fleck rühr.

‹Unser Geld, Sir›, hab ich gesagt.

Und er grinst höhnisch und sagt: ‹Was für Geld?›

‹Das in der Blechdose von RL›, hab ich zu ihm gesagt. ‹Ich hab auch ne Dose gehabt, aber er hatte mehr Zuhörer.›

‹Was soll das heißen, Nigger?› hat Heck gesagt, und weißt du, als ich ihn so reden gehört hab, war's wie ne wunde Stelle in meinem Kopf.

Aber ich hab höflich geantwortet: ‹Ich will bloß die Dose, Sir. Das ist alles. Die Dose gehört uns. Wir haben dafür gespielt.›

Als Heck gegrinst hat, hab ich gesehen, daß seine Zähne auch grün waren. Er sagt: ‹Ihr habt gegen das Gesetz verstoßen, weil ihr vor Sonnenuntergang gespielt habt, Kleiner.›

Aber ich hab zu ihm gesagt: ‹Nein, Sir, nein, Sir, in Washington County ist bloß verboten, sonntags zu spielen. Am Sonntag darf man bei Tag und bei Nacht nicht spielen.› Und er hat gewußt, daß das wahr ist.

Bis zum heutigen Tag erinnere ich mich daran, daß mir ein einzelner Schweißtropfen am Rückgrat hinunterlief. In den paar Sekunden zwischen meinem letzten Protest und Hecks Antwort hab ich ne Maus gesehen, die aus einem Spalt in der Ecke kam. Das kleine Tier hat uns angesehen und solche Angst bekommen, daß es sich dreimal gegen die Wand geschmissen hat, bis es wieder in seinem Loch war.

Heck schlendert rüber zu seiner Jacke und nimmt RLs Dose aus der Tasche. Er hat sich die Dose ans Ohr gehalten und sie geschüttelt. Und dann ging dieses fiese Feixen über sein Gesicht, das, was manche Leute ein Lächeln nennen würden.

Die Dose traf mich an der Schulter, bevor ich gesehen hab, daß er damit wirft. Auf dem ganzen Boden kullerten Silbermünzen umher. Ich bin in die Knie gegangen und hab aufgesammelt, was ich in die Hände kriegen konnte, während die Weißen gelacht haben und auf meinen Fingern herumgetrampelt sind.

Als ich fast die Hälfte aufgelesen hatte, bin ich aufgesprungen und rausgerannt. Sie haben mit den Füßen gestampft, als ob sie hinter mir her wollen, aber die Tür ist zugefallen. Ich konnte ihr Gegröle hinter mir hören, aber auf der Straße war es ruhig.

Robert Johnson war fort.

Ich bin die Germaine Street entlanggegangen, aber ich hab ihn nicht gesehen. Ich bin von dort aus in die Winslow Street abgebogen, in die Farbigengegend der Stadt. Die Farbigengegend konnte man immer erkennen, weil es keine Vorgärten mehr gab.

Ich hab RL gesehen, wie er Richtung Carver's Road unterwegs war, die zu den Farmen und Plantagen führte.

Ich hab gerufen: ‹He, Bob!›

Er fing an zu rennen.

‹Bob!› Ich renn hinter ihm her.

RL ist gerannt wie ich in meinen Träumen. Ein Riese ist hinter mir her, und ich keuche, aber meine Füße kommen kaum voran. So ist RL gerannt, mit hin und her schwankenden Beinen. Als ich ihn eingeholt hab, ist er auf die Knie gefallen.

‹Bob!› sag ich. ‹Bob, ich bin's, Soup, Soupy!›

RL hat sich in den gelben Lehm gedrückt und geschluchzt. Ich hab ihm hochgeholfen und ihn dazu gebracht, mit mir zu gehen. Ich hab ihm gesagt, wir könnten Whiskey kriegen, wenn wir zurück zu Marys Gemischtwarenladen gehen. Damals war der Gemischtwarenladen außerdem ne Kneipe, in der Musik gespielt wurde.

RL sagt: ‹Was machst du mit meiner Gitarre, Mann?›

‹Ich trag sie bloß für dich. Der blöde Heck hätte sie fast kaputtgemacht.› Und RL sah mich so mißtrauisch an, als würde er mich nicht wiedererkennen.

‹Wo ist mein Geld?›

‹Hier in meiner Tasche, Bob.›

Er blieb stehen, und ich hab sein Kleingeld rausgeholt. Ich hab aber ein paar Münzen in der Tasche behalten, hab gemeint, die hätte ich verdient.

‹Das ist alles?› fragt er mich. Und ich hab ihm gesagt, daß Heck Wrightson den ganzen Rest auf den Boden geworfen hat.

RL nahm seine Gitarre, und wir gingen zu Mary. Er hat kein Wort darüber verloren, daß er im Gefängnis gewesen war. Ich glaub nicht mal, daß er das für real gehalten hat. Es war eher so, als wären wir gerade aus nem Traum aufgewacht.

Marys Laden war ein großer, rechteckiger Raum mit einem Tresen an der Rückwand und Regalen voller Waren in Dosen und Schachteln. Mitten im Raum stand ein Billardtisch, den sie sich aus Ohio hatte schicken lassen.

Überall standen Tische und Stühle für den Abend, wenn die Leute zum Trinken herkamen.

Mary, eine kräftige Frau, saß neben der Kasse hinter dem Tresen. Sie musterte jede Seele, die zur Tür hereinkam. Als ich und RL reinkamen und aussahen wie Schweinekoteletts vom Tag davor, hat sie gesagt: ‹Was ist los mit dir und deinem Freund, Soupspoon Wise?›

Ich hab ihr erzählt, daß Heck Wrightson uns ins Gefängnis gesteckt hat, aber sie sagt: ‹Das weiß ich. Ich meine, wer hat denn deinen Freund so zugerichtet?›

RL hat sich im Raum umgesehen wie ein Mann, der nach einem langen Mittagsschlaf wach wird. ‹Gibt's heut nacht bei dir Musik, Mary Wade?› hat er sie gefragt. Sie hat gesagt, nein. Es war unter der Woche, und bei den paar Gästen, die sie erwartete, konnte sie nicht auch noch nen Musiker bezahlen.

Aber RL sagt, wir spielen für eine Flasche Whiskey und einen Hut auf dem Tisch. ‹Ja, Momma›, sagt er zu Mary. ‹Wir spielen für eine Literflasche und einen Hut für Trinkgelder, bis das Haus zusammenfällt.› Und RL hat ein Lächeln aufblitzen lassen, das ein hübsches Mädchen auf nem Foto zum Weinen gebracht hätte.

Er hat gesagt: ‹Du weißt, daß wir Bluesmusiker sind, Mary Wade. Bluesmusiker sind in einem Land, das vom Christentum noch nie was gehört hat, zum Leiden geboren.›

Mary war keine Heilige. Sie liebte den Blues und die Männer und Frauen, die ihn spielten. Sie ist ganz kokett geworden, hat die Zähne gebleckt und gesagt: ‹Okay, ihr könnt spielen, du und Soupspoon. Ich geb euch jetzt nen halben Liter, und wenn wir so viele Leute zusammenkriegen, wie euch draußen zugehört haben, dann bring ich euch noch nen halben Liter.›

Wir haben unsere Flasche genommen und uns an einen Tisch in der Ecke gesetzt. Ich hab RL gesagt, daß ich nicht besonders gut spielen kann, wegen meiner Schulter. An der Stelle, wo Heck mich getroffen hatte, war sie steif. RL hat sich das verschwollene Kinn gerieben und gesagt: ‹Klimper einfach hinter mir her, Soup. Folg mir und ich zeig dir, wie's geht.›

Booby und Linda hörten, was mit uns war, und setzten sich zu uns, um uns beim Schnapstrinken zu helfen.»

Kiki stand vom Tisch auf und ging unsicher zum Bett hinüber. Der kleine Kassettenrecorder nahm das Geräusch der Sprungfedern auf, als sie sich setzte, und das laute Kratzen des Streichholzes, mit dem sie sich eine Zigarette anzündete.

«Als wir den halben Liter ausgetrunken hatten, rückte RL zwei Münzen für den nächsten heraus, und dann kratzte ich für einen dritten mein Kleingeld zusammen.

Booby saß neben mir, aber ihr Blick heftete sich auf RLs Babygesicht. Linda lachte und berührte RL an der Schulter, sobald jemand auch nur was annähernd Komisches sagte.

Lyle Cross kommt herein und setzt sich auf Lindas andere Seite, aber sie tut, als wär er nicht vorhanden. Verstehst du, sie war wütend auf ihn, weil er weggelaufen war, als Heck geschossen hatte. Soweit ich es mitbekommen hab, hat RL nicht mal gewußt, daß Lyle da war. RL hat den Arm um Lindas Schultern gelegt, gelacht und geflirtet, als ob's ne Verabredung wär. Ich hab gedacht, er hätte ein bißchen vernünftiger sein sollen, denn, wie ich schon gesagt hab, RL war klein – und Lyle Cross war so groß und kräftig, wie's ein Pächter nur sein kann.

Aber nichts ist passiert, weil Lyle sich dafür geschämt hat, wie er sich benommen hatte, und weil wir die Musiker waren. Inzwischen füllte sich Marys Kneipe, und die Leute wollten uns spielen hören.

Natürlich fingen wir mit Robert Johnsons Blues an. Ich kann mich nicht erinnern, daß einer von uns gesagt hätte: ‹Spielen wir›, wir brauchten bloß zu den Gitarren zu greifen, und schon ging's los.

RL spielte Musik, die einem sagte, wer man war. Er sang wie ein jämmerlicher Hund, der einer läufigen Hündin hinterherrennt und nicht durch den Zaun kann.

Booby Redman und Linda sahen uns direkt aus der Nähe zu. Hin und wieder gab Linda RL einen Kuß, und Lyle wich zurück Richtung Tür, um zu zeigen, daß es ihm egal war. Und sechzig Leute oder mehr tanzten, nickten, klatschten in die Hände und tranken Whiskey.

Du verstehst nicht, wie das für uns damals war. Du glaubst, wir hätten's übertrieben mit der ganzen Trinkerei und dem Herumhuren, daß das alles bloß ein Spiel mit dem Feuer war. Aber du hast keine Ahnung, wie es damals war. Wir waren der Bodensatz. Wir waren das mieseste gottlose Pack. Streuner, Herumtreiber, schlecht vom Tag unserer Geburt an. Blues ist die Musik des Teufels, und wir sind seine Kinder. RL war Satans Lieblingssohn. Er hat uns alle hemmungslos gemacht, und weißt du, nur so konnten wir die Last dieser Zeit ertragen.

Wir haben bis zum frühen Morgen gespielt. In unserem Hut waren über fünf Dollar, und wir rissen ein tiefes Loch in Marys Whiskeyvorrat. Lyle machte sich Schande, weil er wegen Linda weinte, und verließ Marys Kneipe.

Später, draußen, hat RL mir erzählt, daß Linda in einem großen Haus ein Stück außerhalb der Stadt ihre bettlägerige Großmutter pflegte. Die Großmutter war im ersten Stock, und wir konnten es unten mit den Mädels treiben, wenn wir wollten. RL ließ keinen Zweifel daran, daß er das vorhatte.

‹Wird sie uns da unten nicht hören?› hab ich ihn gefragt.

Er sagt: ‹Nö. Sie ist taub, wenn man ihr nicht gerade ins Ohr brüllt. Und sie ist ganz allein dort draußen, weil sie einen Wolfshund halten, der Lupe heißt. Jeder wär verrückt, ohne Linda hinzugehen, weil er dann den wilden Hund erschießen müßte, und in dem alten Haus ist nichts, was ne Kugel wert wär.›

Dann kamen Booby und Linda her und haben gefragt, ob wir soweit sind. Sie sind mit uns von der Hauptstraße aus in den Mondschein von Mississippi gegangen. Der dunkle Feldweg war hart wie Pflastersteine unter meinen Schuhen, und das Delta breitete sich in der heißen, stickigen Mississippinacht aus.

Es war zwar unfruchtbar, aber das Delta war auch ein schönes Land. Ein hartes Land, aber echt. Die Nachtschwalben, die Käuzchen, die Grillen machten die Musik. Bleiche abgestorbene Bäume ragten im Mondschein auf wie Totenhände, die aus dem Boden herauslangen. Es roch nach duftender Erde, nach Jasmin und Magnolien.

Ich erinnere mich noch genau an das Stapfen unserer Füße, an den Klang von Münzen und diese bezaubernden Mädchen, die ohne jeden Grund lachten.

Als wir zum Haus kamen, hat der Wolfshund gegeifert und nach uns geschnappt, aber Linda hat ihn weggeführt und in einen Zwinger unter der Veranda gesperrt. Sie hat eine Petroleumlampe angezündet, und Bob hat sie heruntergedreht. Ich hab nen halben Liter Schnaps von Mary dabei gehabt, deshalb haben wir erst mal ne Weile getrunken.

Linda setzt sich auf RLs Schoß, flößt ihm Whiskey ein, lacht und steckt ihm die Zunge in den Hals. Booby beobachtet eine Weile, wie sie sich küssen, dann küßt sie mich. Einmal fährt RL mit seinem langen Finger unter Lindas Bluse, und Booby zittert in meinen Armen.

Zwischen den Umarmungen hab ich einfach fragen müssen: ‹Wo hast du gelernt, den Blues so zu spielen, wie du's tust?› Wir lagen alle auf einem großen Bett. Die Mädchen umschlangen uns, und unsere Hände waren überall in ihren Kleidern.

‹Ich hab nen Pakt dafür gemacht, Soup.› Das hat er gesagt! Hat sein rechtes Auge für den Blues hergegeben. Bei einer Hexe in Clarksdale ein Blutopfer gebracht. Seine Hände mit Tierblut besudelt, dann ist er losgezogen. Das hat er gesagt, und dann hat er die Hand unter Lindas Rock gesteckt. Booby hat das gesehen und ihre Hand in meine Tasche geschoben. Weißt du, tu noch den Whiskey dazu, und das Zimmer fängt an, sich zu drehen.

Aber urplötzlich schreit jemand: ‹Ich bring dich um!› Die Lampe kippt um. RL ruft: ‹Hey!›, aber dann wird ihm die Stimme abgeschnitten, als ob ihm jemand die Luftröhre zudrückt. Ich spring hinüber auf seine Seite vom Bett und leg die Arme um einen Körper, von dem ich schwör, daß er aus Stein gehauen war.

‹Laß mich los!› schreit die Statue. Und dann kommt wieder Licht aus der Lampe. Ich hab Lyle Cross in den Armen, und der ist dabei, RL umzubringen. Lyle nimmt eine Hand von RLs Kehle, damit er mich quer durchs Zimmer schmeißen kann. Booby lag auf dem Boden und schrie Lyle an. Linda war nirgends zu sehen.

Und dann war's, als ob alles in meinem Leben plötzlich stillsteht. Ich hab neben der Gitarre von meinem Onkel auf dem Boden gelegen. Auf der anderen Seite des Zimmers wurde RL umgebracht. Und ich hab an die Musik gedacht, die RL an jenem Tag gespielt hat. Musik, von der ich mir nie was hätte träumen lassen, bis ich sie gehört hab. Aber als ich sie erst mal gehört hatte, war's, als hätte ich sie schon immer gekannt. Als hätte Bob irgendwo die Wahrheit gefunden und sie mir einfach so zum Spaß geschenkt.

Und dann hab ich mich wieder gerührt. Ich hab mit dem kostbaren Instrument auf Lyles Plattnase eingedroschen. Ich hab so hart zugeschlagen, daß die Saiten zu mir zurückgefedert sind. Aus dem Gesicht des Pächters schoß Blut. Von der Gitarre waren bloß noch Splitter übrig.

Ich hab Linda sagen hören: ‹Faß!›, und dann stürzte

sich der Wolfshund auf Lyle, und Lyle hat geschrien und ist abgehauen.»

Soupspoon setzte sich einen Augenblick lang zurück. Kiki nutzte diesen Moment, um die Kassette aus dem Recorder zu nehmen und umzudrehen, damit sie aufnehmen konnte, was Soupspoon noch zu sagen hatte. Er sah hinüber zu Kiki. Sie sah ihm in die Augen wie nie zuvor.

«Ist das alles, Mr. Wise?» fragte sie, als sie mit dem Recorder fertig war. Soupspoon sah sie einen langen Augenblick lang an, ehe er wieder etwas sagte.

«RL und ich haben uns in jener Nacht aus dem Staub gemacht. Wir sind per Anhalter mit einem Heulaster gefahren, der nach Leland unterwegs war. RL hat bei Linda bleiben wollen, aber schließlich konnte ich ihn doch überreden. Er hat geschworen, daß er eines Tages zu ihr zurückkommt.

Jahre später hab ich gehört, daß Lupe Lyle eine Hand abgebissen hat, was ihn für die Feldarbeit ruiniert hat. Er ist nach New Orleans gezogen und hat bei seiner Tante gewohnt. Aber nach dieser Tragödie war er kaputt, und er hat angefangen zu trinken. Zwei Jahre später haben sie ihn zur Beerdigung nach Hause gebracht.

Danach war ich eine Zeitlang mit RL unterwegs, aber in einer Nacht, ein Stück außerhalb von Panther Burn, ist es zu einem Brand gekommen. Ich und Bob haben gespielt wie die Wahnsinnigen, und es ging so wild zu, daß auf einmal Feuer ausbrach. Das ganze Lokal ist bis auf die Grundmauern abgebrannt. Ich hab zuviel Rauch geschluckt und mußte mich eine Weile lang ausruhen. Wahrscheinlich hätte ich RL später einholen können, aber es ging einfach nicht.

Ich hab nichts mehr von ihm gehört, bis mir ein reicher farbiger Bestattungsunternehmer in Florence, Alabama, ein Lied von ihm auf ner Schallplatte vorgespielt hat.

Ein paar Wochen später hab ich gehört, daß Robert Johnson gestorben war.

Sie haben behauptet, daß Satan ihn in einem kleinen Kaff in der Gegend von Greenwood, Mississippi, geholt hat. Satan oder ein eifersüchtiger Mann.»

Soupspoon seufzte und ließ drei Minuten auf dem Band leer. Als er schließlich weitersprach, klang seine Stimme tief und heiser, wie die eines Mannes, der eben erst nach einer durchschlafenen Nacht aufgewacht ist.

«Weißt du, ich hab in den fünfzig Jahren seit seinem Tod eine Menge Musik gespielt. Ich hab eine Menge Leute glücklich gemacht und eine Menge Leute zum Tanzen gebracht. Ich konnte auf meiner Gitarre alles spielen. Manchmal hab ich mir die Zuhörer angeschaut und Frauen gesehen, die Tränen in den Augen hatten. Aber die Musik, die sie hörten, war nichts weiter als ein schwacher Schatten, ein Echo von etwas, was vor langer Zeit geschehen war. Sie haben es gespürt, aber nicht das, was Robert Johnson uns in Arcola hat spüren lassen. So nackt haben sie nicht werden können. Und selbst wenn sie's gekonnt hätten, sie hätten's nicht gewollt, weil der Blues von Robert Johnson einem die Haut vom Rücken gerissen hat. Der Blues von Robert Johnson hat einen Nerv getroffen, den die meisten Leute nicht mehr haben.

Ich habe nie Blues gespielt, nicht wirklich. Ich bin ihm in diesen ganzen Jahren hinterhergelaufen. Ich hab ihn an den Rockschößen gepackt und ein paar Noten nachgespielt. Aber der echte Blues liegt unter Schlamm und Blut im Mississippidelta. Der echte Blues ist auf dem Weg zu finden, den RL gegangen ist, der gelitten und gesungen hat, bis er tot war. Ich bin ihm bis zum Tor gefolgt, aber Satan hat mir eine Höllenangst eingejagt und mich weinend zurückgelassen.»

12

Beide sagten eine Weile lang nichts, als er mit seiner Geschichte fertig war. Kiki lehnte sich zurück mit einer Zigarette in der Hand, die sie nur brennen ließ. Soupspoon beugte sich auf die Ellbogen gestützt vor. Er sah aus wie ein Mann, der eine langwierige und schwierige Arbeit erledigt hat.

«Es lohnt sich nicht, sich an etwas zu erinnern, was Robert Johnson getan hat, bis darauf, wie er Gitarre spielte und das Leben erträglicher machte. Jetzt ist beides da, hier und heute. Es gibt seine Platten zum Anhören und mich als Zeugen.» Soupspoon schlug auf den Tisch und bleckte die Zähne.

«Ich muß früh zur Arbeit, Soup», sagte Kiki vom Bett aus. Die Zigarette in ihrer Hand war ausgebrannt. Sie hielt den Kopf zur Seite geneigt, ein sicheres Zeichen dafür, daß sie wieder betrunken war.

Sie zwinkerte ihm zu.

Ihr Whiskeyglas in der Hand, kam sie mit Mühe auf die Beine. Sie griff nach dem Kopfteil des Bettes, um das Gleichgewicht zu halten. Dann schüttete sie das ganze Glas Whiskey ins Bett. Es sah aus, als hätte sie es absichtlich getan, aber Soupspoon wußte, daß sie nur betrunken war. Er sprang auf und holte ein Handtuch vom Spülbecken. Während er das Laken abtupfte, sagte er: «Wenn ich je so was getan hätt, dann hätten meine Tanten mich an den Ohren aufgehängt… meine Frau hätte mich umgebracht.»

«Welche Frau?»

Kiki trug ein hellgrünes Kleid, überall bedruckt mit winzigen roten Äpfeln. Sie kam zu Soupspoon und lehnte sich an seinen Rücken.

«Was für eine Frau, Soup?»

Er spürte den heißen Atem, roch den Alkohol darin.

«Geh lieber ins Bett, wenn du morgen arbeiten willst, Kiki.»

«Komm mit mir ins Bett, Daddy.» Bleiche Arme schlängelten sich um seine Brust. Kikis Finger gruben sich in sein Brustbein.

«Wie geht's deiner Hüfte?» fragte sie.

«Tut ein bißchen weh.»

Kiki legte den Mund an sein Ohr und atmete eine Weile, bevor sie sagte: «Ich könnt so gut auf dir reiten, daß du's nicht mal spürst, Baby.»

Soupspoon wurde so reglos wie die Dammeidechsen in seinen Träumen. Er ließ die Hände hängen und flüsterte: «Du mußt ins Bett, Schatz.»

«Komm mit mir ins Bett.» Ihre Arme packten ihn fester. Mit kontrollierter Kraft zog sie ihn auf das Bett zu. Sie küßte ihn aufs Ohr und sagte: «Deine Geschichte hat mir gefallen.»

«Hat sie das, ja?»

Soupspoon stolperte, als sie ihn weiter zum Bett zog.

«Ich hatte ja keine Ahnung von all diesen Sachen, Honey.»

Als sie aufs Bett fielen, legte sich Kikis Schenkel über sein Bein. Er erinnerte sich an ein Gefühl, das der Krebs fast ausgelöscht hatte.

«Ich könnte dir ein Lied vorspielen», sagte er, als er ihre schlüpfrige Zunge an seinem Ohr spürte.

«Könntest du das?» Ihre Hand fuhr von seinem Knie bis zu seinem Nabel.

Soupspoon hätte fast vergessen, was er gesagt hatte.

«Ja, mhm.»

«Was für ein Lied?»

«Ein Liebeslied. Ein Lied, das ich gehört hab, als ich noch ein Junge in Cougar Bluff, Mississippi, war.»

Soupspoon setzte sich auf und sah auf Kiki hinunter. Sie war keine hübsche Frau, aber ihr rotes Haar war schön. Sie zog ihr Kleid bis zur Scham hoch und sah ihm tief in die Augen. Er spürte, daß sein Herz einen Sprung machte, und schaffte es auf die Beine, ehe sie nach ihm greifen konnte. Er ging hinter die Couch und holte seine rote Gitarre.

«Ich will, daß du mich fickst», sagte Kiki so laut, daß

Soupspoon sicher war, Mrs. Green im Stock über ihnen könne es hören.

Er setzte sich neben Kiki auf das Bett und fing an, die Gitarre zu stimmen. Seine Finger fühlten sich steif und linkisch an, aber den Klang hatte er noch im Kopf. Die Saiten ächzten leicht, weil so viele Jahre nicht auf ihnen gespielt worden war, aber ihm zuliebe erwachten sie halb zum Leben. Kiki verstummte, während Soupspoon die Ohren spitzte, um sich zu vergewissern, daß die Akkorde richtig waren.

Während er sang, fielen ihm die Worte ein, Note um Note. Er hörte einen alten Mann in seiner Stimme – einen Mann, den er noch nie den Blues hatte singen hören.

I got a half-blind woman
her eye's is out for me.
Got a half-blind woman
her eye is out for me.

I cain't do nuthin'
but Ann-Marie don't see.

Inez bestand darauf, die Veranda rosa zu streichen. Zuckererbsen, die sie gepflanzt hatte, kletterten am Spalier hinauf, auf halbem Weg bis zum Dach. Er erinnerte sich an die Sonnenstrahlen, von denen er Brandblasen auf den Armen bekam, und an Fitzhew, der den «Half-Blind Woman Blues» sang, während sich Inez und Ruby hinter dem durchbrochenen Spalier aus Zuckererbsenblüten aneinanderlehnten.

I got a peg-legged momma
run all 'round the town.
I got a peg-legged momma
run all through the town.

Outstep the freight train
run her daddy to ground.

Er erinnerte sich an seine Exfrau Mavis Spivey und daran, wie betrunken sie gewesen war, als sie sich in einer Musikkneipe in Texas kennengelernt hatten. Er heiratete sie und liebte sie. Nach zweiunddreißig Jahren und zwei Monaten fehlte sie ihm immer noch.

An ihrem Hochzeitstag kochte Mavis Schweineschwänze mit schwarzen Bohnenkernen. Alle Bluesleute aus der Gegend kamen in den Garten hinter Reverend Crows Haus und machten bis spät in die Nacht Musik. Nach der Hochzeit kam Mavis weinend ins Bett. Er flehte sie an, ihm zu sagen, was mit ihr sei, bis die Sonnenstrahlen hell durch die Spitzenvorhänge schienen, die Mavis' Cousine ihnen geschenkt hatte. Schließlich war er so enttäuscht, daß er ging und zwei Tage lang im Haus eines Freundes verbrachte. Als er zurückkam, hatte Mavis aufgehört zu weinen. Sie saß am Küchentisch, einen gepackten Koffer neben sich.

«Wohin willst du, Mavis?» fragte Soupspoon.

«Ich weiß es nicht. Irgendwohin, wo ich neu anfangen kann.»

«Darf ich mitkommen?»

Als er diese Frage stellte, fing sie wieder an zu weinen. Sie fiel zu Boden und stöhnte. Sie sagte etwas, aber

Atwater mußte in die Knie gehen, damit er sie verstehen konnte.

«Ich kann dir keine Kinder schenken, Daddy», schluchzte sie. «Ich hab nach Cort Blutungen gehabt, und der Arzt hat mir innen was weggeschnitten. Er hat mir was weggeschnitten, und jetzt kann ich keine Kinder mehr kriegen.»

Soupspoon sagte, er brauche keine Kinder, solange sie nur bei ihm bleibe.

«Ich würde keine Kinder wollen, die nicht von uns sind, Mavy», flüsterte er ihr zu. «Dann muß ich dich wohl nehmen, wie du bist.»

You know my baby died
Lord I wailed and moaned.
You know she up and died
pneumonia come to her home.

She still come to me at night
never leaves me alone.

Kiki schlief tief. Soupspoon nahm ihre Hand von ihrer Scham und zog ihr Kleid nach unten.

Er betrachtete ihr bleiches Gesicht und dachte über sein Leben nach, über all die Frauen und Männer, die seinen Weg gekreuzt hatten. Ruby und Inez, die für die meisten Männer wenig Liebe und Respekt empfanden, ihn aber trotzdem geliebt hatten. Mavis Spivey, unfruchtbar und kinderlos, seit ihr einziges Kind, ihr Sohn Cort, bei einer Überschwemmung ums Leben gekommen war. Mavis, die ihn ohne Freude, ohne Träume geheiratet hatte. Und jetzt diese rothaarige Weiße, betrunken und verletzt, die Schläge für Küsse hielt und Whiskey für Milch.

Bannon, RL, Fitzhew und tausend andere Bluesmusiker, die lautlos im Schlamm zusammenbrachen. Tot, begraben und am selben Tag schon vergessen. Männer, die in den Tränen einer Frau Liebe suchten.

Er setzte sich neben Kiki auf das Bett und berührte ihre Wange. Sie lächelte im Schlaf. Soupspoon wußte, daß das eine Freude war, an die sie sich nie erinnern würde. Die kleine Berührung aus Liebe und das Lächeln, das dazugehörte. Sie würde nichts davon wissen, wenn sie wieder wach war.

Er mußte wieder an Mavis denken. Wie ihr Gesicht Jahr für Jahr härter geworden war. Die Liebe zum Leben war aus ihr gewichen, und damit auch ihr Lächeln. Als er sich Kikis unwissende Glückseligkeit ansah, fragte er sich, ob sich jemals ein Lächeln auf Mavis' Lippen schlich – und sei es im Schlaf.

13

Von ihrem Fenster aus blickte sie auf die Lower East Side von Manhattan. Es lief ihr kalt über den Rükken, als sie in die Finsternis zwischen den Hochhäusern sah. Orte, wo Menschen niedergemetzelt und vergewaltigt wurden – gleich da draußen, in der Welt außerhalb ihrer Einzimmerwohnung. Sie konzentrierte sich auf die Scheinwerfer und die Rücklichter, die sich langsam über die Avenues bewegten. Die Ampeln wechselten in einem stetigen Rhythmus die Farbe; hin und wieder die schwachen Geräusche von Motoren und Hupen durch das Fenster. Eine zerkratzte Achtundsiebzigerplatte auf dem Plattenwechsler spielte frühen Jelly Roll Morton, gab mehr Statik als Klang von sich, aber für sie war das eher Musik als der ganze Schund, den sie vierundzwanzig Stunden am Tag im Radio spielten.

Das ganze Zimmer war wie immer hell erleuchtet. Im Schrank neben der Wohnungstür bewahrte Mavis Spivey eine große Schachtel voller Hundertwattbirnen auf. Manchmal stand sie mitten in der Nacht auf, wenn eine der Birnen ihrer zwei Dutzend Porzellanlampen durchgebrannt war. Die Wände im Wohnzimmer waren altweiß gestrichen; das Sofa und der Zweisitzer waren in fast demselben Farbton bezogen. Die Vorhänge waren aus beigefarbener Spitze, genau wie die Decke auf dem runden Tisch in der Eßecke. Die Küche, vom Rest der Wohnung durch eine hüfthohe Theke getrennt, war in einem helleren Weiß gehalten. An der Wand hingen weiße Emailtöpfe und Pfannen an weißen Plastikhaken. Über den Töpfen hingen dutzendweise rote Rosen verkehrt herum an Drähten von der Decke. Fünfzehn Sträuße mit jeweils zwölf Rosen über der Spüle und dem Abtropfbrett; manche noch weich und dunkelrot, während andere schon zu einem starren, tiefen Schwarz vertrocknet waren. Im Zimmer selbst waren nirgends Blumen zu sehen. Mavis kaufte die Sträuße für einen Vierteldollar pro Bund an einem Gemüsestand in der

Eighteenth Street, wenn sie alt und welk waren. Dann «behandelte» sie die Rosen, wie sie es nannte, und stellte sie zu wunderschönen Sträußen für Angela's Curios in der Madison Avenue zusammen. Ihre kleinen Einnahmen reichten zusammen mit der Sozialhilfe für die Miete und die Stromrechnung. Mavis brauchte nicht viel zu essen. Seit Corts Tod hatte sie nicht mehr viel Appetit.

Sie trug einen birnengrünen Hausmantel mit aufgestickten goldenen Schwänen und hellbraune Hausschuhe, die vorn offen waren und ihre stumpfen, aschgrauen Zehen zeigten. Im Alter war sie dunkler, als sie es als junge Frau gewesen war. Sie hatte immer noch hohe Wangenknochen und strahlende Augen, auch wenn seit jenem Tag der Überschwemmung in Südtexas eine Traurigkeit in ihr war, die sie nie mehr ganz hatte abschütteln können.

Sie schob das Fenster hoch und spürte erst die Arthritis in ihren Fingern, dann die kalte Luft, die vom Sims herunter auf ihre bloßen Zehen wehte. Irgendwo schrie eine wütende Frau; ein Radio spielte laute Musik mit elektronischen Drumbeats; aus der Ferne näherte sich eine Sirene.

Als die Kälte ihren Füßen weh tat, ertönte ein Geräusch wie ein Zikadenzirpen. Mavis sah zur Sprechanlage neben der Tür hinüber. Sie sah sie ein paar Momente lang an, dann ging der Summer wieder los.

«Hallo?» sagte sie und drückte auf den Sprechknopf der Anlage aus Messing, die sie letzte Weihnachten weiß gestrichen hatte. «Hallo?»

Die einzige Antwort war ein Hüsteln, dem Schritte

folgten; dann hörte sie, wie eine Tür geöffnet und wieder geschlossen wurde.

«Will wahrscheinlich zu jemand anderem», sagte Mavis nach einer Weile. Es war kalt in der Wohnung. Sie ging hinüber und schloß das Fenster.

Fünf Minuten später ertönte das Zirpen wieder. Mavis sah nicht einmal aus ihrem Sessel auf. Es klingelte noch dreimal, bevor sie zur Tür ging.

«Wer ist da?» wollte sie wissen.

«Rudolph Peckell, Tante Mavy.»

«Rudy? Was willst du? Ich hab jetzt keine Zeit für dich. Ich hab hier oben mit meinen Blumen zu tun.»

«Hast du meine Schecks gekriegt, Tante?»

«Ja. Hör mal, ich hab dir doch gesagt, du sollst nicht vorbeikommen, ohne vorher anzurufen.» Mavis nahm den Finger vom Hörknopf, legte ihn dann aber wieder darauf.

«Aber du gehst doch nie ans Telefon, und ich muß dir was sagen – was Wichtiges.»

«Was?» rief Mavis in die Sprechanlage.

«Ich muß raufkommen.»

«Ich kann jetzt nicht mit dir reden, Rudy. Ich hab zu tun, das hab ich dir doch gesagt.»

«Onkel Atwater stirbt, Tante Mavy», sagte Rudy. «Er hat Krebs.»

Ein Grinsen flackerte über Mavis' Gesicht, gleich darauf ein Stirnrunzeln. «O nein», flüsterte sie. Sie hielt sich die geballten Fäuste an den Mund und zog das linke Bein an, um den Krampf in ihrem Magen zu lindern.

Jelly Roll Mortons Finger fegten über die Tasten, spielten eine schnelle Melodie. Für einen Sekundenbruchteil sah sie Soupspoons Lächeln an der hellen Wand aufblitzen; so hatte er gelächelt, wenn er auf der Bühne von seiner Gitarre aufsah. Er war nur glücklich, wenn er spielte. Und sie war nur glücklich, wenn Erinnerungen da waren und helles Licht brannte.

Das Zirpen ertönte wieder.

«Ich hab dich gehört, Rudy! Geh jetzt nach Hause! Ruf mich morgen an, bei Tag. Ich stöpsel das Telefon um drei ein.»

Mavis nahm den Finger von der Sprechanlage und ging zum Sofa. Sie wickelte sich in ein dünnes weißes Laken und legte sich zurück, dachte an ägyptische Königinnen in ihren Särgen, in edle Seide gewickelt, die Hände über den Brüsten gefaltet.

Sie dachte nicht an Soupspoon, daran, daß er da draußen in der übelriechenden Finsternis starb. Aber er war dort draußen. Sie dachte an Orangenschalen, daran, wie sie sich die Fruchthaut dicht an die Nase hielt, an die stechende Bitterkeit. Sie dachte an den frischen Geruch neuer Lederschuhe und an ihren ersten Liebhaber.

Sie dachte an Blumen.

Mavis zog sich das Laken über den Kopf und schloß die Augen. Die letzte Jelly-Roll-Platte fiel vom Wechsler. Ehe das Stück zu Ende war, war Mavis weit weg, beobachtete einen kleinen Jungen, der mit seinem neuen Kreisel spielte. Er wollte wissen, wie Fliegen es schafften, auf dem Rücken zu landen. Als sie die Hand ausstreckte, um ihm den Kopf zu streicheln, sah er sie aus großen, leeren Augen an. Der Junge war ihr kleiner Sohn, doch er war mehr als das. Er war jeder kleiner Junge, der zu einem groben und schließlich zerbrochenen Mann herangewachsen war. Er war glücklich, weil er unwissend war.

Sie wollte etwas sagen, aber der Junge lachte und lief weg.

«Fang mich!» rief er.

Er rannte unglaublich schnell über eine Wildblumenwiese. Die Sonne wurde schwächer. Und als er nicht mehr zu sehen war, brach die Nacht an, und Mavis schlief.

14

Mavis war Soupspoons letzte Chance gewesen, doch noch ein normales Leben zu führen. Es machte ihm nichts aus, daß sie keine Kinder bekommen konnte. Es machte ihm nichts aus, daß sie weinte, manchmal tagelang. Er war glücklich, daß er dem Leid und der Verzweiflung des tiefen Südens entkommen war. Im Norden spielte er in Nachtclubs und bei Barbecues. In den Nordstaaten wimmelte es von Schwarzen, die eine Kostprobe von zu Hause wollten – und jeden Abend spielte er besser auf seiner Gitarre.

Es gab Zeiten, in denen er auf Reisen war, das mußte sein. Meist mit dem Bus, aber auch mit dem Zug und hin und wieder sogar mit dem Auto. Soupspoon war sein Leben lang nie geflogen. Es gab Zeiten, in denen er zwei Monate oder länger von zu Hause weg war. Aber er freute sich immer, wenn er zu Mavis zurückkam. Sie hatte in ihrer Wohnung im Norden von New York immer etwas Gutes auf dem Herd. Sein Lieblingsessen waren Schweineschwänze mit schwarzen Bohnenkernen; dazu eine separate Platte mit Grünkohl und Maisbrot.

Mavis liebte die Vorhaut ihres Daddy. «Komm ins Bett, Baby», sagte sie in der ersten Zeit, als die Traurigkeit sie nur hin und wieder überkam. «Laß uns den Kolben enthülsen.»

Er sparte unterwegs sein Geld und sparte sich seine ganze Liebe auf. Er spielte nicht mit irgendwelchen Mädels herum, und er spielte auch nicht an sich selbst herum. Er hielt Mavis in den Armen, bis es draußen still war, sogar in Harlem. Wenn er fertig war, ließ er sich langsam im Dunkel treiben und fühlte sich wunderbar dabei.

Doch dann wachte er eines Nachts in einem leeren Bett auf.

Mavis war in der Küche. Alle Lichter brannten, und sie rauchte Pall Malls und trank Bier. Sie stand völlig reglos da, aber Tränen strömten ihr aus den Augen.

«Ich hab nie so was Trauriges gesehn wie diese Frau», hatte er einmal gesagt. «Nicht mal Tränen haben sie erleichtert.»

Einmal kam er von einer Tournee nach Hause. Der Herd war kalt. Alles in der Wohnung war weiß gestrichen. Die Wände, der Fußboden, die Holzstühle, sogar die Püppchen aus Mavis' Kindheit. Im Schrank stand keine einzige Flasche Schnaps mehr.

«Das ist nur ein Stil», sagte sie. «Daran ist nichts Verkehrtes.»

Sie konnte nicht zu Bett gehen, wenn kein Licht brannte, konnte in der Dunkelheit nicht einmal ein Nickerchen machen.

Er wollte etwas sagen, aber das Licht brachte ihn zum Verstummen.

Mavis bekam einen Wutanfall, wenn er etwas schmutzig machte oder einen Fleck hinterließ. Sie packte alle seine Sachen in einen Schrank, damit das Haus sauber blieb – überzog sogar das Sofa und den Polstersessel mit Plastik für den Fall, daß er sich darauf setzte.

Er wußte, daß er etwas hätte sagen müssen. Aber selbst wenn sie ihn beschimpfte – wenn sie sagte, er habe sie nur gewollt, damit er seinen Schwanz dorthin stecken könne, wo der von RL gewesen war –, stritt er sich nicht mit ihr. In jener Nacht versuchte er, auf der Couch zu schlafen, aber er schwitzte zu sehr; deshalb rollte er sich in einem Laken auf dem Fußboden zusammen. Sie schliefen nie wieder miteinander, und schließlich zog er aus. Ein Jahr später hörte er, sie sei nach Texas zurückgekehrt, um dafür zu sorgen, daß die Blumen auf Corts Grab immer frisch waren.

Er wollte sie nicht wiedersehen. Nach all den verrückten Dingen, die sie getan, nach all den schrecklichen Dingen, die sie gesagt hatte, fehlte sie ihm nicht – er war einsam und wollte niemanden mehr um sich haben.

Auch seine Musik war leer. Jeden Abend spielte er vor Leuten, denen es gleichgültig war, was er sang, die nicht einmal wußten, was es bedeutete, Blues zu spielen. Er fühlte sich wie ein Hundekadaver, der durch den Wald geschleift wird.

Er packte seine Gitarre weg und wurde Hausmeister im Calumet Building. Nach dreißig Jahren wurde er entlassen. Er hatte nicht einmal eine Sozialversicherung.

Kikis betrunkenes Schnarchen füllte das Zimmer.

«Ich leg mich ins Bett voller Blues», sang er leise vor sich hin.

«Nein, Daddy», antwortete Kiki im Schlaf.

Soupspoon legte sich auf die Couch und fiel augenblicklich in einen tiefen Traum vom Delta.

Nach dem Brand in Terrys Lokal hielt sich der junge Soupspoon eine Zeitlang bei Darnell Calter auf, der in einem Haus an einem namenlosen Nebenfluß des Potato River lebte. Am Potato River gab es auch eine ganze Reihe von Anwesen, die reichen Weißen gehörten.

Im Traum ging es Soupspoon besser, und er stand mit Darnell unter dem Balkon von Richter Whitestones Blockhaus. Darnell ging gern dorthin, weil es unter der Markise kühl war und weil man eine Angel ins Wasser werfen konnte, ohne daß es jemand merkte. An einer Seite des Hauses rankten sich Passionsfrüchte; deshalb war der untere Teil nicht einmal von einem der selten vorbeifahrenden Boote aus sichtbar. Darnell und Soupspoon waren zum Wasserrand unterhalb des Hauses gekrochen und hatten die Angelruten in den Schlamm gesteckt.

«Du bist ein Idiot, weil du RL hinterherrennst, Atwater», sagte Darnell. «Er taugt nichts. Und er bringt allen Leuten in seiner Nähe Unglück.»

«Mhm», erwiderte Soupspoon. Er lag auf dem Rücken und ließ sich das gesprenkelte Licht durch die Ranken ins Gesicht scheinen. «Der Mann macht Musik, die ich lernen muß.»

«Du wärst doch fast schon umgekommen, Junge. Was muß noch passieren, damit du aufwachst?»

Im Fluß war das Geräusch eines tauchenden Alligators zu hören; Kolibriflügel flatterten und Zikaden zirpten. Soupspoon wußte, daß er träumte. Er hielt die Augen geschlossen wie ein Gitarrist, der einen guten Ton getroffen hat und ihm in der Dunkelheit nachspüren will.

«Ein Mann muß zur Ruhe kommen, Atwater», fuhr Darnell fort. «RL will nur Muschis und Whiskey.»

«Du willst doch genau dasselbe, Darnell.» Soupspoon setzte sich auf und sah seinen Freund an. «Du hast bloß zuviel Angst loszuziehen und es dir zu holen. Du haßt es, Baumwolle zu pflücken und zu schleppen. Du haßt das alles, aber du hast sonst nichts zu tun. Ich hab's satt, jeden Tag meine Arbeit zu machen und ins Bett zu fallen. Ich könnte genausogut du sein, und es wär kein Haar anders.»

«Wenn du weiter mit RL herumziehst, bist du in einem Jahr tot. Jemand erschießt dich oder ersticht dich mit nem Eispickel.»

«Wir müssen alle sterben», sagte Soupspoon.

Die Bilder eines ganzen Lebens gingen ihm durch den Kopf. Kirkem Bowers, auf den der blöde Willy T. eingestochen hatte, bis ihm fast der Kopf abgefallen wäre. Mutter Babbet, die JoJo, ihr damaliger Freund, aus dem Fenster geworfen hatte. Sie brach sich das Genick, und auf ihrem Gesicht war ein Schrei erstarrt; sie sah aus, als hätte sie den Kopf in einem Gelächter zurückgeworfen, das mehr Platz beanspruchte, als ein lebendiger Mensch zur Verfügung hatte. Nach der Überschwemmung 1926 hatten sie die Leichen eingesammelt und in die Scheune der Curry-Plantage gebracht. Die Weißen auf der einen Seite, die Farbigen auf der anderen; siebenundvierzig tote Seelen, die ausgestreckt nebeneinanderlagen. In Soupspoons Augen wurde die Scheune zum Gotteshaus. In seinem Traum stellte er sich wieder vor, wie Gott barfuß zwischen den Toten hindurchging und über ihre Sünden urteilte.

Lisa Harding, von der eigenen Schwester vergiftet wegen eines Mannes, der keine von beiden heiraten wollte. Sly Fox Nathan Mull, in den Kopf geschossen, weil er beim Kartenspielen gemogelt hatte. Er rannte sechs Blocks zum Haus von Ruby und Inez. Sie legten ihn auf die Veranda und saßen neben ihm, während er eine Hand auf seinen harten Schwanz legte, die andere über sein Herz. «Junge!» rief er Soupspoon mehr als einmal zu. «Spiel nie mit nem Nigger. Nigger verstehen keinen Spaß.»

Als Junge war Soupspoon mit den Männern herumgezogen; Rayford Benoit, Toy Bennet und Alfred Fixx. Das war, nachdem eine Bande von Weißen JT Ott ausgeraubt und ermordet hatte. Rayford hörte von seiner Mutter, June Bell habe Grig Plothdell in der Nähe der Stelle gesehen, wo sie JT gefunden hatten. Die Männer tranken bei Soupspoon zu Hause, bis sie betrunken waren, und dann machten sie sich über die alte Brücke auf zu Grigs Farm. Sie warteten, und Soupspoon wartete hinter ihnen. Grig tauchte nicht auf, aber Justin. Justin war Grigs Neffe, ein bleicher Junge, der irgendwo in der Nähe ein Mädchen hatte. Als er zur Brücke kam, umzingelten ihn die Männer. Er schrie laut auf, wurde aber von Toy mit einem Knüppel niedergeschlagen. Die Männer umringten Justin, und jedesmal, wenn er weglaufen wollte, schlugen sie mit ihren Knüppeln auf ihn ein. Der arme Justin flehte, sie sollten ihn freilassen. Die Männer sagten kein Wort. Justin ging auf die Knie, und dann blitzte Silber auf. Soupspoon hörte einen Schrei, der in einem Gurgeln endete. Als er die Augen wieder aufmachte, war Justin nur noch ein lebloser Haufen. Er war nur noch ein Haufen Knochen.

Dann hörte er ein Klopfen. Er bildete sich ein, es seien Hammerschläge, mit denen ein schmaler Fichtensarg zugenagelt wurde, doch dann sah er, daß Darnell seine Pfeife aus der Tasche genommen hatte und die Asche an den Stützbalken unter Richter Whitestones Veranda ausschlug.

Soupspoon hatte plötzlich Angst, der Richter könnte das Klopfen hören; sie würden im Gefängnis landen. Er wollte Darnell sagen, er solle aufhören, doch er bekam kein Wort heraus. Darnell hämmerte weiter. Das Klopfen war so laut, daß es Tote hätte aufwecken können.

Während Soupspoon im Schlaf Leichen zählte, rief Kiki: «Nein, Daddy!»

Sie träumte auch vom Süden.

Sie ging mit ihrem Vater Keith in den Keller, in sein

neues Fotolabor. Er hatte in dem alten Haus eine Dunkelkammer zum Entwickeln von Fotos eingerichtet und erledigte die Aufträge direkt hier vor Ort, so daß die Leute ihre Fotos nicht wegschicken und wochenlang auf ihre Bilder warten mußten. Als das gut lief, zog er in andere Kleinstädte in Mississippi und Arkansas. Am liebsten hielt er sich in Orten auf, wo bereits ein Entwickler arbeitete – es war ihm eine Freude, wenn er anderen das Geschäft verderben konnte.

Er war untersetzt, hatte blauschwarzes Haar ohne jede Spur von Grau und kleine Hände. Er war sauber rasiert, und sein rundes Gesicht sah wie eingewachst aus. Er wusch sich nicht oft und schwitzte viel; jeder Raum roch nach ihm, sobald er sich dort eine Weile aufgehalten hatte.

Unten im Keller löste Keith Waters nach dem Entwicklungsvorgang das Silber ab, bewahrte es auf und machte mit dreißig Gramm gezeichnete schwere Münzen daraus, in die er ein grob umrissenes Profil seines verkniffenen Gesichts prägte. Hin und wieder sagte er zu Kiki, sie solle nach unten kommen und sich seinen Schatz anschauen.

Wenn sie nein sagte, schlug er sie, dann forderte er sie nochmals auf – mit einer Stimme, die süß wie Maissirup war.

Wenn sie kam, bat er sie, etwas von dem hohen Regalbrett zu holen. Sie stieg auf die Leiter, und er kam, um sie zu stützen, sprach über sein Silber und über die Männer, die er Kikis Zukunft zuliebe ruiniert hatte. Erst legte er ihr die Hand auf den Hintern, dann schob er seine harten kleinen Finger zwischen ihre Schenkel.

Sie konnte sich nicht gegen ihn wehren, weil er dann bösartig wurde. Sie konnte nur stillhalten und ihm das, was er brauchte, so schnell wie möglich geben. Manchmal reichte es ihm, ihr nur Angst einzujagen.

Aber jetzt nicht, nicht in diesem Traum.

«Daddy, hör auf.»

«Was hast du gesagt?»

«Ich hab gesagt, hör auf. Deine Frau ist oben.»

Im Traum war er noch stärker. Er hob sie über seinen Kopf und warf sie auf den Chemikalientisch, zerschmetterte Glas und warf alles durch die Gegend. Als sie aufsah, zog er den Gürtel aus. Sie drehte sich um und wollte weglaufen, doch sie fiel nur vom Tisch und schlug sich die Knie an. Es tat weh, aber der Schmerz war unbedeutend.

«Komm her, Kiki Waters.»

«Nein, Daddy. Laß mich in Ruhe.»

«Komm her, Mädchen. So kannst du nicht mit mir reden, ohne daß du was abkriegst.»

«Daddy, nein!» schrie sie. Irgend jemand mußte sie doch hören.

Keith setzte sich auf seinen alten Holzstuhl. Kiki erinnerte sich seit ihrer frühen Kindheit an diesen Stuhl. Sie haßte diesen Stuhl. Er war immer dagewesen, war ihnen sogar in das große neue Haus gefolgt.

«Bitte, Daddy.»

Er sagte gar nichts, wartete auf sie, den Riemen in der Hand. Kiki mußte sich über seinen Schoß legen und ihr Kleid hochziehen. Sie wußte, daß sie sich nicht das Höschen nach unten ziehen durfte, das war seine Sache.

Der Riemen peitschte zwölfmal gegen ihren Hintern.

Sie schrie, und sein Gestank stach ihr bei jedem Schlag mehr in die Nase. In Kikis Träumen war der Schmerz real.

Sie spürte seine Finger und seine Hand. Er war heiser, atmete schwer und zwang sie dazu, alles zu sagen, was er hören wollte. Wenn er keuchte: «Tut es weh?», mußte sie antworten «Ja, Daddy», während sie krampfhaft ihre Tränen unterdrückte.

Als es vorbei war, ging sie die Kellertreppe hinauf, während er sich am Spülbecken die Hände wusch. Ihre Mutter stand an der Tür und umklammerte ein zerknülltes Taschentuch. Kiki versuchte, ihren Rock nach unten zu ziehen, um die roten Striemen auf ihren Beinen zu verbergen. Sie konnte die schweren Schritte ihres Vaters auf dem Kellerboden hören.

Kiki konnte den Aufschrei nicht unterdrücken: «DU HURE!!!!» Sie schrie so laut, daß ihre Mutter unwillkürlich an die Wand zurückwich.

«DU GOTTVERDAMMTE, GOTTVERDAMMTE HURE!» Kiki fuhr sich mit der Hand an den Hintern und brachte Finger voller Blut und Scheiße zum Vorschein.

Und dann hörte sie die Schritte ihres Vaters. Er ging zum Gewehrschrank, sie wußte es. Die Schritte wurden schneller und lauter. Sie wollte vor ihm am Gewehrschrank sein, hatte aber vergessen, wo er war. Kiki hatte Angst. Sie wollte sich die Hände waschen. Die Schritte ihres Vaters klangen wie Gewehrschüsse.

15

Unten hämmerte jemand. Kiki sprang aus dem Bett, und Soupspoon machte einen Satz auf der Couch. Kiki atmete schwer. Soupspoon blieb die Luft weg. Sie sahen sich wortlos an. Als Kiki ihr Zittern unter Kontrolle hatte, ging sie zu ihrem Freund hinüber. Sie legte die Arme um ihn und vergrub ihr Gesicht an seinem Hals.

Ihre Tränen fühlten sich auf seiner Haut schwer an, ölig. Er sah auf seine knochigen Arme, mit denen er sie festhielt. Sie fröstelten beide wie frierende Hunde, die sich aneinanderkuscheln, damit sie warm werden.

«Nein», flüsterte Kiki.

Soupspoon antwortete nicht, hielt sie nur fest und schloß die Augen. Auf drei ihrer Keuchlaute kam nur einer seiner langsamen Atemzüge.

Das Hämmern ging weiter.

Das war kein Schreiner, der Nägel einschlug, sondern eine Kaskade von Schlägen, mit denen etwas niedergerissen werden sollte. Es war eine Wand, dachte Soupspoon, die noch nicht einfallen wollte.

Kiki schleppte sich zum Tisch, auf dem eine halbe Tasse Kaffee vom Vortag stand. Sie trank den Rest und verzog das Gesicht.

Soupspoon beobachtete, wie der Sonnenschein durch das Fenster an der bleichen Haut ihres Schenkels hinaufkletterte. Sie sah nicht sexy aus – nur an den Stellen, wo die Sonne auf ihr Bein fiel.

Die gleiche Sonne, die unter Judge Whitestones Haus geschienen hatte.

Kiki nahm ein schmutziges Saftglas aus dem Spülbecken und füllte es mit Bier aus dem Kühlschrank. Sie trank es aus und goß sich nach. Dann kam sie wieder zur Couch und kroch in seine Umarmung zurück.

Kiki klammerte sich an Soupspoon. Sie spürte, wie er mit den Fingern Synkopen klopfte; er spielte gegen den Abrißhammer an.

«Jemand sollte sich beschweren», sagte Kiki. Es war vielleicht eine halbe Stunde später. Das Bier war durch die Wärme ihrer Hand schal geworden. «Laß uns einen Spaziergang machen, Daddy.»

«Wohin?»

«Ich weiß nicht. Laß uns einfach losgehen.»

«Warum gehst du immer zur Chrystie Street, Mädchen? Was gibt's dort zu sehen?»

Kiki löste sich von ihm, um aufzustehen. Statt dessen fiel sie von der Couch.

«Verdammt noch mal, dann geh ich eben allein!» schrie sie.

«Nein, nein. Ich komm schon mit.» Er stieß sich von der Couch hoch. «Laß mich nur eben meine Hose anziehen.»

«Du brauchst nicht mitzukommen. Ich kann allein gehen.»

Jetzt schien die Sonne auf ihr Knie.

«Du brauchst nicht wütend auf mich zu werden, Mädchen. Ich hab gesagt, ich komm mit. Und das mach ich auch.»

Kikis Nasenflügel blähten sich, und sie atmete schwer. Soupspoon fragte sich, ob sie ihn wieder schlagen wollte; in diesem Moment hörte das Hämmern auf.

«Okay», sagte sie, plötzlich auch ruhig. «Okay. Machen wir uns fertig.»

Sie gingen die Baxter Street entlang zur Canal Street durch Little Italy. Die ganze Zeit sah sich Kiki um, vor allem, wenn sie kleine Jungen herumlaufen oder spielen sah. Kleine schwarze Jungen in Lumpen; im Grunde, dachte Soupspoon, nicht anders als er, als er auf den Farmen und Plantagen im Delta gewesen war.

Sie gingen durch die Straßen. Es war ein Sonntag und noch früher Morgen, deshalb herrschte kaum Verkehr. Nur wenige Fußgänger waren unterwegs.

Kiki blieb an der Kreuzung Hester Street und Chrystie Street stehen und sah auf den Bürgersteig, als berge er ein Geheimnis.

«Hier haben sie es getan», sagte sie.

«Dich niedergestochen?»

«Genau hier.»

Soupspoon sah die kahlen Straßen entlang. Jetzt war die Gegend sicher, aber er wußte, wie sich ein leerer Ort im Niemandsland in einen grauenhaften Ort voller Bedrohung verwandeln konnte.

Wohin ein Mann auch geht, der Blues ist ihm auf den Fersen.

«Mr. Wise?» Es war eine Männerstimme.

Ein grauer Mann stand vor ihnen. Nicht alt, nicht jung. Sein Hemd hatte noch eine Spur Grün aus der Zeit, in der es neu gewesen war, und seine Hosen waren einmal blau gewesen. Beide waren gealtert, in der Sonne und im Regen, in vielen Monaten eines harten Lebens. Sein Haar, bei der Geburt blond, war durch die Elemente und durch Vernachlässigung ebenfalls verwittert. Seine Haut war fast farblos, aber dunkel von starker Sonne und gepanschtem Rotwein. Weißen wäre es schwergefallen, diesen Mann für ihresgleichen zu halten.

«Wer sind Sie?» fragte Kiki den Fremden.

«Hare?» sagte Soupspoon. «Hare, bist du das?»

Der große Mann grinste.

Er war im Asyl gewesen, als Soupspoon dorthin gebracht wurde. Er war dumm, aber nett. Wenn Soupspoon nicht aufstehen konnte, war Hare da, um ihm zu helfen. Hare hatte ihm zum Ausgang geholfen, als er aus dem Asyl geflohen war.

Er hatte kaum noch gehen können, und nachdem sie ihn untersucht hatten, sagten sie, sie müßten ihn in ein Krankenhaus bringen. Soupspoon wußte, was das hieß – sie würden ihn in eine Station voller sterbender Männer bringen und ihn ganz allein sterben lassen, nicht einmal mit einem Freund wie Hare, der lächelte und einem einen guten Morgen wünschte. Er wußte, daß er ein toter Mann war, wenn sie ihn in den Krankenwagen packten.

Während sie ins Büro des Direktors gingen, um zu besprechen, wie sie ihn verlegen sollten, bat Soupspoon Hare, ihm zur Flucht zu verhelfen. Und der große graue Mann hatte gesagt: «Klar. Gehen wir.»

«Hast du das mit Norman Braddock gehört?» fragte Hare. Es war, als wäre er einem Nachbarn aus demselben Stock begegnet und auf einen Plausch stehengeblieben. «Du weißt schon – Brandy?»

Soupspoon wollte sich nicht erinnern. Er wollte nicht einmal an das Asyl denken.

Aber er konnte nicht anders.

«Brandy?» Soupspoon hatte versucht, alles über das Asyl aus seinem Bewußtsein zu verdrängen. Wie sie nachts eingeschlossen wurden; wie ihnen vorgeschrieben wurde, wann sie aufstehen mußten und wann die Lichter auszugehen hatten. Ein großer, pferdegesichtiger Sozialarbeiter, in Wahrheit eher ein Gefängniswärter, hatte sogar zu ihm gesagt, die Schmerzen in seinem Bein seien nicht so schlimm. «Ich hab Zahnschmerzen», sagte er. «Aber beklag ich mich etwa?»

Wenn man einen Vierteldollar hatte, war er fort. Wenn man aufs Klo mußte, brauchte man erst eine Erlaubnis. Krebs wucherte wie Unkraut in diesem Asyl, und Soupspoon wollte nichts damit zu tun haben.

Aber Brandy war anders. Brandy mit den großen Augen und der sienafarbenen Haut. Er ähnelte einem Buddha mit seinem dicken Bauch, auf den er die Hände legen konnte. Brandy saß die meiste Zeit auf dem Fußende seiner Pritsche. Jeden Morgen nahm er den zur Verfügung gestellten Rasierapparat, das winzige Stück Seife und die in Plastikfolie gewickelte Zahnbürste für die Toilette am Waschbecken. Wenn er zurückkam, setzte er die Brille auf und las auf dem Fußende seines Bettes Zeitungsfetzen, die er aus dem Abfall fischte. Niemand bestahl Brandy, weil er nichts zum Stehlen hatte. Seine kaputten Stiefel waren allen zu groß. Zweimal pro Woche erledigte er nackt im Keller seine Wäsche.

Soupspoon sprach nie mit Brandy. Aber er respektierte ihn. Brandy war ein sauberer Mann, der gern las und mit seinem Schicksal zufrieden war. Er hatte alles aufgegeben, aber er war ein Mann geblieben.

«Wie ist er gestorben?» fragte Soupspoon. «Er war doch nicht krank. Er war auch noch gar nicht so alt.»

«Erstochen.»

«Erstochen? Weswegen erstochen?»

«Wegen seiner Brille», sagte Hare schlicht. «Jemand hat versucht, seine Brille zu stehlen.»

«Die stehlen einem im Leichenschauhaus die Füllungen aus den Zähnen», sagte Soupspoon in der Erinnerung an Bannons Haß. Er hatte den Geschmack von mehligen Äpfeln auf der Zunge.

«Äh, hey, Mr. Wise?»

Hare stieg von einem Fuß auf den anderen, um seine Unterwürfigkeit zu zeigen. «Hast du n bißchen Geld? Ich könnte zwei Dollar brauchen. Für was zu essen.» Das fügte er für Kiki hinzu, die weggesehen hatte, ihm jetzt aber ihren Blick zuwandte.

Soupspoon faßte in seine Hosentasche. Kiki hatte ihm etwas Bargeld gegeben. Er verabscheute es, etwas von einer Frau zu nehmen, aber er konnte es nicht ändern. Er wollte diesem großen dummen Weißen etwas geben, weil er ihm geholfen hatte, als er allen anderen egal zu sein schien. Aber er wollte auch nicht, daß Kiki wütend wurde. Er wollte nicht, daß sie explodierte, weil er ihr Geld einem Penner auf der Straße gab.

Aber ehe er etwas sagen konnte, fragte Kiki den grauen Mann: «Sie haben Hunger?»

«Ja, Ma'am!»

«Wir könnten uns in Bernies Imbiß was zu essen besorgen und uns in den Park auf der anderen Straßenseite setzen.»

Sie gingen zurück ins East Village, machten Station vor dem Haus in der Avenue C, in dem Randy wohnte. Kiki ging hinein und kam mit dem schlaksigen Jungen heraus, damit er Soupspoon und Hare begrüßte.

«Ich hätte gedacht, an so nem schönen Tag bist du draußen in St. Mark's Place, Randy», sagte Soupspoon.

«Ich versuch, sonntags meine Matheaufgaben zu erledigen, Mr. Wise. Am Sonntagmorgen ist es meistens ruhig, und ich kann mich in meine Arbeit vertiefen.»

«Welche Schule?» fragte Hare. Er versuchte, aufrecht zu stehen und Randy in die Augen zu schauen, aber dann nickte er nur und sah zu Boden.

«Pace», antwortete Randy, dann sah er Kiki fragend an.

«Hare ist ein Freund von Soup, Randy. Wir besorgen uns was zu essen und setzen uns in den Park.»

Sie gingen zu Bernie, einem Laden gegenüber vom Tompkins Square Park. Sie kaufte kleine Napfkuchen und eine bauchige Flasche japanisches Bier. Soupspoon und Hare teilten sich ein Sandwich mit gepreßtem Putenfleisch, und beide tranken Kaffee mit jeder Menge Zucker.

Soupspoon aß seine Sandwichhälfte nicht – er dachte immer noch an zu Hause.

Die Sonne brannte vom Himmel, und auf ihrer Bank gab es keinen Schatten. Es waren jede Menge Leute im Park. Junge weiße Männer und Frauen in Tennisschuhen mit passenden Trainingsanzügen und schäbige Typen wie Hare. Männer in mittleren Jahren, etliche schon fast kahl, mit Stirnbändern und verblassenden Tätowierungen, spielten Basketball. Überall wurde die Sonntagszeitung gelesen. Kinder fuhren auf Skateboards vorbei. Kiki trank ihr Bier und beobachtete sie. Randy und Hare schwiegen.

Soupspoon sah den Spatzen und den Staren zu, dann den Fliegen, die hin und her schwirrten. An einem Baum in der Nähe entdeckte er winzige Albinowürmer, die in unsichtbare Nester krochen. Auf dem Boden zogen Ameisen stockend voran, blieben hin und wieder stehen und setzten ihren Weg fort.

«Alle gehen ihrer Arbeit nach. Die Welt bleibt nicht für dich oder sonst jemand stehen», sagte Soupspoon schließlich, während er zwei Stare mit harten Augen beobachtete, die einen Spatzen von einem Krümel Brot wegjagten.

«Was meinen Sie damit, Mr. Wise?» fragte Randy.

«Die Spinne schlüpft und webt ihr Netz. Das ist ihre Arbeit. Sie läßt sich nicht aufhalten, nur wenn man sie umbringt, ihr Leben mit einem Fußtritt beendet und alles Schöne auslöscht, was sie geschaffen hat.»

Soupspoon erinnerte sich an die gebrochenen Männer und Frauen aus seinen Träumen; das Ducken im Alltagsleben, wie eine Spinne, die sich zusammenzieht, wenn sie einen Schatten wittert. Im Delta kamen die Schatten täglich. Schatten, die einen erdrückten, Schatten, die einen nicht aufrecht stehen ließen. Soupspoon sah sie vor sich, die Schatten der zentnerschweren Baumwollsäcke, die sie auf dem Rücken schleppten. Säcke, die größer waren als sie. Wie Gottes großer weißer Zeh, im Begriff, ihr elendes kleines Dasein zu zerstampfen, das man Leben nannte.

Sie hatten nur eine Chance, sich aufzurichten: wenn sich die Schatten in Nacht verwandelten. Und auch dann standen sie nicht aufrecht – sie tanzten. Tanzten und wirbelten zur Musik herum. Dort, im Schutz der Dunkelheit, konnten einen die Schatten nicht aufspüren, und dort fanden sie die Freiheit. Eine Freiheit, die einen Namen hatte. Sie wurde Blues genannt.

Hallo, Blues, hallo, Satan.

Robert Johnson beschwor den Teufel; er rief nach ihm, laut und deutlich. Vielleicht hatte man an jenem Morgen noch Angst gehabt – Angst, von seiner Frau verlassen worden zu sein, Angst davor, ein Kind sei tot; Angst davor, die Flasche sei leer oder auf dem Fußboden sei Gift verstreut. Aber wenn RL einen in Stimmung brachte, hatte man keine Angst mehr, denn dieser Mann sagte einem: «Ja, es ist alles wahr, also amüsiert euch gefälligst, solange ihr es noch könnt.»

Bei diesen Gedanken setzte Soupspoon sich aufrechter hin. Er merkte, daß er durch den Park schaute – direkt in die Augen von Robert Johnson.

Er saß an einem kleinen runden Tisch und beugte sich hinüber, um ein hübsches braunes Mädchen zu küssen. Sie ließ zu, daß er sie auf den Mundwinkel ihrer üppigen roten Lippen küßte. Wer schwarze Frauen nicht kannte, hätte meinen können, sie habe etwas gegen den Kuß, aber Soupspoon konnte sehen, wie sehr es ihr gefiel.

Der junge Mann (wie war es nur möglich, daß er so jung war?) lehnte sich zurück und nahm einen Schluck aus einer Flasche in einer braunen Tüte. Er sah Soupspoon direkt in die Augen.

Er war es. Er ließ ein verwegenes Lächeln aufblitzen, ein Lächeln, das die Herzen aller Frauen brach, und hob die Tüte. Seine Freundin sah eifersüchtig herüber. Sie hielt Ausschau nach einer anderen Frau. Als sie die Frau nicht entdeckte, mit der RL flirtete, küßte sie ihn voll auf den Mund, um ihr Revier abzustecken.

«Sie wollen Arbeit, Mr. Wise?» Randys Stimme war ernst und nachdenklich.

«Ja. Ja, auf jeden Fall.»

«Was könnte er denn tun?» fragte Kiki.

«Können Sie noch auf Ihrer Gitarre spielen?»

«Ja. Ich meine, nicht wie früher. Nicht wie im Savoy oder in Billy's Room. Aber ich kann Bluesakkorde spielen. Besser als diese Rock'n'Roll-Jungs.»

«Wissen Sie, Samstag in zwei Wochen verkauf ich auf einem Straßenfest in der Carmine Street T-Shirts. Das wird jeden Frühling veranstaltet.»

«Was ist das?»

«Eine Art Basar. Man mietet Stände auf der Straße, und wenn's nicht regnet, kommen eine Menge Leute und kaufen, was angeboten wird. Es gibt Essen, Schmuck und Kleidung.»

«Ja, ja, ich hab's kapiert. Ich hab so was schon mal gesehen. Aber weißt du, ich bin nie zu so was hingegangen. Zu viele Leute.»

«Sie wären bei mir am T-Shirt-Stand. Und Sie könnten einfach spielen. Wetten, daß jede Menge Leute kommen – und wenn ich dann noch die richtigen Shirts habe, können wir bestimmt ein paar Dollar verdienen. Was halten Sie davon?»

«Ich weiß nicht ...»

«Komm schon», sagte Kiki. Sie lächelte sogar. «Tun wir's. Es macht bestimmt Spaß.»

«Ich weiß nicht, Kiki. Na ja, vielleicht. Vielleicht komme ich doch mit.»

Kiki lächelte wieder. Diesmal galt es Randy. Sie griff nach seiner Hand.

Soupspoon sah hinüber zu RL. Er war fort. Er sah nur eine leere Parkbank.

«Was stimmt denn nicht, Soup?» fragte Kiki.

«Hast du den Mann da drüben gesehen?»

«Welchen Mann?»

Aber Kiki schaute nicht hinüber zu der Bank. Sie sah Randy an, rieb ihm die Hand.

Soupspoon und Hare gingen ohne sie und Randy zum Beldin Arms zurück. Unterwegs besorgten sie eine Flasche Rotwein.

«Du kannst hier nicht schlafen, Hare», sagte Soupspoon zu seinem Freund. Sie hatten die Flasche fast ausgetrunken. Das meiste hatte Hare geschluckt, aber Soupspoon hatte so viel abbekommen, daß es ihn in den Fingern juckte und in seinem Kopf ständig Musik spielte.

«Das ist okay, Soup», sagte Hare. «Ich hab ne Freundin.»

«Du verscheißerst mich!»

Hare konnte sein Grinsen nicht unterdrücken. «Doch, ich hab eine. SallySue. Wohnt unter der Williamsburg Bridge auf dieser Seite. Da steht schon lange ein kleines aufgebocktes Haus. Sally hat es besetzt.»

«Sie wohnt umsonst unter der Brücke? Mach halblang. Junge, du stellst besser die Flasche weg, der Wein steigt dir zu Kopf, weißt du.»

«Ungelogen, Mann», sagte Hare und klang fast wie ein Schwarzer. «Sie ist kräftig und hat ne zweiundzwanziger Pistole – mit ihr legt sich niemand an. Niemand.»

«Und sie ist eine Frau? Was will sie denn von so nem übelriechenden alten Kerl wie dir?»

Hare wiegte nur den Kopf hin und her, ohne mit seinem Grinsen aufzuhören.

Und dann verspürte Soupspoon tief in sich diesen Drang. Er wünschte sich eine kräftige Frau mit einem aufgebockten Haus unter der Williamsburg Bridge, die eine schlanke Pistole hatte und ihn nach Hause rief.

Hare stand auf und winkte. «Wir sehn uns dann auf der Carmine Street.»

«Was?»

«Wenn du auf diesem Straßenfest spielst. Ich komm mit SallySue hin.» Hare ging zur Tür. Er winkte noch einmal und ging dann hinaus.

«SallySue», intonierte Soupspoon. Wieder ergriff dieses Gefühl Besitz von ihm, und er war erleichtert darüber, daß Kiki in jener Nacht vermutlich nicht nach Hause kommen würde.

16

Am nächsten Tag wählte Soupspoon eine Nummer aus seinem Adreßbuch, aber sie war abgemeldet. Dann rief er die Auskunft an. Sein alter Freund, der Mundharmonikaspieler Popeye Peter Laneau, stand nicht im Telefonbuch. Seine Cousine Mattine hatte Telefon, war aber stocktaub. Mattines Großnichte sagte Soupspoon, Mattine habe seit vierundzwanzig Jahren nichts mehr von Onkel Popeye gehört.

Er fand einen Eintrag für Alfred Metsgar, einen Schlagzeuger, der in Chicago Howlin' Wolf und Quickdraw Marrs begleitet hatte. Alfred wohnte in der 174th Street. Soupspoon beschloß, sofort dort hinzugehen. Selbst falls Metsgar taub war, konnte er vielleicht reden.

Er packte den Kassettenrecorder und zwei Bananen in eine alte hellbraune Aktentasche, die er unter Kikis Couch gefunden hatte. Für einen Moment sah er Quickdraw Marrs Gesicht vor seinen Augen. Quickdraw war vor sechsundvierzig Jahren in der Black Sparrow Bar in East St. Louis ums Leben gekommen.

Die Tür zur Wohnung 3L war schmal und erinnerte Soupspoon an einen Sargdeckel. Auf dem Boden lag eine Strohmatte mit der Aufschrift WELCOME. Keine Fanfare für den Musiker, nur eine schlichte Fichtentür mit Ahornmaserung. Die Tür hatte zwei tiefe Dellen, verursacht von einem harten, schartigen Gegenstand, und in der Mitte befand sich ein großer grüner Fleck.

Graffiti, meinte Soupspoon, die jemand abzukratzen versucht hatte.

Ehe er den Mut faßte, an die Tür zu klopfen, bekam er einen Schreck, als sie plötzlich aufging. Eine uralte, verhutzelte Frau stand vor ihm, auf einen neuen Laufstuhl aus Aluminium gestützt. Sie trug eine schwarze Hose, einen dicken weißen Pullover, bestickt mit weißen Blumenknospen, und eine schiefe graue Perücke; auf ihrer Nase saß eine Sonnenbrille mit weißem Gestell.

«Sind Sie der Eismann?» fragte sie deutlich. Sie hatte schöne Lippen. Voll und üppig. Sie legten sich um die Worte, als äße sie eine überreife Birne.

«Nein, Ma'am, ich heiße ...»

«Haben Sie eine Zigarre, Mister?» fragte sie. «Ich hab mich nämlich an der Hüfte verletzt und könnte wirklich was zur Linderung brauchen.»

«Nein, Ma'am.»

«Sie sind nicht Bobby?» Die alte Frau kämpfte jetzt mit ihrem Laufstuhl. Sie hatte keine Kraft mehr, das konnte er sehen. Ihr Kopf sackte zwischen ihre Schultern, und ein Beben durchlief ihre Arme. Aber das hielt sie von nichts ab. Sie legte den Kopf schief und sah auf.

Er atmete den trockenen, leicht süßlichen Geruch des hohen Alters ein. Er sah in das Gesicht mit den schönen Lippen und wollte wieder nein sagen, als eine tiefe Stimme aus dem Innern der Wohnung dröhnte: «Was haben Sie hier verloren, Mann?»

Hinter der kleinen Frau war ein langer, dunkler Flur. Aus der Finsternis tauchte ein großer Mann auf. Drei Zentner hartes Fett in einem orangefarbenen Overall.

Sein Gesicht war so braun wie ein Baumstamm, und er trug einen drahtigen Oberlippenbart.

«Kommen Sie, Miss Winder. Sie sollten nicht hier draußen an der Tür sein.»

Sobald sie die Stimme des Hünen hörte, machte sich die Frau auf den Rückweg in die Wohnung. Soupspoon fiel der Rhythmus auf. Sie wartete darauf, daß der Hüne sich ein Basketballspiel anschaute oder vielleicht telefonierte, und dann würde sie sich wieder aus der Tür schleichen und nach Eiswürfeln, Zigarren und einem Mann namens Bobby Ausschau halten.

«Was wollen Sie?» Der Hüne hielt die Tür fest, bereit, sie zuzuschlagen.

«Zu Alfred Metsgar.»

«Was wollen Sie von ihm?» Soupspoon fiel auf, daß sein Hals so breit wie sein Kopf war.

«Wir waren mal Freunde. Ich meine … wir haben früher zusammen Musik gemacht. Ich hab gedacht, ich komm mal vorbei und schrei ihm was ins Ohr.»

Der Name MIKE war auf die linke Brusttasche des Mannes aufgestickt. Mike atmete schwer, als wollte er möglicherweise gleich handgreiflich werden.

«Ist Alfred hier?»

Mike sah ihn tückisch an. Seine finstere Miene war bösartig, und Soupspoon war sich sicher, daß er ihm die Tür vor der Nase zuschlagen würde.

Mike überraschte ihn, als er sagte: «Es ist die Tür hinten links.» Dann ging er beiseite, damit Soupspoon eintreten konnte. Als Soupspoon auf halber Höhe des Flurs war, rief Mike: «Mozelle!» Eine Tür öffnete sich, und eine Frau streckte den Kopf heraus. Sie war groß und knochig, etwa Ende Vierzig, mit einer Salz-und-Pfeffer-Frisur wie Frankensteins Braut.

Sie sagte nicht viel. «Da entlang», knurrte sie, was heißen sollte, daß Alfred am Ende des Flurs war. Und auf Soupspoons Frage, ob er mit dem alten Mann reden dürfe, sagte sie nur: «Wenn Sie wollen.»

Alfred Metsgars Zimmer war nicht größer als eine Zelle. Von seinem Fenster aus konnte man in ein Zimmer in dem gegenüberliegenden Haus sehen. Soupspoon sah, daß dort jemand in einem Bett lag; ein Hinterkopf ragte aus einem Deckenberg heraus.

Alfred war zu sehr damit beschäftigt, in dieses Zimmer zu schauen, als daß er seinen alten Freund bemerkt hätte. Der geschrumpfte alte Mann saß auf einem Holzstuhl, eingeklemmt zwischen geraden Armlehnen. Er beugte sich vor und spähte durch das Fenster. Das Bett neben ihm war ordentlich gemacht. Auf der unteren Hälfte lag eine Steppdecke in leuchtenden Orange- und Gelbtönen.

Alfred trug ein fadenscheiniges T-Shirt und hatte eine Armeedecke über den Knien. Der löcherige Boden war gefegt, und auf der schmalen Kommode neben dem Fenster war kein Stäubchen zu sehen.

«Sch!» sagte Metsgar, obwohl Soupspoon kein Wort geäußert hatte. «Sie schläft noch.»

Soupspoon warf einen Blick in das gegenüberliegende Fenster und wandte sich wieder Alfred zu.

«Sie schläft gern lang.» Er sprach leise – ein stolzer Vater, der seinem verwöhnten Kind die Ruhe gönnte.

«Alfred?» sagte Soupspoon, teils, damit der alte Schlagzeuger ihn erkannte, teils, weil er sich fragte, ob das tatsächlich sein alter Freund war.

Seine Haut schien sich verflüssigt zu haben. Sie war langsam nach unten gesickert, bis sie völlig mit den Gesichtsknochen verschmolzen war; sein Gesicht sah wie ein brauner Totenschädel aus.

«Ja?» Alfreds Kinnlade klappte nach unten.

«Der Musiker, stimmt's?»

Er wandte sich ab und flüsterte: «Sie schläft noch.»

Das Zimmer stank nach Urin wie das Männerasyl. Wegen des Geruchs wollte sich Soupspoon nicht auf das Bett setzen. Aber es gab sonst keinen Platz zum Sitzen. Sein Bein tat ihm weh – von dem langen Fußweg, sagte er sich –, aber er beschloß, noch eine Weile stehen zu bleiben.

«Da drüben! Da drüben! Genau da!» Metsgar wedelte sinnlos mit der Hand herum. Soupspoon wußte nicht, was er tun sollte.

«Gehn Sie hinüber, und setzen Sie sich auf die Kommode. Da! Schaun Sie mal hin!»

Soupspoon setzte sich auf die niedrige Kommode und öffnete Kikis Aktentasche. Er holte den Kassettenrecorder heraus und drückte auf den Aufnahme- und den Abspielknopf.

«Alfred?» flüsterte er.

«Schsch! Schauen Sie nur!»

Soupspoon folgte der Richtung des Fingers mit der Eidechsenhaut, der über den Fenstersims hinweg in das Zimmer gegenüber zeigte. Er sah wieder den auf ein Kissen gebetteten Kopf. Jetzt merkte er, daß es ein Frauenkopf war.

Soupspoon kam sich wieder vor wie ein Kind, das am Bett seiner Mutter wartet – darauf wartet, daß sie aufsteht.

Er wachte auf, wenn die Sonne durch die selbstgebastelten Pappjalousien fiel. Dann wurde er hellwach von dem Krach, den sein Vater draußen mit der Axt machte, während er Feuerholz spaltete. In der Erntezeit, wenn sein Vater Arbeit auf den Plantagen hatte, wartete Soupspoon mit seinem großen Bruder Holden im Bett, bis er hörte, wie sich die schweren Stiefelschritte vom Haus entfernten. Er nahm seine Bauklötze vom Dachboden mit, setzte sich neben das Bett seiner Mutter, spielte ganz leise und beobachtete ihr rundes, braunes Gesicht.

Das war das stärkste Liebesgefühl in Soupspoons ganzem Leben: wenn er über seine Mutter wachte, während die Morgenvögel zwitscherten und sein Bruder auf dem Dachboden schnarchte. Ihm knurrte der Magen, aber er tat nichts lieber, als seiner Mutter beim Schlafen zuzusehen. Er hätte es den ganzen Tag tun können.

Wenn sie schließlich die Augen öffnete, lächelte sie ihn liebevoll an und sagte: «Morgen, Baby. Was gegessen?» Er schüttelte den Kopf, und dann gab sie ihm einen Kuß, weil er so brav gewesen war und sie hatte schlafen lassen. Über sechzig Jahre später empfand Soupspoon immer noch einen Stich im Herzen, wenn er daran dachte, wie sie aus dem Strohsackbett aufstand.

«Sehen Sie? Schauen Sie genau hin», sagte Alfred Metsgar.

Die Frau im Bett hatte sich umgedreht und setzte sich jetzt auf. Soweit sie zu sehen war, war sie nackt. Mollig, mit einer Haut wie dunkle Orangen und jung. Soupspoon rückte näher an die Wand, damit er nicht beim Hinschauen ertappt wurde. Aber er merkte schnell, daß er keinen Grund hatte, sich zu verstecken. Die junge Frau sah kein einziges Mal in Alfreds Zimmer. Sie stand auf, kehrte dem Fenster den nackten Rücken zu und zog einen weiten Slip an. Alfred grinste lüstern, während sie von einer Zimmerecke zur anderen ging, Sachen aufhob und wieder fallen ließ.

Die Vorstellung dauerte zwei bis drei Minuten. Die junge Frau ging schließlich direkt zum Fenster und stellte sich auf die Zehenspitzen, um an die Jalousie zu kommen. Sie brauchte ein paar Augenblicke, um die Schnur zu erreichen und die Jalousie nach unten zu ziehen. Als Soupspoon ihr Gesicht sah, lächelte sie, und dann war sie verschwunden.

«Das ist wirklich was Wunderschönes», sagte Alfred Metsgar. «Ohne meine Tänzerin würde ich sterben. Ich würde sterben.»

«Erinnerst du dich an mich, Alfred?»

Der alte Mann starrte immer noch die Jalousie an. Er wandte sich Soupspoon zu und kniff die Augen zusammen.

«Atwater Wise. Früher bin ich Soupspoon genannt worden. Ich hab mit Hollis McGee und Triphammer Jones auf ner Zwölfsaitigen gespielt.»

Alfred lächelte und nickte, aber nichts in seinem Blick wies darauf hin, daß er Soupspoon wiedererkannte.

«Du erinnerst dich doch, Alfred. Wir haben 1957

eine Tournee durch ganz Kalifornien gemacht. Das weißt du doch noch.»

Alfred sah wieder zu dem Fenster hinüber, aber die Vorstellung war aus.

«Erinnerst du dich nicht, Mann? Du hast mir von Quickdraw Marrs erzählt. Du weißt schon – wie er im Black Sparrow in St. Louis umgebracht worden ist?»

Alfred wandte sich Soupspoon zu. «Wer hat Ihnen das erzählt? Wer?»

«Du, Alfred.»

«Sagen Sie noch mal, wer Sie sind.»

«Soupspoon. Soupspoon Wise. Gitarrist. Wir haben im Sour Bowl in Pasadena gespielt – zusammen mit Holly Gomez.»

«Holly», sagte Alfred mit einem Lächeln. «Hat verdammt gute rote Bohnen mit Reis gekocht.»

«Ja, ja», sagte Soupspoon voller Hoffnung. «Du erinnerst dich an Holly?»

«Die Frau konnte kochen.»

«Und du erinnerst dich an Quickdraw Marrs?»

«An wen?» Über Alfreds Augen ging der Vorhang wieder zu.

«Quickdraw Marrs. Du hast mir 1957 oder 1958 erzählt, daß du mit Quickdraw gespielt hast, als er in East St. Louis ums Leben gekommen ist, 1938.»

«Schlagzeuger?»

«Gitarrist», sagte Soupspoon.

«Äh. Ja. O ja. Das war was anderes.» Alfred hob die Hände und lächelte, bevor er wieder aus dem Fenster sah.

«Erinnerst du dich nicht?» fragte Soupspoon.

Alfred verlagerte sein Gewicht im Stuhl, und eine Welle von Uringestank stach in Soupspoons Nase.

«Nein, Sir», sagte Alfred. «Wollen Sie Kaffee, Mister? Sie könnten die faule Schlampe dazu bringen, uns Kaffee zu kochen.»

«Im Sour Bowl hast du mir erzählt, daß du den Mann gesehen hast, der Quickdraw erschossen hat. Du hast mir erzählt, du weißt, wer's war. Du hast mir erzählt, daß du dabei warst.»

«Vielleicht war ich dabei», sagte Alfred. «Schon möglich. Aber wissen Sie, ich hab nie wen umgebracht. Und wenn ich tagsüber keinen Kaffee bekomm, krieg ich Kopfschmerzen. Aber diese Frau gibt mir keinen. Sie sagt, das ist nicht gut für mich, aber das ist Scheißdreck. Ich bestimme, was gut für mich ist und was nicht. Und genauso muß es doch auch sein, stimmt's, Mister?»

«Du erinnerst dich an gar nichts, Alfred? An nichts bis auf Holly?»

«Reden Sie für mich mit ihr?»

«Mit wem?»

«Mozelle. Sie will mir mein ganzes Geld wegnehmen. Sie steckt mit Mike unter einer Decke.» Alfred nickte, um seiner Behauptung Nachdruck zu verleihen.

«Sie ist in Ordnung, Alfred», sagte Soupspoon. «Auf alle Fälle hält sie das Zimmer sauber.»

«Sie will mich vergiften.»

«Nein.»

«Aber das ist okay.» Metsgar schnellte auf dem harten Stuhl hoch. «Ich hab sie durchschaut. Ich bin noch nicht tot.»

«Wie ist Quickdraw gestorben?»

«Wer sind Sie, Mann?» Alfred sah ihn zornig an. «Warum sind Sie hierhergekommen – wollen Sie mich verscheißern?»

«Ich bin dein alter Freund Soupspoon, Alfie. Wir haben früher zusammen gespielt. Ich wollte die Geschichte über jene Nacht erzählen, wenn ich dich dazu krieg, daß du dich daran erinnerst. Ich will Geschichten über den Blues erzählen, ehe alle tot sind. Du. Ich ...»

«Haben Sie lesen gelernt?» fragte Alfred.

«Ein bißchen.»

«Ich wollte zur Schule gehen. Aber da, wo ich herkomme, hat's ein Schwarzer zu nichts bringen können. Da hat man nur den Dreck der Weißen wegmachen dürfen, und wissen Sie, man war besser dran, wenn man den Besen gleich mitgebracht hat. Die hatten uns nichts zu bieten. Also ... wenn jemand was getan hat, was vielleicht nicht recht war, was hätt man schon anderes erwarten können? Wir hatten ja nichts. Und wenn jemand gestorben ist, dann war's kein Verlust. Jeder hat gewußt, daß es ihn mal erwischt, und jeder war dankbar, daß er nicht belastet war mit dem Wie und Weshalb.»

Alfred Metsgar lehnte sich im Stuhl zurück, erschöpft von den vielen Worten. Am Ende jedes Atemzugs hielt er inne, als wäre es sein letzter gewesen.

Soupspoon war ebenfalls müde.

«Du erinnerst dich also an gar nichts, stimmt's Alfie?» fragte Soupspoon.

«Ich hab Musik gespielt, aber niemand umgebracht. Das können Sie mir nicht anhängen.»

«Ich hab doch nicht behauptet, daß du's warst, Alfred.»

«Die Leute sterben dauernd, Mann. Dauernd. Sie können nicht von mir erwarten, daß ich mir das alles merke.»

«Alfie, ich weiß, daß du's nicht warst. Ich will ja bloß den Namen des Mannes wissen, der's getan hat. Ich will was über uns erzählen und das, was wir getan haben. Ich will nicht, daß das vergessen wird. Aber ich geb dir keine Schuld.»

«Aber ich war's», sagte Alfred.

«Was?»

«Ich war's – es war meine Schuld.»

«Du hast Quickdraw Marrs erschossen?»

«Ich hab Musik gespielt.»

«Aber hast du ihn erschossen?»

Alfred Metsgar hob den Schädel und musterte seinen jüngeren Freund. «Was spielt's schon für ne Rolle, ob ich oder der andere den Abzug durchgezogen hat? Was spielt's schon für ne Rolle, ob sich Quickdraw die Kugel selbst ins Herz geschossen hat?»

Soupspoon schaltete den Kassettenrecorder aus und packte ihn ein. Als er aufstand, sah Alfred voller Angst zu ihm auf, vielleicht auch voller Staunen darüber, daß es Menschen gab, die noch allein stehen konnten.

Soupspoon streckte die Hand aus, und Alfred nahm sie in beide Hände. Er grinste. Er zitterte nicht mehr so sehr, als er die Hand spürte, sie hin und her bewegte.

Der Händedruck dauerte drei Minuten lang.

Draußen auf dem Flur hielt Mozelle Soupspoon an.

«Was hat er über mich gesagt?»

«Er hat gesagt, daß Sie sein Geld wollen.»

«Der alte Trottel hat doch kein Geld. Er hat nichts bis auf seinen Scheck vom Sozialamt. Den geben wir dafür aus, damit er am Leben bleibt. Sind Sie von denen?»

«Von wem?»

«Vom Sozialamt.»

«Nein. Ich bin nur ein alter Freund. Ich hab über früher mit ihm reden wollen.»

«Alfred erinnert sich an nichts. Er sitzt bloß da drin. Wenn ich ihm nicht helfe, schafft er's nicht mal mehr aufs Klo.»

«Ja.» Soupspoon wollte fort von hier. Die ganze Wohnung stank nach Urin.

«Tun Sie mir einen Gefallen, ja?» bat er Mozelle.

«Was für einen?»

«Fassen Sie ihn hin und wieder mal an.»

«Was soll das heißen?»

«Legen Sie ihm die Hand auf die Stirn, als wollten Sie fühlen, ob er Fieber hat. Dann sagen Sie ihm, er ist so kalt wie ne Hundeschnauze. Das ist alles, was er braucht. Glauben Sie mir, ich weiß es.»

Pig Ears Mackie, Big Time Joe Harker, Blues Belle, Nessie Montgomery. Sie waren alle tot oder verschwunden. Soupspoon ging sein Adreßbuch und alle seine Erinnerungen durch. Die paar, die noch lebten, waren nur schwer zu finden. Und von diesen wenigen hatte niemand etwas zu sagen, wofür es sich gelohnt hätte, überhaupt einen Recorder einzuschalten.

17

Kiki, könnten Sie einen Augenblick in mein Büro kommen?» fragte Sheldon Meyers.

Sie hätte sagen können: «Später, Sheldon. Ich muß die Änderungsliste wegbringen, damit sie heute noch bearbeitet werden kann», nur um ihn warten zu lassen. Aber sie tat es nicht, weil sie den Schweiß auf seiner Oberlippe sah. Sheldons Lippen schwitzten nur, wenn etwas total daneben war.

«Haben Sie das je gesehen?» fragte er und reichte ihr einen blauen Policenfolder.

Sie wünschte sich, sie säße, als sie neben den Lettern VERSICHERT die Namen Atwater und Tanya Wise sah. Da waren alle Informationen, die sie vor zwei Monaten eingegeben hatte. Und darunter eine Liste mit Zahlungen für Strahlenbehandlungen, Arztbesuche und Arznei. Die Gesamtsumme belief sich auf 186 042,28 Dollar.

Mit Lichtgeschwindigkeit, dachte Kiki. Der Mond ging ihr durch den Kopf, der kalte Mond mit der Finsternis, die ihn umgab.

«Nein», sagte sie mit trockener Kehle. «Nie, äh, niemals.» Sie gab Sheldon den Folder zurück und setzte sich. Sie schlug die Beine übereinander und lehnte sich zurück.

«Das ist über mein Büro gelaufen», sagte Sheldon. «Sie wissen ja, viele solche Sachen zeichne ich ab, aber wenn es um so viel Geld geht, prüfe ich es meistens nach. Im allgemeinen schicke ich solche Vorgänge nach unten zu den Schadenssachverständigen. Ich meine, ich zeichne nicht einfach alles ab, was auf meinen Schreibtisch kommt.»

In ihrer Brust spürte Kiki den dumpfen Aufprall eines Hammers. Sie wollte einfach nur noch aufstehen und weglaufen. Sie konnte zurück in den Süden. Nach Arkansas. In irgendeine Kleinstadt, wo sie niemand finden würde. Sie konnte überall arbeiten, im Wald leben, und ihr Vater würde nie zu erfahren brauchen, daß sie wieder zurück war. Jahrelang, seit sie von zu Hause weggelaufen war, hatte sie sich Sorgen gemacht, er könne sie finden. Während er seine Finger in ihrem Rektum hatte, flüsterte er ihr oft ins Ohr, sie könne niemals entkommen; er kenne Leute im ganzen Land, und wenn sie weglaufe, würden sie nach ihr suchen, und die Polizei werde sie nach Hause zurückbringen. Er könne sie überall finden und direkt von der Straße auflesen, flüsterte er, niemand werde auch nur versuchen, ihn daran zu hindern. Sie hielt die Luft an, während er in ihr herumfingerte, und sie glaubte ihm – jedes Wort.

«Sie ermitteln seit zwei Wochen in dieser Sache», sagte Sheldon. «Ich hab's erst heute morgen erfahren.»

«Warum? Meinen die, daß Sie was angestellt haben?»

«Nein», sagte er beruhigend. Nicht im geringsten. Sie glauben, daß jemand in der Computerabteilung mit diesem Paar unter einer Decke steckt.» Sheldon drehte den Folder in ihre Richtung und zeigte auf die Namen. «Sie haben die Papiere und die Schecks durch einen internen Kanal geschleust und dann den Namen mit einem Stempel aus dem Büro des Abteilungsleiters gefälscht.»

«Wie haben sie das geschafft?» fragte Kiki.

«Im Computerraum liegt mindestens ein halbes Dutzend solcher Stempel herum. Und einer liegt im Safe am Ende des Flurs. Der Safe ist abgeschlossen, aber so gut wie alle kennen die Kombination. Wie auch immer, das ist jetzt nicht so wichtig. Wir wissen jetzt Bescheid und können der Sache auf den Grund gehen.»

«Wie lange wird das dauern?»

Sheldon hob die schmalen Schultern.

Hinter Kikis Augen stachen glühende Nadeln zu. Sie konnte nicht richtig Luft holen. Sheldon sagte wieder etwas, aber sie bekam nicht mit, was er sagte. In ihren Eingeweiden grollte es, und sie war kurz davor, sich übergeben zu müssen. Die mittlerweile fast verheilte Naht in ihrer Seite fing an zu kneifen.

Dann kam das Geräusch.

Erst war es nur ein fernes Dröhnen, als spielte jemand unten im Keller bei geschlossenen Türen auf einer Kesselpauke. Doch als es lauter wurde, verstärkte sich der Krach und hatte weniger Resonanz. Und dann, einen Augenblick lang, war Kiki wieder in ihrem Traum. Die harten Sohlen ihres Vaters, die im Keller widerhallten, und dann ein lautes Klopfen …

Ein Ruck ging durch ihren Körper. Plötzlich war alles in Ordnung; sie war ganz ruhig. Über ihre Stirn ging die Kühle weichenden Fiebers, wanderte ihren Nacken entlang.

«Was auch immer daran nicht stimmt», sagte sie, «es

ist ein stärkeres Stück, als mit der Faust in den Arsch gefickt zu werden.»

Sheldon blieb der Mund offenstehen.

Kiki langte über den Schreibtisch und griff nach dem Folder.

«Ich schau mal nach, ob ich was darüber in den Akten habe, Sheldon», sagte sie. Sie ging hinaus zu ihrem Schreibtisch und steckte den Folder an seinen alphabetischen Platz in der Ablage. Das war um halb zehn Uhr morgens.

Kiki kam an jenem Tag früh nach Hause, den Arm voller Lebensmittel. Sie hatte Hamburger besorgt, Zuckererbsen und ein Baguette. Sie brachte Zitronen- und Apfelkuchen mit, dazu Vanilleeis und zwei Sechserpacks Old-New-York-Bier. In einer separaten Tüte steckte eine Flasche Bourbon, ihre Zweitagesration.

Soupspoon und Randy saßen am Tisch und sprachen über Blues. Soupspoon trug seinen Hochzeitsanzug und hatte die Gitarre ausgepackt. Der Kassettenrecorder war eingestöpselt und lief.

«Hi, Jungs», sagte sie mit einem breiten Lächeln.

«Hi.» Randy winkte ihr zu.

Soupspoon sah auf und runzelte die Stirn. So früh war sie noch nie von der Arbeit nach Hause gekommen. Es machte ihm leichte Sorgen, Kiki könne wütend darüber werden, daß noch jemand in der Wohnung war. Aber es schien ihr nichts auszumachen. Soupspoon war erleichtert, weil er an jenem Morgen ein leichtes Stechen in der Brust und einen scharfen Schmerz im Bein gespürt hatte.

«Nur darum geht es bei der Musik, Randy», hatte Soupspoon gesagt, bevor Kiki hereinkam. «Es geht nur darum, dem Schmerz so nahe zu kommen, daß er wie ein Freund ist, wie jemand, den du liebst.»

«Bleib doch zum Essen, Randy», bot Kiki an.

Randy hatte eine Auswahl T-Shirts mitgebracht, auf denen überwiegend vollbusige Frauen in unglaublich knappen Bikinis und Superhelden mit harten Muskeln abgebildet waren.

«Die Leute kaufen diesen Scheiß?» fragte Soupspoon. «Mit so was würde ich nie auf der Straße herumlaufen. Verdammt noch mal! Alle könnten sehen, daß ich nicht so ausseh. Und ich hab auch keine Freundin, die so aussieht.»

«Die Kids kaufen sie wegen der Superhelden und der Pin-up-Girls. Ich verkaufe fast immer fünfzig Shirts, aber mit dir, Soup, da wette ich, daß ich hundertundfünfundzwanzig verkaufe.»

«Hamburger und Bourbon.» Soupspoon hob sein Glas zum Trinkspruch. Kikis Augen glitzerten.

Soupspoon gab Randy einen Blechlöffel und ein Mayonnaiseglas. Er zeigte dem Jungen, wie er dem Rhythmus folgen mußte. Dann fing er an, Gitarre zu spielen, und sang:

I got the travelin' blues, momma
Kansas Special on my mind.
Three locked doors in front'a me
and all I got is time.

Kiki bewies beim zweiten Refrain, daß sie eine rauhe, sexy Stimme hatte. Sie weinte, sang und lachte mit den Männern.

Irgendwann gegen Mitternacht begriff Soupspoon, daß sie Musik spielten. Diese Kinder waren noch nicht einmal geboren gewesen, als er seine Glanzzeit hatte, aber sie spielten seine Musik. Sie lebten sie auch.

Er spürte die Arthritis in den Fingern, während sie die Saiten entlangwanderten. Seine Hüfte schmerzte wieder.

Kiki fing an zu tanzen, und Randy stieg mit ein. Sie hatten keine Ahnung vom Tanzen. Aber sie brauchten auch keine Ahnung zu haben, wenn sie zu diesen Melodien tanzten.

Nach einer Weile ließ Randy Kiki allein tanzen, während er gegen den Tisch schlug, fast im Takt mit Soupspoons Song. Es war wie früher, als Schwarze im Steinbruch gearbeitet hatten und ein Mann ihre Stimme gewesen war. Jede Zeile endete mit einem Ächzen und der Wucht des acht Kilo schweren Hammers.

Sie spielten den Blues, bis sie keinen Bourbon mehr hatten. Dann küßte Randy Kiki auf beide Wangen und schüttelte dem Bluesmusiker die Hand.

«Ich hol Sie am Samstag um sieben ab, Mr. Wise», sagte Randy. Er sah Kiki an, aber als sie seine Hände nicht nehmen wollte, wurde ihm klar, daß er allein nach Hause gehen mußte.

Um halb vier Uhr morgens klingelte das Telefon.

«Hallo?» sagte Kiki mit benebelter Stimme. Sie sah, daß Soupspoon immer noch am Küchentisch saß. Er schlief auf seinen verschränkten Armen, neben sich die rot lackierte Gitarre.

«Ich weiß, was du getan hast, du Fotze.»

«Fez?»

«Wenn du denen nicht sagst, was du getan hast, komm ich vorbei und schlitz dir die gottverdammte Möse mit dem Messer auf. Hast du verstanden?»

Kiki legte auf.

Sie stand auf und ging zu dem alten Mann hinüber. Als sie ihn an der Schulter faßte, hob er den Kopf und rief mit der Stimme eines kleinen Jungen: «Was?» Dann legte er die Arme um Kiki und erschauerte.

Sie zog ihn aus, ohne ihn richtig zu wecken, und half ihm ins Bett, zog ihm die Decken bis unter das Kinn.

Auf dem obersten Schrankbrett, unter drei gestapelten Strohhüten, stand die Schachtel, die Hattie ihr gegeben hatte, nachdem Kiki weinend und aus dem Hintern blutend zu ihrem Haus gerannt war. Ein großer, magerer Mann, so schwarz und glänzend wie Teer, saß im Vorderraum von Hatties Zweizimmerverschlag. Nach einer Weile kam er ins Schlafzimmer und sagte: «Du kannst das Kind nicht hierbehalten.»

«Was soll ich denn machen, Hector? Willst du, daß ich sie rauswerfe? Vor wem fürchtest du dich mehr, vor nem verdammten Weißen oder vor Gott?»

«Gott weiß, was ich für Scherereien am Hals hab. Er wird mir das hier nicht übelnehmen.»

«Wenn du Angst hast, dann mach nur weiter so», sagte Hattie. «Und raus aus diesem Zimmer. Dieses Mädchen kann keine Männer um sich herum brauchen.»

Hector ging hinaus, aber von Zeit zu Zeit hörte ihn Kiki im Nebenzimmer. Sie hatte wieder Fieber. Sie konnte immer zu Hattie kommen. Hattie hörte sich jedes Wort an, das sie sagte.

«Erzähl mir eine Geschichte», bettelte Kiki.

«Sei still, Kind.»

Aber Kiki erinnerte sich daran, daß sie nur immer wieder darum bitten mußte, und schließlich bekam sie die Geschichte zu hören.

Einmal klopfte es laut an der Tür. Hector kam herein, hob Kiki aus dem Bett und brachte sie durchs Fenster in den Wald. Er hielt sie derb und fest, wie ihr Vater es tat, wenn er ihr etwas antun wollte. Als sie zu schreien versuchte, hielt er ihr den Mund zu. Sie wehrte sich, aber er war zu stark.

Ihre Nase war vom Weinen verklebt, und die Hand des knochigen Mannes umklammerte ihren Mund. Kiki verstummte, während sie sich darauf konzentrierte, den dünnen Luftstrahl durch das fast ganz verstopfte Nasenloch einzuatmen.

Ihr wurde schwindlig.

Das Licht aus Hatties Haus sah für sie aus wie große, bunte Schneeflocken, und die laute Stimme ihres Vaters war nur ein Wirrwarr aus wütenden Worten. Von dem, was Hattie sagte, konnte sie nur verstehen: «Mr. Waters! Mr. Waters!»

Als die Stimmen näher kamen, ging Hector tiefer in den Wald hinein. Er flüsterte ihr ins Ohr: «Sch!» Dann ließ er ihren Mund los.

Sie hatte nie, nie zuvor und nie mehr seither, etwas so Köstliches und Reines geschmeckt wie die Luft in diesem todbringenden Wald. Der Anfang einer Lungenentzündung kribbelte in ihren Lungen, während ihr Vater auf der Suche nach ihr durchs Unterholz irrte.

«Kiki! Kiki, komm da raus!» rief er. «Du kannst nicht vor mir weglaufen, Mädchen! Komm da raus!»

Sie war erst vierzehn, aber sie begriff, daß er allein gekommen war. Allein, weil er sich schämte und nicht wollte, daß seine Freunde das Blut hinten an ihrem Rock sahen.

Aber morgen, das wußte sie, würde er seine weißen Freunde mitbringen. Das machte ihr jedoch keine besonders großen Sorgen. Nicht während sie auf Hector saß wie auf einem alten, bequemen Stuhl; hart, aber dazu geschaffen, sie aufzunehmen.

Sie wurde ohnmächtig und kam erst wieder zu sich, als sie mit Hector in einer Jagdhütte war, tief in den Wäldern von Arkansas. Der dunkle Mann saß neben ihrer Pritsche. Die Sonne schien durch ein Fenster ohne Scheibe, warf ihr Licht auf die alten Zeitungen, mit denen die Wände tapeziert waren. Hector wusch ihr die bloßen Füße mit Alkohol ab, benutzte einen alten Lappen und einen eingedellten Blecheimer. Er fuhr mit dem Lappen über ihren Bauch und ihre Brust. Als er die kalte Flüssigkeit über ihren Hals laufen ließ, hätte sie ihn gern berührt, damit er merkte, was für ein gutes Gefühl das war, aber sie war noch zu schwach.

Er drehte sie um, wusch sie zwischen den Zehen bis zum Halsansatz. Der Alkohol brannte, als er in ihr Rektum sickerte, aber inzwischen wußte sie, daß Hector ihr nicht weh tun wollte. Er versuchte, ihr das Leben zu retten.

Am ersten Tag wusch Hector sie mindestens sechsmal ab, ohne dabei auch nur ein Wort zu sagen. Er flößte ihr Suppe und Wasser ein, beobachtete sie beim Schlafen. Pausenlos fühlte er ihre Stirn, und sobald er Hitze spürte, wusch er sie kalt ab.

Kiki hegte den Verdacht, daß Hector es genoß, sie am ganzen Körper abzureiben; näher war er einem weißen Mädchen wahrscheinlich nie gekommen. Doch sie hatte nichts gegen seinen Blick und seine Hände. Es machte ihr nichts aus, daß er da war, wenn sie aufwachte. Er konnte tun, was er wollte, weil er Hatties Freund war, kalte Hände hatte und wie der tiefe Wald von Arkansas roch.

Am nächsten Tag kam Hattie, wachte über sie wie eine Glucke. Hattie brachte Kiki dazu, viel mehr Suppe zu trinken, als Hector es geschafft hatte. Sie sagte dem halb schlafenden Mädchen, ihr Vater suche nach ihm; sie müsse vorsichtig sein und könne deshalb nur zweimal in der Woche kommen.

Kiki war das jedoch gleich. Sie war gern allein mit dem schweigenden Hector.

Nach drei Wochen war Kiki so kräftig, daß sie Brot essen konnte. Das Fieber war gewichen, und die Lungenentzündung war fast ausgeheilt. Hattie hatte hundert Dollar gespart, die sie Kiki für eine Busfahrt nach Kalifornien anbot, wo ihre Cousine sie aufnehmen würde. Hattie gab Kiki außerdem Hectors Pistole. Es war eine sechsschüssige Waffe Kaliber 32, die Hectors alter Boß ihm nach einem guten Jahr geschenkt hatte.

Hattie brachte Kiki bei, wie sie die Waffe ölen und

reinigen mußte. Sie sagte ihr, sie müsse alle drei Jahre Patronen kaufen. Kiki machte allein Zielübungen. Sie war keine Meisterschützin, aber sie hatte auch keine Angst vor dem Schießen. Sie konnte einen Mann auf zehn Schritte treffen, und das reichte für ihre Zwecke.

Am Tag ihrer Abfahrt ging Kiki vor Hectors Hütte, während Hattie noch ihre Sachen packte. Hector kümmerte sich um die Trage, die er gebaut hatte, damit er die Taschen zur Straße schleppen konnte, wo der Greyhound hielt.

Kiki sah Hector an, aber er arbeitete weiter, als wäre sie nicht da.

Schließlich fragte sie ihn: «Würdest du mitkommen, Hector?» Sie hatte nicht vorgehabt, das zu sagen, wußte nicht einmal, was sie damit meinte. «Ich meine, mit mir nach Kalifornien kommen.»

«Was?» Jetzt sah er doch auf.

«Wir könnten in einem großen Messingbett schlafen, Orangen essen und beim Film arbeiten. Du könntest Gärtner werden, und ich könnte die Stars schminken.» Sie war selbst überrascht über das, was sie sich da ausgedacht hatte.

Hector wollte sich abwenden, aber Kiki packte ihn und grub ihm die Fingernägel in den Unterarm. Aus den tiefen Kratzern kam Blut.

Er sah sie wieder an und erschauerte. Sie meinte zu spüren, daß er in diesem Augenblick fast bereit war, mit ihr zu gehen. Doch er war zu stark. Er löste ihre Hände von seinen Armen und war für sie verloren. Und dieser Verlust war bis jetzt, bis zu dieser Nacht in New York, das Schlimmste, was sie je erlebt hatte.

Kiki nahm die Pistole heraus, setzte sich neben Soupspoons Gitarre und reinigte die Waffe. Dann ging sie zum Schrank zurück und fand eine Umhängetasche, die sie bei der Arbeit mit sich herumtragen konnte.

Sie nahm die Tasche mit ins Bett und schlief so gut wie sonst nur in ihrer frühen Kindheit, als sie in den Armen einer üppigen Schwarzen geschlafen hatte.

18

Am Tag darauf rief Soupspoon Rudy an.

«Am Samstag spiel ich auf nem Straßenfest, Rudy. In der Carmine Street, nur ein Stück weg von der Bleecker Street. Du könntest hinkommen und mir zuhören, damit du weißt, was du kriegst.»

«Okay, Onkel Atwater. Wie fühlst du dich?»

«Als ob ich tot gewesen und wieder gestorben wär.»

Rudy lachte über Soupspoons Schwermut. «Ich hab Tante Mavy erzählt, wie's um dich steht. Sie hat gesagt, wenn du willst, würde sie gern mit dir sprechen.»

Es war Mittag, als er auf ihren Klingelknopf drückte. Sie wohnte nicht weit weg vom Beldin Arms, an der Kreuzung zwischen der Forteenth Street und der Avenue A.

All die Jahre, und wir waren nur ein paar Schritte voneinander entfernt, dachte Soupspoon. *Es hätten genausogut Millionen von Kilometern sein können.*

«Wer ist da?»

«Ich, Mavy. Atwater.»

Ein langes Schweigen folgte. In einer Ecke des Haupteingangs lag ein Wasserkäfer sterbend auf dem Rücken, trat mit seinen haarigen braunen Beinen in die Luft. Soupspoon hob den Fuß, stellte ihn aber wieder auf den Boden. *Wer weiß schon, was er denkt.*

«Rudy hat gesagt, du hast Krebs», sagte Mavis schließlich.

«Das sagen die Ärzte, Babe. Das sagen sie.»

«Der Aufzug ist ganz hinten. Acht G», schnarrte die Sprechanlage. Dann ertönte ein lautes Summen, und Soupspoon schob sich ins Haus.

Sie war alt und ganz in Weiß gekleidet. Ihr Rock, ihre Bluse, ihre Schuhe, selbst der Schal, den sie um ihren Hals geschlungen hatte und mit beiden Händen umklammerte, alles war weiß.

Er konnte sie nicht küssen, während sie so dastand, konnte ihr nicht einmal die Hand geben. Deshalb blieb er einfach stehen, die Aktentasche in der Hand.

«Was ist das?» fragte sie.

«Ein Kassettenrecorder und mein Mittagessen.»

«Wozu ein Kassettenrecorder? Ist das ein Walkman?»

«Nee.»

«Was ist es dann?»

«Darf ich reinkommen, Mavis?»

Die Frage traf sie unvorbereitet. Vielleicht hatte sie geglaubt, sie könnten an der Tür stehen und sagen, was sie zu sagen hatten. Danach konnte er zum Sterben nach Hause gehen, und sie konnte sich wieder in Weiß auflösen.

Aus einem alten Plattenspieler hinter ihr kam Musik.

«Ist das immer noch der alte Victrola, Mavy?»

«Ja, sicher ist er das.»

«Wo kriegt man denn heutzutage noch Schellackplatten her?»

«Ich hab vor etwa fünfzehn Jahren auf nem Flohmarkt in North Carolina sechs Dutzend gekauft.» Sie runzelte die Stirn, zornig darüber, daß er sie zum Reden brachte. «Du kannst kurz reinkommen, Atwater, aber ich muß arbeiten.»

Er kauerte sich auf den Rand des altweißen Sofas, während sie sich aufrecht auf einen hellen Stuhl setzte. Während die Augenblicke verstrichen, sah sie jünger aus. Ihr Gesicht, zunächst hart, war jetzt königlich. Er erhaschte einen Hauch Parfüm, Forest Rose. Das war ihr Duft gewesen, als sie sich vor über fünfundvierzig Jahren kennengelernt hatten.

Er erzählte ihr von den Krebsbehandlungen, wenn auch nicht allzuviel. Er erzählte ihr von dem Leben, das er seit ihrer Trennung geführt hatte – es dauerte nicht lange.

«In den letzten zwanzig Jahren ist ein Tag wie der andere gewesen. Manchmal vergeß ich sogar, welches Jahr wir haben», sagte er.

Mavis' Leben war noch schlichter verlaufen. Sie hatte Texas nach wenigen Monaten verlassen, weil es zu schmerzlich für sie war, in der Nähe des Ortes zu sein, an dem ihr Sohn gestorben war.

«Ich hab nen Fahrer namens George, der mich jeden Dienstag um Viertel nach elf abholt. Er bringt mich zu

Angela's Curios, ich liefere meine Blumengestecke ab, und sie bezahlt mich. Sie hat hier und auf Long Island sieben Läden, und getrocknete Rosen verkaufen sich immer gut. Dann fährt mich George zum Einkaufen, und ich zahl ihm fünfzehn Dollar in bar.»

«Wo kriegst du deine Blumen her?»

«Von nem Koreaner. Meistens bringt sie mir sein kleiner Junge, und ich geb ihm fünfzig Cent dafür.»

Und das war alles. Es war seit Jahren nichts Besonderes mehr passiert. Bis auf die Tatsache, daß Soupspoon jetzt bald sterben würde. Jetzt fehlten ihm Dinge, die ihm früher nicht einmal aufgefallen waren. Aber über diese Dinge sprach er nicht mit Mavis – er hatte nicht den Mut dazu.

Statt dessen sagte er: «Weißt du, jetzt, wo ich krank bin, denk ich mir, ich sollte besser alles erledigen, was ich auf später verschoben hab.»

Mavis nahm eine lange weiße Zigarette aus einer Porzellandose auf ihrem Glastisch.

«Und dazu gehört», fuhr Soupspoon fort, «daß ich alles über den Blues aufzeichne, woran ich mich erinnere.»

«Wie ein Geschichtsbuch?»

Er nickte. «Bloß daß ich's auf Band aufnehme. Geschichten und auch Lieder. Wenn ich fertig bin, schick ich's an Mr. Early. Erinnerst du dich an ihn?»

«Hm! Das ist doch alles nur noch mehr von dem ganzen Robert-Johnson-Mist.»

«Er kommt auch vor. Er hat dazugehört.»

«Kannst du nicht mal allein sterben, Atwater?» fragte sie. Dann fuhr sie sich mit dem Handrücken über den

Mund. «Entschuldige, Honey. Das hätte ich nicht sagen dürfen. Das war nicht recht.»

«Du hast mir nie richtig von dem einen Mal erzählt, wo du ihn getroffen hast.» Das war alles, was Soupspoon wollte.

«Man soll mit seinem Mann nicht über Männer reden, mit denen man früher mal was hatte. Das ist auch nicht recht.»

«Aber ich bin nicht mehr dein Mann, Mavis. Wir sind nicht mal Freunde. Das hier ist alles, was mir geblieben ist, Baby.» Er zeigte auf die Aktentasche. «Ich hab nie Schallplatten aufgenommen. Ich hab keinen Erben.»

«Na und? Was willst du von mir?» Mavis' Stimme klang zornig. «Was kann ich denn daran ändern?»

Soupspoon machte die Aktentasche auf und nahm den Recorder heraus. Er drückte auf zwei Knöpfe und lächelte.

«Erzähl mir einfach davon, Mavy. Erzähl mir einfach, wie es war.»

«Du meinst ... einfach reden?»

«Mhm. Was anderes mach ich auch nicht. Meistens fang ich an, Kiki oder Randy eine Geschichte zu erzählen, und dann vergeß ich einfach, daß die dabei sind.»

Mavis wußte nicht, wer Kiki und Randy waren, aber sie hatte Angst vor dem Recorder. Sie sah das Ding stirnrunzelnd an und ballte die Fäuste so fest, daß ihre Knöchel hervortraten.

Soupspoon rückte näher an ihren Stuhl heran.

«Erzähl mir von der Nacht, in der du RL kennengelernt hast», flüsterte er, und dann berührte er ihren Schenkel.

Sie fuhr zurück, als er sie anfaßte.

«Was soll ich sagen?»

«Red einfach», sagte er. «Fang mit Rafael an. Er war damals dein Freund, stimmt's?»

«Ja», sagte sie. «Ja, Rafael war mein Mann.»

«Aber du hast ihn nie geheiratet», soufflierte ihr Soupspoon.

«Nein, Rafael hat nichts getaugt, er war bloß alles, was ich hatte.»

«Er war ein schlechter Mann?» fragte Soupspoon.

«Nee. Er war nicht schlecht, er hat bloß nichts getaugt.» Sie hielt für einen Moment inne. «Das einzig Gute, was ich je von Rafael bekommen hab, war mein Sohn Cortland – und der ist schon seit vielen Jahren tot.»

Durch das Fenster konnte Soupspoon den dunklen und bewölkten New Yorker Nachmittag sehen. In Mavis' Wohnung brannten mindestens zwei Dutzend helle Lampen, die schweigend weiße Wände, weiße Teppiche und weiße Möbel bestrahlten. Mavis nahm sich noch eine lange weiße Zigarette und zündete sie an. Sie lehnte den Kopf auf anmutige Weise zurück, während sie sich an die vielen schweren Jahre erinnerte. Doch jetzt waren die einzigen Anzeichen ihres Alters zwei tiefe Furchen in ihren Wangen und die Fältchen um ihre Augen. Theatralisch riß sie die Augen auf, und Soupspoon wußte, daß er an sie herangekommen war.

«Ja, Rafael war wild, aber ich war damals auch nicht gerade zahm. Ich hab meinen Kleinen schrecklich geliebt, und Rafe hat uns geliebt – so wie ein Mann eben lieben kann, wenn er pausenlos an der Flasche hängt. Manchmal war er total bösartig, wenn er nach Hause gekommen ist. Er hat geknurrt wie ein wildes Tier. Cort hat angefangen zu wimmern, und ich bin aufgestanden und hab zu Rafe gesagt, er soll uns vom Leib bleiben, bis er wieder normal ist.»

Mavis lehnte sich zurück und zog tief an der filterlosen Pall Mall, bevor sie den Rauch über Soupspoons Kopf hinwegblies.

«Er hatte keine Angst davor, mich zu schlagen», sagte sie. «Und er hat gewußt, daß ich keine Angst davor hab zurückzuschlagen. Du weißt ja, daß ich so große Fäuste hab wie ein Mann ...» Mavis ballte die linke Hand, um ihre Worte zu unterstreichen. «Wir haben uns so sehr gestritten, daß wir uns einfach lieben mußten. Ich hab ihm gesagt, er muß mich auf die Veranda tragen, weil ich nicht wollte, daß Cort was davon mitbekommt. Rafe hat mich hochgehoben und gezittert, weil er so wild darauf war.

Rafe war ein wüster Liebhaber. Ich lag mit dem Rücken auf dem Verandaboden, und hinterher hab ich mir immer Splitter aus dem Hintern ziehen müssen.» Mavis exhalierte und drückte die Zigarette aus; sie rauchte sie nur halb. «Ich hab immer geglaubt, daß ich genau so einen Liebhaber brauche. Wie wenn man einen Hengst oder einen Stier sieht, die beißen und ficken mit diesem verrückten Blick in den Augen.»

Mavis bedachte Soupspoon mit einem Blick, der ihn an den Abend erinnerte, an dem sie sich kennengelernt hatten.

«Was ist mit Robert Johnson?» fragte er. «Hat er Rafael gekannt?»

«Nein, zum Teufel! Rafe hätte den armen Jungen aufgefressen. Er konnte verdammt bösartig werden, wenn's um was ging, was ihm gehörte.» Mavis zündete sich die nächste Zigarette an. «Als ich Bob kennengelernt hab, haben ich und Rafe mit Nummer sieben, Rafes jüngstem Bruder, in einem baufälligen Sägewerk am Fluß gewohnt. Nummer sieben und Rafe haben Schnaps gebrannt, und ich hab Blumen gepflückt und Sträuße für die weißen Damen in der Stadt gebunden. Am Wochenende sind wir immer in den Terraplane von Nummer sieben gestiegen und in die Stadt gefahren, nach Panther Burn. Das heißt, wir sind immer dorthingefahren, bis Terrys Kneipe abgebrannt ist.

In der Nacht, in der es gebrannt hat, waren wir dort. Als wir angekommen sind, waren bereits jede Menge Leute da, und die Musik dröhnte in voller Lautstärke durch den Laden.

In jener Nacht war auch Pete Hollis da.

Pete war ein kräftiger Kerl, der wild getanzt hat. Ich meine, er ist runter bis zum Boden gegangen, wenn du verstehst, was ich meine. *Bis zum Boden.* Weißt du, in dem Augenblick, als ich hereingekommen bin, hat er mich gepackt und durch die Luft geworfen, bis ich völlig außer Puste war.» Mavis war jetzt versunken in ihre Geschichte; Soupspoon merkte es daran, wie sie atmete. «Und als das nächste Stück kam, hat Rafe mich gepackt und so herumgewirbelt, daß ich nicht mal mehr was sehen konnte. Die Musiker haben kaum ne Pause zwischen den Songs gemacht, und ich fühlte mich wie die schärfste Braut überhaupt, so wie ich von Rafe und Pete hin und her geworfen worden bin. Bei jedem Tanz hat sich die Fläche um uns herum geleert, und die Jungs sind immer wilder geworden, haben alles gemacht, um sich gegenseitig zu übertreffen.

Einmal hat mich Rafe so heftig durch die Gegend geschleudert, daß ich hingefallen bin, mir am Hintern weh getan und mein Kleid zerrissen hab. Ich war stocksauer auf ihn, verstehst du.» Mavis machte schmale Augen, wie es die jungen Frauen in Soupspoons Zeit getan hatten. «Vielleicht mag's ne Frau, wenn sie ein bißchen derb angefaßt wird, aber das heißt noch lange nicht, daß sie auf den Boden geworfen werden will. Also geh ich hinüber zu Pete, und er lächelt ganz fies, und wir fangen an, mit den Schultern zu wackeln und Händchen zu halten. Erst wirft er mich zwischen seine Beine, dann zieht er mich hoch, und ich fliege durch die Luft und wirble herum. Aber er hat mich aufgefangen. Alle haben uns zugeschaut und geklatscht. Ich hatte so einen weiten Rock an, der beim Wirbeln hochflog, aber keine Unterwäsche drunter.

Genau da kommt Nummer sieben an und zieht Pete beiseite. Bevor ich auch bloß ›Hey!‹ sagen konnte, hat Rafe wieder mit mir getanzt. Aber eigentlich war es überhaupt nicht wie Tanzen. Er hat mich fest am Handgelenk gepackt und mich hin und her geschleudert wie nen Sack Bohnen. Er hat versucht, mich zwischen seinen Beinen durchzuwerfen, aber ich hab mich gegen ihn gestemmt, weil ich das nicht wollte. Dann hat er versucht, mich in der Luft herumzuwirbeln. Ich hab mich mit aller Kraft gewehrt, aber Rafe war wirklich stark, er hat mich unter den Armen erwischt und mich so durch die Luft geschleudert, daß ich gegen ne Petroleumlampe an der Wand geknallt bin.» Furcht spiegelte sich in ihrem Blick, als Mavis die Augen aufriß. «Das Feuer hat sich so schnell ausgebreitet, daß niemand es rechtzeitig löschen konnte. Wir sind alle zur Tür gerannt. Mein Saum hatte Feuer gefangen, und ich bin gerannt und hab geschrien, bis mich jemand in den Schlamm gedrückt hat, um die Flammen zu löschen.»

Ein Gedanke schoß Soupspoon durch den Kopf. Er hatte nicht gewußt, daß Mavis RL in Panther Burn kennengelernt hatte; bei dem Brand, der den Zeitpunkt markierte, an dem er seinen Freund zum letztenmal gesehen hatte. Er empfand einen doppelten Verlust. Es kam ihm so vor, als wäre RL aus dem Grab auferstanden, um ihm seine Frau zu stehlen. Mavis hatte ihm nie gehört, weil sie ihm von Anfang an nie ihr ganzes Herz geöffnet hatte.

Die harte Wahrheit seiner Gedanken spiegelte sich in Mavis' kaltem Blick wider.

Sie zündete sich die nächste Zigarette an und sah aus dem dunklen Fenster. Nach einer Weile stand sie auf und zog die Vorhänge zu. Dadurch wurde es noch heller in ihrem Zimmer.

Als sie sich wieder setzte, war Soupspoon ganz still – er befürchtete, daß der Bann gebrochen war, daß sie nicht weitererzählen würde. Doch als er das höhnische Lächeln sah, mit dem Mavis ihn bedachte, wußte er, daß sie nicht aufhören würde. Er wußte, daß das Reden für sie so wichtig war wie das Zuhören für ihn.

«Der Mann, der mein Kleid gelöscht hat», sagte sie, «hat mir hochgeholfen und ist mit mir zurückgegangen. Das ganze Lokal ist in knapp zehn Minuten niedergebrannt. Fünfzehn Leute hatten ne Rauchvergiftung, und vier davon sind gestorben, aber erst nach ein paar Tagen. Ich hab mich nach Rafe und Nummer sieben umgeschaut, aber die waren fort, genauso wie Pete Hollis. Die drei haben's mit der Angst bekommen und sich nach Mud Town verdrückt. Das war damals noch keine richtige Stadt, bloß ein Ort, wo Farbige für ne Weile unterkriechen konnten.

Mir war übel davon, wie schrecklich das alles war. Das Bein hat mir weh getan, wo ich gegen die Wand geprallt bin, und ich war ganz verkrustet mit Schlamm. Aber dann hat mich der Mann, der mir geholfen hat, am Arm genommen. Er war ein schweigsamer junger Mann, und ich hab gesehen, daß er ne Gitarre hatte. Das war Bob Johnson. Er hat meinen Arm genommen und ist mit mir von dem Brand weggegangen. Alle sind nach Hause gegangen, weil keiner was mit der Polizei zu tun bekommen wollte. Wir sind zusammen den Weg zum Sägewerk hochgegangen. Wir waren allein, und er war still, hat mich nur am Arm gehalten.

Das war mir zu still, deshalb hab ich gefragt: ‹Warst du das, der vorhin da drin gespielt hat?›

‹Ja, Ma'am›, sagt er so respektvoll und selbstsicher wie ein Dekan. Und dann wendet er sich mir zu und sagt: ‹Kann ich mit zu dir kommen?› Einfach so.» Mavis staunte immer noch über die Dreistigkeit des Bluesmusikers. «Ich kannte ihn überhaupt nicht, aber er bittet mich drum, mein Bett mit ihm zu teilen. Und ich lege einfach meinen Arm um seine Schultern und hoffe, daß Rafe in dieser Nacht nicht zurückkommt.»

Mavis drückte die halbgerauchte Zigarette aus. Soupspoon sah eine kleine Küchenschabe, die hinter ihr an der Fußleiste entlangkroch. Er versuchte, das Insekt nicht anzustarren, weil er befürchtete, Mavis würde sich umdrehen. Es war ihr zuzutrauen, daß sie ihre Wohnung anzündete, bloß weil Ungeziefer darin war.

«Auf der Hinterveranda hat er mich dazu gebracht, meine schmutzigen Kleider auszuziehen. Dann hat er nen Eimer mit kaltem Wasser gefüllt und meine dreckigen Sachen eingeweicht, während ich den Schlamm abgewaschen hab. Dann ist er in mein Zimmer gegangen und mit meinem hübschesten Kleid herausgekommen. Da bin ich, nackt für die ganze Welt, und da steht dieser gutaussehende Mann, der mir das Kleid an die Titten hält. Ich zieh's gleich über, und er macht die Knöpfe zu. Weißt du, ich hab wegen diesem Jungen so gezittert wie Rafe wegen mir.

Im Bett war er auch sanft. Ganz anders als Rafe. Weißt du, ein Mann wie Rafe macht so viel Druck, daß du nicht mehr weißt, wo er aufhört und du anfängst. Aber bei RL wußte ich, wo ich dran war. Als ich gekommen bin, hat er mir direkt in die Augen geschaut, als hätte er Angst vor dem, was er heraufbeschworen hat. Und weißt du, so hat er mir die ganze Nacht lang in die Augen schauen müssen, fast die ganze Nacht lang.» Mavis lehnte den Kopf zurück und steckte sich mit sinnlichem Vergnügen eine neue Zigarette in den Mund. Der Rauch drang aus ihrer Nase und trieb in weißen Kringeln über ihrem dunklen Kopf.

«Als ich aufgewacht bin, war's immer noch dunkel. Ich hab geglaubt, ich hätte was gehört, und ich hatte Angst, daß es vielleicht Rafe wäre. Also spring ich aus dem Bett und geh raus auf die Veranda. Da draußen hatten wir ein Moskitonetz und zwei alte Stühle. Das ganze Sägewerk stand auf Pfählen über dem Fluß, und darüber schien der Mond, halbrund und gelb. Bob war nackt und saß auf einem leeren Fünfzehnliterfaß für schwarzgebrannten Schnaps. Er hat seine Gitarre umarmt, als wär sie ne Frau oder ein Kind.

Ich hab ihn gefragt, was ihm fehlt, und er sagt: ‹Nichts, Momma›, mit seiner hübschen kleinen Stimme. Er hätte genausogut mit seiner Momma reden können wie mit mir. Die Tränen liefen ihm übers Gesicht. Er war so traurig und so schön, wie er da draußen nackt im Mondschein stand. Ich hab seine Gitarre genommen und sie ganz sanft gegen das Geländer gelehnt, und dann hab ich ihn mit mir auf den Boden gezogen. Da war nur ein Leinensack, auf den wir uns legen konnten, aber das hat uns nichts ausgemacht. Meine Brust war ganz schlüpfrig von seinen Tränen. Und von der Brise haben wir eine Gänsehaut bekommen.

Er hat mir alles von seinem Mädchen in der Gegend von Robinsonville erzählt. Erst fünfzehn, aber trotzdem gestorben, mit ihrem gemeinsamen Kind. Er hat geweint, wie Kinder das tun, ganz verloren und traurig. Er konnte sie nicht vergessen, und da hab ich begriffen, warum er so spielen konnte.

Alle haßten ihn, so hat er's mir erzählt. Erst sein Stiefdaddy, der ihn geschlagen hat, und später die ganzen Leute, die sich über ihn lustig gemacht haben, weil er nicht auf den Feldern arbeiten wollte. Sogar die Musiker haben schlecht über ihn gesprochen, bis er sich beigebracht hat, richtig zu spielen ...»

«Hat er dir erzählt, daß er seine Seele verkauft hat?» fragte Soupspoon.

Mavis schüttelte den Kopf. «Darüber hat er mir nie was erzählt, bloß, wie er herumgeschubst worden ist. Alle waren eifersüchtig auf ihn. Sie haben seine Musik geklaut und ihm alles mögliche in die Schuhe geschoben. Vielleicht haben sie auch rumerzählt, daß er seine Seele verkauft hat.

Da war ich, lag nackt bei nem Mann, die Beine breit, damit er tun konnte, was er wollte. Aber er dreht sich bloß zu mir und fragt: ‹Kann ich hier bei dir bleiben?› Ich hätte fast ja gesagt. Ich hab geglaubt, wenn ich ihn aufnehm, kann ich ihn beschützen.»

Mavis lachte und sah kopfschüttelnd zu Boden. «Jetzt weiß ich es besser. Männer wie er kriegen nie die Chance, ein normales Leben zu führen. Wenn sein Mädchen am Leben geblieben wär, hätte das keine Rolle gespielt. Wenn das Baby überlebt hätte, dann wär's bei irgendeiner Frau in irgendeiner Stadt zurückgelassen worden, hätte an einem nassen Lumpen herumgenukkelt und um nen Vater geweint, den's nie gehabt hat.»

Mavis rauchte und sah direkt in die Lampe hinter Soupspoon.

«Am Morgen ist Bob gegangen. Ich hab ihm nen Abschiedskuß gegeben. Dann hab ich Cort bei meiner Cousine abgeholt, wo ich ihn vor dem Tanzen hingebracht hatte. Von ihr hab ich gehört, wo Rafe und die anderen hin waren. Zwei Tage später hab ich mitbekommen, daß zwei Männer und eine Frau an dem Rauch gestorben waren. Die Countypolizei wollte mit mir sprechen, deshalb hab ich Cort genommen und bin nach La Marque in Texas abgehauen, wo meine ältere Schwester Martha wohnte. Ich hab's wegen Cort getan, er wär ja allein gewesen, wenn ich ins Gefängnis gekommen wäre. Ich meine, es war nicht meine Schuld, daß diese Leute gestorben sind, aber wahrscheinlich hätten sie mich trotzdem ins Gefängnis gesteckt. Also bin ich abgehauen. Und weil ich das getan hab, lebt mein Kleiner heute nicht mehr.»

Mavis zündete sich die letzte Zigarette an und rauchte sie langsam, während sie vor sich hin starrte.

Er erinnerte sich an all ihre gemeinsamen Jahre. An sein gebrochenes Bein, an ihren ersten Auftritt im Kirchenchor. Sie waren aus dem tiefsten, traurigsten Süden gekommen – nicht viel besser als Sklaven – und hatten es in das zwanzigste Jahrhundert geschafft, mit Autos, Telefonen und Warmwasserleitungen. Er erinnerte sich an alles, aber es wirkte wie ein Theaterstück. Er sagte seinen Text auf, Mavis rezitierte ihren.

Kein Augenblick in seinem Leben war wie die zwei Wochen gewesen, nachdem er RL in Arcola getroffen hatte. Diese Tage übertrafen alles. Was sie entdeckten, war neu, und niemand konnte vorhersagen, was als nächstes passieren würde. Es war ein harter Song von Krankheit und Tod. Ein wilder Tanz, und Soupspoon und Robert Johnson spielten die Melodie dazu.

Er erinnerte sich an den Brand. Er war vor Angst wie von Sinnen gewesen. Aber irgendwo wußte er, daß es der letzte große Augenblick in seinem Leben gewesen war.

Jetzt merkte er, daß das auch für Mavis galt.

Er hatte sie erst später kennengelernt, in Texas. Aber das war nach Corts Tod. Sie war nie wieder wild gewesen.

«Danke, Mavy.» Soupspoon wollte sie berühren, doch sie stand auf.

«Hast du bekommen, was du wolltest?» fragte sie.

«Ich weiß es nicht. Mir war so, als hätte Rudy gesagt, daß du mit mir sprechen willst.»

Mavis nahm eine halbgerauchte Kippe aus dem Aschenbecher und zündete ein Streichholz an.

«Das stimmt», sagte sie. «Aber du kommst her mit deinem Kassettenrecorder und mit deinen Fragen nach Robert Johnson. Gut ... ich hab deine Fragen beantwortet. Ist sonst noch was?»

«Ich weiß nicht, Mavis. Ich hab nur mit dir reden wollen.»

«Schön, du hast mit mir geredet, und jetzt wird's Zeit, daß ich mich wieder an meine Blumen mache.» Sie wandte das Gesicht zur Tür.

Er sah sie an, wußte, daß da etwas war, was er hätte sagen sollen. Er wollte es; sie wollte es auch, das wußte er. Aber in ihm war nur noch die Wahrheit übrig. Eine kaputte Ehe in einem nackten Leben, durch das der Blues strich. Ihm hatte nie genug daran gelegen, sie nach ihrer Trennung wiederzufinden. Er hatte nicht einmal gewußt, daß sie wieder in New York lebte, bis Rudy es ihm gesagt hatte.

Alles, was er wirklich wollte, war auf dem Kassettenrecorder.

«Es tut mir leid, Baby», sagte er.

19

Am Dienstag ging Kiki zur Arbeit, die Pistole in der Umhängetasche verstaut. Ihre Freunde sprachen nicht mit ihr. Sheldon Meyers sagte so gut wie gar nichts. Mittags, als sie hinausging, um einen Hot dog zu essen, lief sie Motie und Clive Thomas über den Weg. Sie rauchten neben der Statue gegenüber dem Bürogebäude einen Joint.

Motie berichtete ihr, jemand habe eine Versicherungspolice in der Höhe von einer Million Dollar gefälscht. Fez hatte seinen Schreibtisch räumen müssen und war von zwei Wachmännern nach draußen eskortiert worden. Er war fristlos entlassen, und er konnte froh sein, wenn nicht noch Anklage gegen ihn erhoben würde. Mit dem Zahlenlotto und der Bar war Schluß.

«Ich hoffe, sie grillen dieses Arschloch», sagte Motie. Kiki sagte gar nichts. Sie merkte, daß Motie sie nicht mit Fez' Problemen in Verbindung brachte. Sie zog nicht einmal an dem Joint, den Clive ihr anbot.

«Ich muß zurück», sagte sie.

In der Nacht träumte sie wieder von dem Jungen aus Stein. Diesmal holte er sie ein. Er hackte ihr mit der schwarzen Messerklinge den Arm ab.

Am Mittwoch lieh sich Soupspoon fünfzig Dollar von Randy. Er fuhr zu einem Musikladen in der Forty-sixth Street und besorgte sich Saiten für seine Gitarre. Die

U-Bahn-Treppen waren eine Qual für seine Hüften. Er spürte die Schmerzen, aber er hatte einen Trick, mit dem er sie in Schach halten konnte. Er ging um die Schmerzen «herum». Er machte einen Schritt mit dem rechten Bein, dann sah er schnell nach links oder rechts und machte einen schnellen Schritt mit dem Bein, das ihm weh tat. So hielten sich die Schmerzen in Grenzen, waren fast vergessen. Für Soupspoon war es wichtig, sich dabei etwas Besonderes anzuschauen; zum Beispiel ein hübsches Mädchen oder ein interessantes Gesicht. Oft beobachtete er Kleinkinder beim Spielen oder die Haustiere und die wilden Tiere der Stadt. Soupspoon gefiel die Tierwelt in der Großstadt. Verspielte Hunde, hungrige Eichhörnchen, wilde Ratten. Manche der größeren Kakerlaken erinnerten ihn an alte Männer in steifen Smokings. Manchmal richtete er den Blick weit nach oben, weil es in New York an den Gebäuden und auf den Dächern immer etwas zu sehen gab. Wasserspeier und Statuen, Bäume, die direkt aus dem Beton zu wachsen schienen, grübelnde Männer und Frauen, die zu ihm nach unten schauten.

An jenem Tag sah er einen Falken, der von einem Fenstersims herunterstieß und eine Taube an der Kehle packte. Der Falke stieg mit seiner Beute hoch auf, hinterließ ein paar verstreute Federn, die auf die Straße wehten. Soupspoon drehte sich um, weil er sehen wollte, ob sonst jemand den Todesengel der armen Taube bemerkt hatte, doch er war allein.

Am Donnerstag morgen saß Kiki am Schreibtisch. Sie sah auf ihre Fingernägel hinunter. Sie waren glanzlos und rauh. Einen Augenblick lang dachte sie daran, sie zu maniküren, entschied sich aber dagegen.

Ein kleiner, glatzköpfiger Mann in einem hellgrünen Anzug kam den Flur entlang. Er trug eine Nickelbrille. Hinter ihm folgten drei Männer in dunklen Anzügen. Sie wirkten allesamt sehr kräftig, als arbeiteten sie in einem Steinbruch statt in einem Büro.

«Miss Waters?» fragte der Mann im grünen Anzug, als sie ihren Schreibtisch erreichten.

Kiki tastete nach der Pistole in der Tasche neben ihr.

«Miss Waters?»

«Was?»

«Mein Name ist Cause», sagte er.

Kiki fand den Namen komisch.

«Kennen Sie mich?»

«Ich glaube nicht, daß ich so einen Namen vergessen würde.»

«Ich bin hier der Personalchef, Miss Waters. Ihr Arbeitsverhältnis ist beendet.»

«Was?»

Aus dem Augenwinkel sah sie, daß Sheldon durch seine Bürotür schaute.

«Wir werden Sie jetzt nach draußen begleiten.»

Kiki sah um Mr. Cause herum eine rote Wolke. Sie befingerte den Abzug in ihrer Tasche. Statt der Worte des kleinen Mannes hörte sie das laute Summen einer Hummel. Ein eindeutig sexuelles Gefühl strömte durch ihren Körper. Sie spürte kalten Schweiß auf ihrem Gesicht. Als sie lächelte, ging ein fragender Ausdruck über das Gesicht von Mr. Cause. Einer der Männer, ein dunkelhäutiger Weißer, half dabei, Kiki vom Stuhl zu heben.

«Danke.» Sie erlaubte dem Mann, sie an ihrem Schußarm hochzuheben. Sein Gesicht war hager, und seine spitzen Ohren richteten sich an seinem Kopf auf wie die Ohren eines wachsamen Hundes. Seine Augen waren tiefschwarz. Kiki konnte keinerlei Geruch an ihm wittern.

Der kleine Mann redete immer noch. Er sagte, sie dürfe nur ihre Handtasche und ihr Jackett mitnehmen. Alles andere, was ihr gehöre, werde ihr zugeschickt. Seine hohe Stimme tat ihr in den Ohren weh. Sie schüttelte den Kopf, als wollte sie die Bienen verscheuchen, die in ihrer Kindheit von einer Magnolienblüte zur anderen geflogen waren.

Sie lief wie auf Eiern, als sie zum Fahrstuhl geführt wurde. Der lange Finger des olivenhäutigen Mannes drückte auf den Knopf. Sie lehnte sich gegen seine harte Brust. «Meine Sachen?»

«Werden Ihnen geschickt.» Seine Stimme war tonlos. Keine Resonanz, keine Musik. Er war genau das, wofür Kiki ihn hielt.

Leute wichen von den Aufzügen zurück, als sie sahen, was sich abspielte. Kikis Freunde stellten keine Fragen. Sie sahen vom Flur aus zu. Kiki war es gleich. Sie dachte an den Mann, der sie am Ellbogen festhielt. Sie dachte daran, daß sie ihn vor all den Leuten erschießen konnte, so wie Jack Ruby Lee Oswald erschossen hatte. Sie sah den dunkelhäutigen Mann vor sich, wie er sich vornüberkrümmte und zu Boden ging, wie sich das Licht im Fallen in Schmerz verwandelte.

Als sie Kiki vor dem Gebäude gehen ließen, fühlte sie sich besser. Sie hatte niemanden erschossen. Niemand war gestorben.

Jedesmal, wenn sie mit ihren vielen Problemen zu Hattie gelaufen war, hatte die üppige Schwarze immer gefragt: «Ist jemand gestorben?» Diese Frage vertrieb immer die Tränen aus Kikis Augen. Sie sah staunend zu Hattie auf und schüttelte den Kopf.

«Gut, wenn niemand tot ist, sollten wir uns lieber wieder an die Arbeit machen.»

«Was haben die gemacht?» fragte Soupspoon.

«Sie sind an meinen Schreibtisch gekommen und haben mich zur Tür gebracht. Haben mir nicht mal erlaubt, meine Sachen mitzunehmen.»

«Und warum machen die so was?» Soupspoon reinigte seine Gitarre.

«Die haben das mit der Police rausgekriegt, die ich für dich gefälscht hab.»

«Nein.»

«Ich glaub nicht, daß sie das beweisen können, Daddy. Ich hab nie was unterschrieben. Ich hab nen Stempel benutzt, der auf meinem Stockwerk in nem Safe liegt, aber sie können mir nicht nachweisen, daß ich die Kombination kannte. Und niemand kann beweisen, daß ich mir Zugang zum Computer verschafft habe. Sie haben mich bloß rausgeschmissen, das ist alles.»

«Aber was ist, wenn sie herkommen?» Soupspoon spürte ein scharfes Stechen in seiner Brust.

«Was ist denn los?» Kiki stand auf und trat neben ihn.

«Nichts. Überhaupt nichts.»

Tage später, in Sonos Wohnung, sprach Soupspoon in seinen Kassettenrecorder: «Und da hab ich mir zum erstenmal alles zusammengereimt. Ich hab bis zum Hals in der Scheiße gesteckt, aber ich hab nichts dagegen tun können. Diese junge Frau hat getan, was sie konnte, um mir zu helfen. Sie hat mir das Leben gerettet. Was hätte ich sagen sollen? Ich hab so genau gewußt, daß ich Lungenkrebs hab, wie ich wußte, daß die Gitarre auf dem Tisch liegt. Verdammt noch mal, ich konnte überhaupt nichts mehr machen. Ich hab die junge Frau auf den Mund geküßt und zu ihr gesagt, sie ist das Beste, was mir seit Jahren passiert ist ...»

«Komm, geh mit mir spazieren, Daddy», sagte Kiki mit einer betrunkenen Kleinmädchenstimme. «Damit wir das Essen abtrainieren.»

«Kiki, Mädchen, du wirst diesen Jungen nicht finden. Der hat's mit der Angst gekriegt und ist abgehauen, nachdem er auf dich eingestochen hat.» Er hatte Schmerzen, und deshalb wollte er zu Hause bleiben. Es waren keine schlimmen Schmerzen. Nur spät nachts, wenn er im Bett lag, machten sie ihm zu schaffen. Er sagte sich, das seien nur die Muskeln eines alten Mannes, das gehe weg, wenn er sich ausruhe, aber er wußte es besser.

«Bloß noch dieses eine Mal, Daddy.» Kiki hatte Tränen in den Augen. «Es ist die richtige Tageszeit, und außerdem ist Freitag... Nur noch einmal, dann geb ich's auf.»

Als Soupspoon Kiki ihre Handtasche reichte, spürte er das Gewicht. Aber falls eine Pistole darin war, wollte er nichts davon wissen. Es gab ohnehin keinen Grund zur Sorge. Dieser Junge war nirgends zu finden. Er war verloren; deshalb war er, was er war – genau wie Robert Johnson.

Das hatte er Randy auf dem Kassettenrecorder erzählt.

«Alle Bluesmusiker sind verloren. Black-and-Blues, so hätte man sie nennen sollen. Schwarze, die nur bei Nacht unterwegs waren, in der Dunkelheit. Ohne Ziel und mit harten Fäusten und knochenbrechenden Steinen auf ihrem Weg.

Im Blues konnte man den Schmerz herausschreien. Man konnte die Frau umbringen, die einem übel mitgespielt hatte. Man konnte rufen: ‹O nein! Lord!› Und sogar der weiße Boß hat gelächelt.

Der Blues, das war wie ein Aufschrei aus dem tiefsten Herzen, und die ganze Welt war Zeuge.

Im Blues konnte man Freiheit verlangen. Aber ein armer Schwarzer wollte weniger die Freiheit als Erleichterung. Das ist die Freiheit eines Sklaven, die Freiheit eines Pächters. Erleichterung von seinen Fesseln und von seiner Leibeigenschaft. Erleichterung vom Hunger und von der Angst. Erleichterung von einer Arbeit, die so schwer war, daß ein Mann allein sie unmöglich schaffen konnte. So schwere Arbeit, daß schon der Gedanke daran weh tat.

Und als wir um Erleichterung gebeten haben, haben wir gewußt, daß das Freiheit bedeutet – aber auch den

Tod. Wir hatten kein Schicksal. Unser Schicksal war die schwere Eisenkugel an der Sträflingskette und die Arbeit auf den Plantagen. Für den Tod bestimmt – das waren wir.

Für die Freiheit bestimmt.»

«Bob?» hatte der junge Atwater gefragt. «Wieso gehst du nicht weg von hier nach Norden? Wir könnten da oben spielen und eine Menge Geld verdienen. Richtiges Geld. Und kein Sheriff mit grünen Zähnen könnte es uns wieder wegnehmen.»

«Ich war da oben», sagte RL. «Ich hab's gesehen – hab alles gesehen. Ich war da oben, genau wie die anderen Blueser auch. Chicago, New York. Aber das ist alles Schmonzes. Da oben kennen die Nigger nicht mal ihren eigenen Namen, Baby.»

«Aber wir könnten vielleicht ne Platte machen. Wenn die im Radio gespielt würde, hätten wir jede Menge Geld.»

Soupspoon erinnerte sich an das traurige Lächeln seines Freundes.

«Deinen Gestank kriegst du nicht los, Soup. Ein Kaninchen rennt, Mann, es rennt – schafft's mit viel Glück sogar in seinen Bau. Aber weißt du, der Fuchs ist immer noch da draußen und grinst irgendwo. Er grinst auch jetzt.»

Soupspoon erinnerte sich immer noch, erinnerte sich an jedes Wort, das RL gesagt hatte. Es waren Sätze, die einen bewegten wie ein guter Song, aber trotzdem ergaben die Worte einfach keinen Sinn.

«Da ist er», zischte Kiki.

Sie bog schräg in die Chrystie Street ein, ging hinter den Jungen her, die sie soeben gesichtet hatte. Soupspoon folgte ihr, während sie sich an das Rudel heranschlich.

«Es ist der mit dem schwarzen Spider-Man-T-Shirt», flüsterte Kiki, als Soupspoon neben ihr war. Er sagte gar nichts. Er blieb nur neben ihr. Das war er ihr schuldig, und er hatte vor, es ihr zurückzuzahlen – eine überfällige Rechnung.

Es waren etwa neun – kleine Jungen, keiner über zehn. Sie sangen und lachten und versuchten, den Straßenlang zu sprechen. Ihre Hüften und Schultern bewegten sich beim Gehen, weil sie zuviel überschüssige Energie hatten. Sie waren glücklich, verängstigt, übermütig und wild, und wie Soupspoon wußte, dachten sie nicht im geringsten an eine Verrückte, die ihnen auflauerte.

Als sie in eine kleine Gasse einbogen, ging Kiki schneller, um die Lücke zu schließen; dann sah sie sich nach Soupspoon um. Als sie zufrieden feststellte, daß sonst niemand in der Nähe war, nahm sie die Pistole aus der Handtasche und lief los, ohne auch nur noch eine Sekunde zu zögern.

«Die hat ne Knarre!» schrie eine hohe Stimme, und die Jungen liefen in alle Richtungen davon. Einer fiel hin, schlug aber nicht auf dem Boden auf, weil sich seine Arme und Beine so schnell bewegten, daß er den Asphalt nur streifte. Vier rannten an Soupspoon vorbei, während die anderen in die entgegengesetzte Gassenrichtung flohen.

Alle entkamen bis auf den Jungen in dem Spider-

Man-T-Shirt. Kiki hielt ihn am Arm gepackt und rammte ihm die Pistole unter das Kinn.

Beide schrien, doch Soupspoon konnte kein Wort verstehen. Dann zerrte Kiki den Jungen hinter einen großen grünen Müllcontainer und warf ihn zu Boden. Er steckte in der Falle, hatte die zitternde Frau und die Pistole vor Augen.

«Erkennst du mich wieder, Niggerjunge?» schrie sie. Soupspoon trat hinter sie und blieb stehen.

«Erkennst du mich wieder?» Sie hatte ihm das Shirt vom Leib gerissen, so daß er nur noch einen schwarzen Kragen um den Hals trug. Sein Gesicht war verzerrt und sah aus wie das eines alten Mannes. Er versuchte etwas zu sagen, aber es drang nur ein hohes Winseln aus seiner Kehle.

Kiki stieß ihn zu Boden und blieb breitbeinig über ihm stehen.

Sie packte ihn an den kurzen Rastazöpfen und zog seinen Kopf wieder zu ihrer Pistole hoch.

Er weinte wie ein kleiner Junge. Und genau das war er ja auch.

«Halt's Maul!» schrie Kiki. «Erinnerst du dich, wie du mit dem Messer auf mich eingestochen hast?»

Der Junge hob flehend die Hand, aber Kiki schlug sie mit dem Pistolenlauf zur Seite.

Soupspoon sah in der Nähe eine Latte liegen. Er bückte sich und hob sie auf.

«Erinnerst du dich? Erinnerst du dich?»

«Es tut mir leid. Es tut mir leid.» Der Junge umklammerte seine gebrochenen Finger. Sein Atem kam tief aus seiner Kehle. Soupspoon trat dicht hinter Kiki.

«Ich weiß, es tut dir leid», sagte sie. «Und es wird dir noch mehr leid tun. Erst schieß ich dir in die Beine» – und sie faßte sein Knie an, und er zuckte zurück, «und dann in die Augen.»

Der Junge bedeckte sein Gesicht mit den Händen.

«Aber erst erwisch ich dich da, wo du mich erwischt hast.» Kiki richtete den Lauf auf die Genitalien des Jungen.

Soupspoon spürte, daß es Zeit zum Handeln war. Er warf das Brett zwischen Kiki und den Jungen.

«Hier! Schlag ihn damit», sagte er.

«Was?» Als Kiki sich zu ihm umwandte, konnte er die Tränen in ihren Augen sehen.

«Schlag ihn mit der Latte hier. Er hat's nicht verdient, erschossen zu werden. Gib mir die Pistole, und dann tu, was du tun mußt.»

Erst rührte Kiki sich nicht. Sie fuhr sich mit der Zunge über die dünnen Lippen. Ihr Gesicht nahm einen fragenden Ausdruck an, bevor sie die Pistole langsam sinken ließ.

Im selben Moment war der Junge auf den Beinen und hetzte davon. Er rannte die Gasse entlang, hielt sich die gebrochenen Finger und verschwand hinter der nächsten Hausecke.

Kiki wandte sich um, und Soupspoon nahm ihr die Pistole aus der Hand. Er sicherte sie und steckte die Waffe ein.

Kiki fiel auf die Knie und schlang die Arme um seine Hüften. Sie umarmte Soupspoon und weinte in seinen Schoß. Sie weinte so lange, bis Soupspoon ihr auf die Beine half. Dann gingen sie nach Hause, Arm in

Arm, um sich zu stützen, Soupspoon, weil er Schmerzen im Bein hatte, und Kiki, die in seiner Nähe Liebe suchte.

In jener Nacht konnte Kiki nicht aufhören zu weinen. Sie heulte und schnaubte und trank eine ganze Flasche Bourbon. Sie fing an zu reden und konnte auch damit nicht aufhören. Sie sprach von ihrer Mutter und der Schwester ihrer Mutter, die zu ihnen gezogen war, als man bei ihr Krebs festgestellt hatte. Sie haßte beide. Haßte, wie sie sich anzogen, wie sie rochen. Sie haßte, wie sie aufs Klo gingen und ihr Essen kauten. Über eine Stunde lang sprach sie über die beiden. Bis Soupspoon schließlich nach ihrem Vater fragte. Er wollte wissen, ob sie ihn gemocht hatte.

Er bereute die Frage.

Er wollte nicht alles wissen, was sich in ihrer Kindheit im Keller abgespielt hatte. Das, was vorgefallen war, während sich die eine Frau die Ohren zuhielt und die andere im Sterben lag.

Wasserschläuche, harte Fäuste, der Geruch nach Schweiß und Rasierwasser, von dem ihr immer noch kotzübel wurde – das waren Kikis Erinnerungen an ihren Vater.

Soupspoon hielt sie fest; er spürte nur noch Leere in seinem Kopf. Er hielt sie fest und hoffte, daß die Tränen ihre Erinnerungen wegspülen würden.

Aber je mehr sie weinte, desto verzweifelter wurde sie. Sie weinte und stöhnte und lief im Zimmer auf und ab. Schließlich brachte Soupspoon sie zu Bett. Er mußte sich zu ihr legen, weil sie nicht allein sein konnte.

Er erinnerte sich an den Geruch von Whiskey und Schweiß und die Berührung trockener heißer Haut, die über Leidenschaft hinaus war.

He broke your heart li'l darlin'.
Ain't no red in the rose no mo'.
He tore that white dress, baby.
Ain't no thread can sew it up.
You know the beesting it feel like kisses
Hershey's chocolate taste just like chalk.

20

Als Randy am nächsten Morgen kam, traf er Soupspoon angezogen und aufbruchsbereit an. Der alte Mann hatte seinen Gitarrenkasten griffbereit, eine Mundharmonika, die er sich um den Hals hängen konnte, und ein Tamburin, das er sich ans Bein binden wollte.

Kiki war im Bad und kotzte.

«Kommst du, Kiki?» rief Randy durch die Tür.

«Vielleicht später.»

Randy hatte seinen Stand vor einem italienischen Restaurant auf der Ostseite der Carmine Street aufgebaut. Auf einem langen Tisch lagen Stapel von gefalteten T-Shirts. Hinter dem Stand hingen T-Shirts an Bügeln zwischen zwei langen Stangen. Die Shirts waren alle sexy, macho und knallbunt. Randy bekam sie von Ralphie Dee, der für Wild Chests in Brooklyn arbeitete. Ralphie packte die Shirts, die er im Lauf der Monate hatte mitgehen lassen, in seinen Kombi und hinterließ die Schlüssel für Randy.

Links von Randys Stand hatten zwei junge Männer einen Standplatz gemietet, an dem sie Bootleg-Kassetten verkauften, so gefälscht, daß sie wie Originale aussahen. Rechts verkaufte eine Töpfergruppe Waren aus ihrem Atelier; schwere Tassen und schiefe Teller, die alte Frauen fast ins Koma stürzten, sobald sie nur einen Seitenblick riskierten.

Alles mögliche wurde angeboten – Spielzeug, Batterien, Antiquitäten und Kleidung. Es gab jede Menge Kleidung. Designeroveralls in psychedelischen Farben, Naturwollpullover aus Chile, Strohhüte, alte Anzüge.

Und dann kam der Schmuck. Vor allem Ohrringe, von knalligem Kunststoff bis zu erlesener Handarbeit. Nasenstecker und Brustwarzenringe. Jede Menge Silber, fast kein Gold. Granatringe und Colliers aus Süßwasserperlen, versilberte Armbänder und silberne Totenköpfe für die Finger, die Zehen, den Hals und die Ohren.

An der Kreuzung in der Nähe der Bleecker Street gab es Essen. Italienische Würstchen mit Peperoni, frisch fritierte Doughnuts, Eis mit Fruchtaroma, gebratenen Reis und Hot dogs mit Brezeln und Senf.

«Hey, Claude!» rief Randy über die Straße hinweg einem Mann zu, über dessen Stand eine Flagge mit der Aufschrift TATTOOS wehte. Hinter dem kleinen schwarzhaarigen Mann hing eine Leinwand mit Abziehbildern, mittels derer man ein paar Tage lang so tun konnte, als hätte man den Mut gehabt, sich brandmarken zu lassen. Es gab Totenköpfe, Schmetterlinge, nackte Frauen und die Buchstaben MOM, umgeben von einem großen roten Herz. Die amerikanische Flagge war auch zu haben, aber keine Hakenkreuze, denn Claude war Franzose und haßte die Nazis.

«Hey, Randy», antwortete er. «Du bist ja ganz gut bestückt heute.»

«Hab was zur Unterhaltung.»

«Machst du n Wet-T-Shirt-Contest?»

«Nein, äh, wir haben nen Bluesgitarristen.» Randy deutete auf Soupspoon, der sich auf seinen Hocker setzte. Er trug ein schwarzes Abendjackett, dazu eine enge dunkle Hose und schwarzweiße Lacklederschuhe über roten Seidensocken. Auf seinem Kopf saß ein schmalkrempiger Stetson mit einer gelben Feder, die von einer rotlackierten Hutnadel festgehalten wurde!

Allen, die vorbeigingen, fiel Soupspoon mit seiner leuchtendroten Gitarre und seiner altmodischen eleganten Kleidung auf. Die Leute fragten nach T-Shirts, bevor sie sich die Doughnuts holten. Für einen Straßenmarkt ist Musik etwas Großartiges. Sie bringt die Leute zum Stehenbleiben, und wenn sie stehenbleiben, ist es wahrscheinlicher, daß sie etwas kaufen.

Anfangs wollte Soupspoon sich wieder mit seiner Gitarre vertraut machen. Er klimperte ein paar Akkorde, und dann fing er, fast wie an jenem Tag in Arcola, zu spielen an. Zunächst kein Gesang; er bildete die Worte nur mit den Fingern, während er die Akkorde griff. Als erstes spielte er «Placated Woman», dann den «Sophisticated Blues», ein Lied, das er in Chicago gelernt hatte, als Mavis und er den Süden verlassen hatten.

Er spielte den «Hangman's Blues» und «Momma's New Shoes». Er spielte die Songs, ohne ein Wort zu singen. Erst beim zweiten Lied stampfte er mit dem Tamburinfuß auf. Erst beim dritten spielte er Mundharmonika.

Die Leute umringten den Stand, nickten im Rhythmus der Musik und schnippten mit den Fingern. Die Sonne schien heiß, aber Randy hatte einen großen gelben Sonnenschirm aufgestellt, nicht zuletzt, um Soupspoon seinen Job zu erleichtern.

Plötzlich tauchte Hare in der Menge auf. Er trug die gleiche verwitterte Kleidung, und er hatte ebenfalls einen Schirm gegen die Sonne dabei. Er war auf einer Seite kaputt, aber Hare hielt die gute Hälfte über eine üppige, vollbusige Frau in einem engen Denim-Overall. Soweit Soupspoon es beurteilen konnte, hatte sie sehr wenig Übung im Lächeln. Langsam dämmerte ihm, warum ihr niemand ihr aufgebocktes Haus wegnehmen konnte. SallySue hatte den Umfang eines Footballspielers. Sie war fett, aber das meiste davon waren Muskeln und Sehnen.

Hare hielt eine braune Papiertüte in der Hand, deren Form sich der Flasche darin angepaßt hatte. Er bot die Flasche seiner Begleiterin an, aber sie lehnte ab.

«Hey, Mr. Wise!» rief Hare.

«Hey, Hare. Wie geht's denn so?»

«Es ist Samstag. Ich hab dir doch gesagt, daß ich komme!»

Soupspoon war ein schwarzes Gesicht vor weißen T-Shirts, gleichermaßen Schauspiel wie Augenzeuge. Er sah die kleinen Kinder mit den schneeweißen Eistüten und ihre Mütter in Bustiers und Shorts. Er sah die schwankenden Männer, die in seinen Songs ihren Rhythmus fanden. Er sah, wie der Rhythmus in die Beine der Leute ging, selbst wenn sie nicht stehenblieben, und über sich sah er die Wolken vorbeiziehen, unwissend und großspurig. Als er die Augen schloß, sah er die Rückseite seines Lebens – die Menschen, an denen er vorübergegangen war und die er zurückgelassen hatte.

Die Frauen, die ihn aufgezogen hatten, nur weil er eines Tages vorbeigekommen war und gefragt hatte, ob sie seine Mutter gekannt hätten. Sie hatten sie nicht gekannt, aber sie brachten ihn dazu, sich zu waschen und an ihrem Tisch Grütze zu essen. Sie badeten ihn, retteten ihn und schenkten ihm acht Jahre lang ihre Liebe.

Mit vierzehn zog er los und sah sich nie wieder nach ihnen um.

Da war JoDaddy Parker, der ihm in den Hurenhäusern das Gitarrespielen beibrachte. Von JoDaddy, der schon als Junge grauhaarig und großäugig gewesen war, lernte er, von Trinkgeldern zu leben.

Er erinnerte sich an Bannon mit dem grimmigen Gesicht, an die Äpfel und die Einbrüche; die vielen Tage voller Geschichte, Haß und Liebe.

Er erinnerte sich daran, wie er Mavis in Pariah, Texas, kennengelernt hatte. Sie war kaputt und traurig und im Begriff, sich zu Tode zu trinken. Sie war verzweifelt und einsam, weil sie bei einer Überschwemmung ihr Kind verloren hatte. Soupspoon versuchte sie zu trösten und fand dann eines Tages heraus, daß sie eine Nacht mit Robert Johnson verbracht hatte. In jener Nacht schlief er mit ihr, mit einer Leidenschaft, die sie beide überraschte, und dann wollte er sie heiraten, sie retten. Er hatte es versucht.

Alles war schon vorbestimmt. Zwischen den Noten erinnerte er sich an die Jahrzehnte. Sein Herz wußte alles. Jedesmal, wenn er mit dem Tamburinfuß aufstampfte, wanderte der Schmerz durch sein Bein. Als die Schmerzen schlimmer wurden, fing er an zu singen.

She's a big-hearted woman
Lord there's room enough for me.
Got a big-chested momma, yeah
washin' clothes so I could eat.
I got the mountains for my bedroom
backyard's the African See.

Randy verkaufte weniger T-Shirts als üblich, aber er stellte eine Tupperwareschüssel auf, und die Leute warfen wegen Soupspoons Schmerz ihr Geld hinein.

Tausende von Menschen gingen vorbei, Hunderte blieben stehen, um sich den Blues anzuhören. Fast jeder Schwarzer und jede Schwarze blieben stehen und spitzten die Ohren. Sie hörten etwas in Soupspoons Noten. Etwas, das manche Leute Afrika nennen. Soupspoon hätte ihnen erzählen können, daß er keine Ahnung vom modernen Afrika hatte. Er wußte nur eines: Diese Leute wußten wirklich, was Blues war. Vom Verhungern bis zur Sklaverei hatten sie ihren Teil beigesteuert.

Rudy kam vorbei, in schwarzen Jeans und einem cremefarbenen Seiden-T-Shirt. Bei ihm war Sono, die ein kleines Mädchen an der Hand führte, eine Teenagerfrau im Schlepptau, die ein Baby auf den Armen trug. Hinter ihnen tauchten Cholo und Billy Slick auf. Sie trugen ihre Sonnenbrillen, und man konnte spüren, wie sie sich immer wieder umsahen. Sie gingen in einer Rauchwolke, die von ihren Zigaretten und Zigarren stammte.

Sono nahm ihre Sonnenbrille ab, als sie Soupspoon spielen hörte. Die Teenagerfrau stützte sich auf Randys Tisch und schien in der Musik des alten Mannes zu versinken.

Harry kam vorbei. Er hatte einen neuen Freund, wieder einen jungen Blonden. Sie standen hinten und hörten zu, hielten Händchen und flüsterten miteinander. Er begrüßte Soupspoon mit einem Nicken und einem Lächeln.

Kiki kam gegen Mittag; jeder konnte sehen, daß sie bereits betrunken war.

Soupspoons Musik war für alle und alles. Er sah, wie sich die Plastikschüssel mit Vierteldollarstücken und Dollarscheinen füllte. Er spürte den Schmerz, konnte ihn fast sehen. Er spielte weiter, bis er merkte, daß er aufhören mußte, aber er hielt einen weiteren Song lang durch, und dann noch einen. Hin und wieder zwinkerte er der jungen Frau zu, die mit Sono gekommen war – der jungen Frau mit dem Baby auf der Hüfte. Es gefiel ihm, wenn das Baby und die junge Frau lächelten.

She's a homely woman
plain as brown paper wrap.
Never see her on the dance floor.
Sunday mornin' she way in back.

But I see my baby Tuesdays
when her husband's up to Hyde Park.
She got me screamin' «Lord Jesus»
brown legs wrapped round my heart.

Als Soupspoon schließlich eine Pause einlegte, klatschten die Leute Beifall. Rudy kam zu ihm herüber, aber als erste war die junge Frau mit dem Baby bei Soupspoon.

«Sind Sie aus Arkansas, Onkel?»

«Mississippi, verdammt nahe daran. Wie heißen Sie?»

«Chevette», sagte sie. «Ich hab gewußt, daß Sie aus der Nähe sein müssen. Sie spielen die gleiche Musik wie die alten Männer, denen ich zugehört habe, als ich noch klein war.»

«Na ja, wissen Sie, wenn ich spiele, dann mach ich immer Musik für einen ganz bestimmten Menschen im Publikum. Irgendwie hab ich gewußt, daß Sie aus meiner Gegend sind. Ich kann's Ihnen einfach ansehen.»

«Sie haben für mich gespielt?»

«Für das hübscheste Geschöpf hier draußen.»

Chevette lächelte nicht, ließ sich keine Freude über das Kompliment anmerken. Was einer Gefühlsregung in ihrem Gesicht am nächsten kam, war Hunger. Das kleine Mädchen an ihrer Seite sah zu ihr auf und lächelte dann Soupspoon an.

«Spielen Sie noch mehr?»

«Mhm.»

Sono kam daraufhin her, das Baby auf der Hüfte. Soupspoon merkte, daß Sono die Mutter der Kinder war.

«Sono, das ist … Wie heißen Sie, Onkel?» fragte Chevette.

«Ich weiß, wer er ist, Chevette. Aber weißt du, es wird zu heiß für George und Hamela. Wir müssen raus aus der Sonne», sagte sie. «Hi, Mr. Wise. Sie haben wirklich gut gespielt.»

«Ja», sagte Chevette. «Wirklich gut.»

«Können wir jetzt gehen?» sagte Sono. «Ich hab Hunger.» Das Baby strampelte in ihren Armen und weinte.

«Sind Sie noch ne Weile hier?» fragte Chevette.

«Vermutlich, bis die Schluß machen. Ich bin mit meinen Freunden hier.»

«Wir kommen wieder, wenn die Kinder was gegessen haben.»

Soupspoon war sich sicher, daß die jungen Frauen zurückkommen würden. Er nickte ihnen zu, als Rudy und sein Hofstaat sich hinter ihnen näherten.

«Hey, Soup», sagte Rudy und legte seine Arme um die beiden jungen Frauen. «Weißt du, für mich hast du noch nie gespielt.»

«Du hast dir ja auch nichts aus Musik gemacht, Rudy. Du mochtest nur Eiscreme und den Lone Ranger.»

«Dann nenn mich einen Idioten.» Rudy grinste. «Was meinst du, Chevette? Meinst du, daß Atwater in meinem Club spielen sollte?»

«Mhm», sagte sie. Soupspoon sah viel mehr als das in ihren Augen.

«Was meinst du, Sono?» fragte Rudy seine Kellnerin. «Brauchen wir Blues in dem Laden?»

«Ich glaub, das wär okay», sagte Sono. Nicht zum erstenmal bemerkte Soupspoon den verbitterten Zug um ihren Mund.

«Sie wollen ihm was zahlen?» Hinter Sono war Kikis Stimme zu hören. Ihr ausgemergeltes Gesicht, das nie hübsch gewesen war, sah jetzt krank aus vom Alkohol. Soupspoon hatte Dutzende und Aberdutzende solcher Gesichter gesehen. *Auf dem Weg ins Grab.* Sie senkte den Blick, und bei ihrem Lächeln hätte er am liebsten geweint.

«Das wäre großartig», sagte sie und sah Billy Slick an. «Sie könnten uns dabei helfen, etwas Geld zu verdienen, während ich mir ne neue Stelle such.»

«Ja», sagte Billy Slick.

«Wie heißen Sie?» fragte Kiki.

«Komm schon, Billy», sagte Rudy. «Dir fallen ja die Augen aus dem Kopf. Wir müssen weg.»

«Was? Was hab ich denn getan?» fragte er, ohne daß es ihm gelang, seinen Blick von Kiki zu lösen.

«Kannst du mir eben helfen, die T-Shirts zu stapeln?» fragte Randy.

«Im Augenblick nicht.» Sie lächelte Billy breit an.

«Also, Soup, willst du immer noch für mich spielen?» fragte Rudy.

«Ja. Verdammt noch mal, ja.» Er sah, daß Chevette ihn anlächelte. «Schreib dir Randys Nummer auf. Er wird mein Manager. Stimmt's, Randy?»

«Abgemacht, Mr. Wise.»

«In Ordnung.» Rudy sah den Jungen an.

«Sag Billy, wie er dich erreichen kann.»

Randy kritzelte seine Telefonnummer auf eine braune Papiertüte. Er reichte Billy die Tüte, aber der Hüne nahm es kaum zur Kenntnis, sondern sah weiter zu Kiki hinüber.

«Komm schon, Billy», sagte Rudy wieder.

Rudy ging mit Billy und Cholo. Sono und Chevette lungerten mit den Kindern in der Nähe herum. Soup wandte sich Kiki zu.

«Was ist bloß los mit dir, Mädchen? Warum trinkst du so viel?» Soupspoon machte sich echte Sorgen.

«Es ist okay, Schatz. Ich kann's vertragen. Ich kann's vertragen.»

Ihre Arme um Soupspoons Hals fühlten sich kühl an, als sie flüsterte: «Das war schön, Honey. Ich hab gewußt, daß du was Besonderes bist. Ich hab's gewußt.»

Kiki klammerte sich an ihn, und sie gingen zu Randy hinüber. Er zog eine beleidigte Miene und zählte das Geld aus Soupspoons Schüssel.

«Zweiundvierzig Dollar, den Zwanzigdollarschein, den jemand reingeworfen hat, nicht mitgerechnet. Insgesamt zweiundsechzig.»

«Mann, wenn ich früher im Delta soviel Geld verdient hätt, dann hätt ich mich zur Ruhe setzen können.»

«Das gehört alles Ihnen, Mr. Wise.»

«Mhm, Randy. Wir sind Partner, also teilen wir's.»

«Aber ich hab die Shirts.»

«Spielt keine Rolle. Spielt überhaupt keine Rolle. Du hast mich hierhergebracht, und ich bezahl dich dafür.»

Kiki ließ Soupspoon los und kniete sich neben Randy. Sie legte ihr Gesicht in seinen Schoß, und er fuhr ihr mit den Fingern durch das Haar.

Der Nachmittag brachte noch mehr Zuschauer. Sono und Chevette kamen zurück. Das kleine Mädchen tanzte mit Chevette. Der kleine Junge schlief die meiste Zeit in Sonos Armen.

Soupspoon fielen Stücke ein, die er seit einer Ewigkeit nicht mehr gespielt hatte; fast kam es ihm vor, als würde er sie erfinden. Er hatte nicht den geringsten Grund zur Sorge. Nicht einmal die Schmerzen machten ihm etwas aus.

Don't have no baby
no one t'call me dear.
I don't have no baby
don't have no one to care.

I got pocket fulla money
shoes been a thousand miles.
But I ain't found me no baby
walkin' till the sun go down.

Am Nachmittag verdienten sie dreiundachtzig Dollar. Randy gab Soupspoon siebenundneunzig Dollar in Scheinen und behielt das Kleingeld für seine «Bank». Kiki wurde etwas nüchterner und brachte mit Randy die Shirts zu seinem Kombi.

Soupspoon packte gerade seine Gitarre ein, als Sono und Chevette mit den Kindern und einem unförmigen jungen Mann herankamen. Die kleine Hamela weinte, und Sono versuchte, sie zu beruhigen. Soupspoon sah zu Chevette hinüber. Sie hatte etwas an sich, was ihm ein gutes Gefühl gab.

«Was stimmt denn nicht mit Ihrem Bein, Onkel?» fragte Chevette.

«Muß falsch gesessen haben. Weißt du, du hast mich ja ganz schön schuften lassen.»

Chevette bleckte die Zähne. «Sie haben für sich selbst gearbeitet. Ich hab überhaupt nichts gemacht.»

Soupspoon streckte dem großen jungen Mann die Hand hin und sagte: «Atwater Wise, aber meine Freunde nennen mich Soupspoon.»

«Gerald Pickford, aber nennen Sie mich Gerry.» Die Stimme des jungen Mannes war hoch und brüchig, aber Soupspoon hatte schon schlimmere Männerstimmen gehört.

Gerry war groß und kräftig. Er hatte eine Brust wie ein Faß und lange Arme. Sein Gesicht war verkniffen und spitz wie ein Keil. Gutaussehend konnte man ihn beim besten Willen nicht nennen.

«Ich hab Hunger», sagte Chevette. «Gehen wir doch was essen.»

«Ich kann nicht mitkommen, Leute», sagte Sono. «Ich muß mich um die Kinder kümmern.»

«Laßt uns doch zu Swenson's gehen», sagte Gerry. «Da können wir ihnen ein Eis kaufen.»

«Eis», sagte Hamela.

«Ich hab heute ein paar Dollar verdient. Ich lad euch ein.» Soupspoon sah Chevette direkt in die Augen.

Randy fuhr mit seinem Wagen vor und lud die restlichen Sachen ein. Gerry half ihm, ohne ein Wort zu sagen.

«Wo ist Kiki?» fragte Soupspoon.

«Sie schläft auf dem Rücksitz.»

«Brauchst du Hilfe, Randy?» Soupspoon griff nach seinem Gitarrenkasten.

«Nein, Sir. Wir haben alles. Steigen Sie ein.»

«Nein, mach dir wegen mir keine Sorgen. Wir gehen essen. Sag Kiki, daß ich später komme.»

Randy sah die jungen Frauen an und grinste. «Okay, Mr. Wise. Soll ich Ihre Gitarre mitnehmen?»

«Nein, nein, die behalt ich bei mir.»

21

Der große, schwerfällige Gerry und Soupspoon gingen mit Chevette, Sono, Hamela und dem kleinen George in die Eisdiele in der Mercer Street. Die Erwachsenen aßen Hamburger. Hamela bekam Schokoladeneis mit Erdbeersirup und George die Milch seiner Mutter. Als alle fertig waren, fing George zu wimmern an, und Gerry nahm ihn in die Arme. Nach einer Weile hörte George auf zu weinen, lächelte seinen großen Spielkameraden sogar an. Bald schlief der Kleine in Gerrys Armbeuge ein. Seine winzigen Lippen zogen sich nach innen, und seine kleine Brust hob und senkte sich wie die eines Vogels.

«Das war wirklich gute Musik, Mr. Wise», sagte Gerry.

Soupspoon lächelte. «Nennen Sie mich Soup. Und danke für das Kompliment.»

«Ich mein's ernst. Das war wirklich gut.» Sono lächelte, als er dem kleinen George mit dem Finger über die Stirn strich.

«Seid ihr beiden verheiratet?» fragte Soupspoon.

Gerry runzelte traurig die Stirn und warf einen Blick zu Sono hinüber.

«In diesem Leben werd ich nur ein einziges Mal heiraten», sagte Sono mit einer feierlichen Predigerstimme. Sie langte nach Gerrys Arm und gleichzeitig nach Georges kleiner Hand. «Ich meine, ich liebe Gerry, aber ich war mit Tony verheiratet, und als er gestorben ist, hab ich Gott versprochen, nie wieder zu heiraten.»

«Woran ist er gestorben?»

Die drei jungen Leute verstummten. Soupspoon spürte, daß etwas nicht stimmte. Sono und Gerry sahen weg, aber Chevette wich seinem Blick nicht aus.

«Die haben ihn für einen Drogendealer gehalten, Onkel.»

«Wer hat ihn dafür gehalten?»

Chevette hob die Schultern. «Das weiß niemand. Aber die Cops haben gesagt, Tony hätte so nen ähnlichen lila Jogginganzug angehabt wie einer, der im Norden Drogendealer beklaut hat. Sie haben gesagt, die Typen hätten ihn erschossen, weil sie ihn verwechselt haben.»

Hamela legte die Hand auf den Ellbogen ihrer Mutter; ihre großen braunen Augen sahen in dem fluoreszierenden Licht wie Monde aus.

«Das war vor fünf Jahren», sagte Sono. «Aber es könnte auch fünfundneunzig Jahre her sein, und Tony wäre immer noch mein einziger Mann. Und kein anderer wird seine Stelle einnehmen.»

«Ach, komm schon, Sono. Du weißt doch, daß du Gerry liebst», sagte Chevette.

«Einen Freund wird man ja wohl noch haben dürfen», sagte Sono zu Soupspoon. «Pinklon ist angekommen und hat gesagt, daß er mich liebt. Er macht sich bei mir breit, gibt mein Geld aus, und dann schwängert er mich auch noch. Und als sie mich wegen George aufgeschnitten haben, da zieht er mit seinen Huren rum und läßt Hamela drei Tage lang allein in der Wohnung. Wenn Chevette nicht gewesen wär, dann wär Hamela gestorben.»

«Hamela hat sich im Dunkeln fast zu Tode gefürchtet», sagte Chevette. «Aber Sono hatte ihr verboten, mit Streichhölzern zu spielen, deshalb hat sie sich nicht getraut, eine Kerze anzuzünden.»

«Ja», stimmte Hamela zu.

«Warum hat sie nicht einfach das Licht eingeschaltet?» fragte Soupspoon.

«Als ich schwanger war, haben sie das Telefon, das Gas und den Strom abgestellt. Sie haben gesagt, ich wär ihnen zwölfhundert Dollar schuldig, und ich krieg erst alles wieder angestellt, wenn ich zahl», sagte Sono. «Und ich hab ihnen gesagt, sie sollen mich am Arsch lecken.»

«Also hat Chevy die Kerzen angezündet», sagte Hamela. «Und sie hat bei mir im Bett geschlafen.»

«Weshalb haben Sie die Kleine nicht mit zu sich genommen?» fragte Soupspoon.

«Weil meine Tante ein Miststück ist, deshalb. Wenn man der kein Geld gibt, hat sie nicht mal Spucke für einen übrig.»

«Wo wohnt sie?»

«Im Stock drüber. Meine Momma hat mich aus Shreveport hergeschickt, weil sie's mit den Nerven hat. Buster hat sie behalten, aber ich bin hergekommen, und Momma hat nen Teil von ihrer Stütze an Tante Vella geschickt. Bloß ist Tante Vella alles egal, bis darauf, wieviel Geld jemand hat. Na ja, und als Hamela mich gebraucht hat, bin ich nach unten zu Sono gezogen und dortgeblieben.»

Soupspoon hörte zu, aber er hielt auch die Augen offen und beobachtete Sono, die wiederum Gerry beobachtete. Sobald der kleine George die Stirn runzelte und strampelte, fuhr Gerry ihm mit dem Finger über das Gesicht. Dann wurde Georges Gesicht wieder glatt, und Sono strahlte. Sono lächelte Gerry immer nur an.

«Bringen wir doch die Kinder ins Bett und köpfen ne Flasche Wein», sagte sie.

Soupspoon kaufte in einem Laden am Broadway zwei gute Flaschen Rotwein und übernahm dann die Kosten für das Taxi zum Haus der jungen Frauen, nicht weit von Rudys namenlosem Club entfernt.

Für eine Gruppe Schwarzer mit ihren Kindern war es nicht einfach, ein Taxi aufzutreiben. Jedesmal, wenn sie einem Taxi winkten, beschleunigte der Fahrer oder schaltete das Leuchtschild AUSSER DIENST ein. Schließlich stellte sich Sono allein an den Straßenrand. Sie war am hellhäutigsten. Das erste Taxi, dem sie winkte, hielt. Erst regte sich der pakistanische Fahrer auf. Aber er mochte Hamela, die vorn auf Soupspoons Schoß saß. Am Ende der Fahrt gab Soupspoon ihm zwei Dollar Trinkgeld.

«Auch Schwarze können Sie anständig behandeln», sagte er, als er dem Mann das Geld gab.

«Danke, Sir!» Der Taxifahrer nickte und grinste.

Soupspoon fragte sich, ob der junge Ausländer ihn verstanden hatte.

Sonos Wohnung war groß genug für die Familie und Chevette. Hamela hatte ein eigenes Zimmer, George ein Bettchen neben Sonos Bett. Chevette schlief auf der Couch im Familienwohnzimmer. Alles war hübsch, bis auf die Tatsache, daß es keinen Strom und kein Telefon gab. In der ganzen Wohnung standen Kerzen: im Wohnzimmer, in der Küche, auf dem Klo.

Als erstes brachten sie George in sein Bettchen. Hamela weinte und wollte nicht allein bleiben, beruhigte sich aber, als alle sie gemeinsam ins Bett brachten.

Soupspoon saß in der Ecke und spielte leise Akkorde, während Gerry die Geschichte von dem Löwen erzählte, der sich für einen Menschen hielt. Es war eine lange, weitschweifige und stellenweise lustige Geschichte; sie handelte von einem einsamen Löwen, der Freunde haben wollte und sich deshalb als etwas anderes ausgab. Sono und Chevette saßen neben dem Bett und hörten aufmerksam zu. Hamela lag wie eine kleine Königin in ihrem Bett. Als sie eingeschlafen war, warteten die Erwachsenen noch fünf Minuten, bevor sie lautlos aus dem Zimmer schlichen.

Als die erste Flasche Wein zur Neige ging, hatte Gerry alles über seinen Traum erzählt, eine Geschichte der

Schwarzen zu schreiben. Er studierte am Hunter College und wohnte immer noch bei seiner Mutter in Queens. Er hatte vor, seinen Doktor in Geschichte zu machen. «Die Geschichte der Schwarzen ist kein so trockener Stoff wie die der Weißen», sagte er. «Die Geschichte der Schwarzen besteht aus Erzählungen, Worten und Musik. Mit ihrer Musik haben die Schwarzen die amerikanische Kultur begründet, aber niemand weiß wirklich Bescheid darüber, weil es nicht in Büchern festgehalten worden ist. Verstehen Sie, durch Bücher wirken Dinge real, und selbst wenn etwas anderes genauso real ist, ist es allen egal, wenn es nicht in einem Buch steht ...» Eine Weile redete er so weiter. Sono strahlte ihn an, während er redete, mit seinen großen Händen in der Luft herumwedelte und sie über den Tisch hinweg anblickte.

Sie saßen in Sonos kleiner Küche; Sono und Gerry gegenüber von Soupspoon und Chevette. Als Soupspoon den Korken aus der zweiten Flasche zog, sagte Sono: «Wetten, daß Sie noch nie die Musik gehört haben, die hier in der Gegend gespielt wird?»

«Was für Musik?» wollte Soupspoon wissen.

«In der Charlton Street. Chili Morton und die anderen.»

«Wer ist das?»

«Eine Art Band, spielt in diesem Restaurant in der Charlton Street.»

«Was machen die für Musik?»

«Ich kenn mich damit nicht so gut aus. Aber sie spielen ziemlich gut, und es könnte Ihnen gefallen.» Sono wandte sich Chevette zu. «Gehen wir doch dorthin.»

«Geh du doch mit Gerry hin», sagte Chevette. «Ich und Onkel bleiben hier bei den Kindern.»

Sono hob die Augenbrauen und faßte Gerry an einem seiner großen Finger. «Komm», sagte sie. «Gehen wir aus.»

Sonos Couch war gerade groß genug, um Chevette als Bett zu dienen. «Es macht mir nichts aus, darauf zu schlafen», sagte sie zu Soupspoon. «So groß bin ich nun auch wieder nicht, und wenigstens läuft hier kein großer Nigger rum, der mir in die Wäsche schauen will.»

«Was meinst du damit?» Soupspoon fühlte sich wohl in der Gesellschaft der jungen Frau. Überall im Zimmer flackerten Kerzen, und der gedämpfte Klang von Salsamusik drang durch die Wände herein.

Chevette war schön und wußte es, aber es lag ihr nichts daran. Sie war offen und freundlich und ihrer selbst so sicher, daß es ihr gleich war, wenn jemand sie nicht mochte. Soupspoon spürte, daß die junge Frau ein hartes Leben hinter sich hatte.

«Als ich noch oben gewohnt hab, war dauernd dieser alte Trottel Willy in der Nähe. Er ist mir immer nachgeschlichen, wenn ich auf dem Klo oder im Bad war. Wegen ihm hab ich das Baden aufgegeben. Ich hab sogar hier unten pinkeln müssen.»

«Deshalb bist du also hier runter gezogen?»

«Mhm. Sono ist nett. Sie ist pausenlos wegen irgendwas sauer, aber das liegt daran, daß sie die Kinder hat und einen Haufen Rechnungen aus der Zeit mit Pinklon und dann aus dem Krankenhaus. Sie arbeitet jetzt, aber ein anständiges Mädchen kann bei Rudy kein Geld verdienen.»

«Du bist ein anständiges Mädchen», erklärte Soupspoon.

Chevette lächelte. Sie rückte ein paar Zentimeter näher, legte die Hände zusammen wie beim Beten und steckte sie fest zwischen die Knie.

«Ich mag dich, Onkel», sagte sie.

«Ja?»

«Ja», sagte sie. Sie streckte die Hand aus und fuhr mit dem kleinen Finger über seinen Daumen. Dann legte sie die Hand wieder zwischen die Knie.

«Laß das», schnaubte Soupspoon. «Ich könnte dein Vater sein, verstehst du.»

«Du bist nicht alt.» Chevette warf Soupspoon einen Blick zu. «Alt ist man nur im Kopf. Alt ist man, wenn man nicht mehr lachen kann.»

«Wer hat dir das erzählt?»

«Mir braucht niemand zu erzählen, was ich sehen kann, Onkel.» Sie faßte wieder seinen Daumen an und lächelte. «Wenn Hamela und ich spielen, ist's nicht so, als ob ich alt und sie ein kleines Kind wär. Wir mögen uns und lachen gern. Da sind die ganzen jungen Männer, die rumlaufen, fluchen und dreckig reden. Die sagen lauter schlimme Sachen, wenn ich die Straße entlanggeh. Und selbst, wenn sie was Nettes sagen, ist es bloß, weil sie was von mir wollen.»

Chevette legte ihre Hand neben seine.

«Die lachen oder singen nie, spendieren einer Frau nie ein Abendessen oder ne Taxifahrt. Sie sind nicht einfach nur nett, um nett zu sein.»

«Du hast es verdient, daß jemand nett zu dir ist.» Soupspoon spürte, wie sein Herz in seiner Brust pulsierte.

«Siehst du?» sagte sie. «Du, ich und Hamela, wir sind alle gleich alt.»

«Du könntest alles haben, was du willst, Mädchen.» Soupspoon dachte sich nichts dabei, als er die Hand auf Chevettes Schenkel legte. «Es ist nicht mehr so wie früher, als ein Schwarzer oder eine Schwarze zu Boden sehen mußten, wenn ein Weißer vorbeigegangen ist», sagte er. «Wenn du heute Träume hast, kannst du sie dir jederzeit erfüllen. Und niemand kann dich daran hindern.»

«Das will ich auch, Onkel. Weißt du, ich will Geld und hübsche Kleider. Und ich will einen guten Mann, einen, der auch gut aussieht. Weißt du, einen richtigen Schwarzen. Wie Kohle, aber auch edel. Und weißt du, ich liebe Hamela und den kleinen George, aber ich will keine Kinder, jetzt noch nicht. Verstehst du, ich will Geld verdienen, und dann will ich einen Mann, der ebenfalls die Ärmel hochkrempeln kann. Und am Wochenende gehen wir aus, in die Clubs. Und dann mieten wir uns ein Haus in New Orleans; es gibt dort so hübsche Häuser. Wir könnten von Weihnachten bis zum Karneval dortbleiben. Und den Rest des Jahres könnten meine Momma und die anderen da wohnen, damit wir die Miete nicht umsonst zahlen, wenn wir hier im Norden sind ...»

«Aber was willst du machen?»

«Was?»

«Was willst du arbeiten?»

Chevette leckte sich den letzten Rest orangefarbenen Lippenstift von den Lippen. «Oh», sagte sie und griff nach Soupspoons Hand. «Ich weiß es nicht. Ich könnte Krankenschwester werden, weil ich wirklich gern Menschen helfe. Oder Programmiererin. Weißt du, Sono hat ne Freundin, die macht für die Stadt Computerarbeit. Sie ist noch in der Ausbildung, aber sie wird gut bezahlt, und die Arztrechnungen übernehmen sie auch. Aber am liebsten würde ich Schneiderin werden. Vielleicht könnte ich auch zu FIT gehen und mich zu nem Model hocharbeiten und dann, wenn ich dafür zu alt werd, Sachen entwerfen. Weißt du, erst mal Erfahrung kriegen und mich dann selbständig machen. Es gibt jetzt jede Menge schwarze Models. Du hast es ja schon gesagt. Man muß nicht mehr weiß sein.»

«Hübsch genug bist du jedenfalls», sagte Soupspoon. Er spürte ihre Finger an seiner Hand. Der Schmerz in seiner Hüfte verlagerte sich in seine Brust. Krebs oder Sex, es war ihm gleich. Überrascht spürte er den Anfang einer Erektion.

«Ich sollte jetzt besser gehen. Ich meine, nach Hause», sagte er.

Chevette ließ seine Hand nicht los. «Wovon träumst du, Onkel?»

Soupspoon versuchte, sich an das letzte Mal zu erinnern, als er sein Herz tatsächlich schlagen gehört hatte.

«Ich weiß es nicht. Ich bin zu alt, von etwas zu träumen, was passieren wird. Wenn ich träume, dann von dem, was gewesen ist.»

Chevette kam ein Stück näher heran. Sie faßte seine Hand fester und zog sie in seinen Schoß.

«Hm», sagte er.

«Was träumst du von der Vergangenheit?»

«Eigentlich weiß ich das gar nicht. Es ist, als ob alles, was ich getan hab, gleichzeitig passiert. Als ob alles von vorn anfängt.»

«Was meinst du damit?»

«Ich hab mal nen Mann namens Robert Johnson gekannt», sagte er, und es kam ihm vor, als hätte er diesen Satz Tausende von Malen gesagt, Tag und Nacht, ein ganzes Leben lang. Er hatte ihn in verräucherten Clubs in Chicago, Cleveland, Pittsburgh, Miami, Los Angeles, Seattle und hundert anderen Orten gesagt, die alle gleich aussahen. Er sagte es morgens, wenn er sich im Spiegel betrachtete; auf dem Klo, wenn er ihm gerade durch den Kopf schoß. Er sagte es zu sich, wenn er eine vertraute Straße in einer fremden Stadt entlangging. Er sagte es zu Mavis Spivey, wenn sie über den Verlust ihres einzigen Sohnes sprach.

«Was, Onkel?» sagte Chevette. Ihr Gesicht war jetzt nahe an seinem. Ihr Handrücken lag auf seinem Schwanz. Er faßte ihr mit der Hand in den Nacken.

«Ich möchte am liebsten weinen», sagte er.

«Wieso?»

«Du hast ein hübsches Gesicht, Chevette. Schöne große Augen und Lippen, die man küssen möchte ...»

Chevette beugte sich vor und gab ihm einen zarten Kuß. Er spürte den Druck ihrer Hand und saß den längsten Augenblick lang da, den er je in seinem ganzen Leben empfunden hatte. Er wollte nicht atmen, weil ihn das Atmen von dieser schönen Frau ablenkte.

«Erzähl mir von deinem Freund», flüsterte sie.

«Er war bloß ein fauler Nigger, das ist alles. Der faule Nigger konnte Musik spielen, wie sie noch keiner gehört hatte.»

«Mochtest du ihn?»

«Ich habe ihn geliebt, Chevette. Und als er gestorben ist, hat es mir das Herz gebrochen. Weil, weißt du, da, wo ich aufgewachsen bin, war Leben nicht das wichtigste. Leben war Sklaverei. Und man konnte nichts dagegen machen, bloß untergehen in Whiskey, Frauen und dem Blues. Und wenn man müde wurde, dann war's Zeit zum Sterben. Der einzige Mann, der mit dieser Wahrheit umgehen und trotzdem ein Mann bleiben konnte, war Robert Johnson.»

«Er muß ein mutiger Mann gewesen sein.»

«Ich glaube, er hat einfach nicht zugelassen, daß die Angst ihn am Kragen packte. Er hatte etwas, an das er glaubte.»

«Und was war das?» Sie drehte die Hand um und hielt ihn fest. Als er große Augen machte, grinste sie.

«Ich weiß es nicht.»

«Wie lange ist er tot?»

«Dieses Jahr seit fünfzig Jahren.»

«Fünfzig? Verdammt noch mal, so alt ist meine Großmutter.»

Ihre Hände bewegten sich gemeinsam. Ein achtzehnjähriges Mädchen und ein Mann, der alt genug war, der Vater ihrer Großmutter zu sein. Sie küßten sich. Er fuhr mit den weichen, ledrigen Händen über ihre junge Haut, und sie zitterte seinetwegen.

«Bist du noch Jungfrau, Mädchen?»

Chevette schüttelte den Kopf. Sie steckte ihm nicht

gern die Zunge in den Mund, aber sie nahm seinen Schwanz aus der Hose und streichelte ihn.

«Hol doch mal die Weinflasche», sagte er.

Sie kam seinem Wunsch nach, aber erst zog sie das zerfetzte Shirttop und die abgeschnittenen Jeans aus. Dann schenkte sie ein Glas Wein ein und blies die Kerzen aus. Nur eine ließ sie brennen, mit der sie zu ihm hinüberging.

Sie tauchte die rechte Hand in das Weinglas und ließ dann den Wein von ihren Fingern in Soupspoons offenen Mund tropfen. Mit der anderen Hand griff sie nach seinem halb erigierten Schwanz und brachte ihn in sich unter.

Soupspoon sagte ihr immer wieder, wie hübsch, wie wunderbar sie war. Sie war jung und schön, und nie hatte er etwas ernster gemeint.

Als sie erregt wurde und heftig auf ihm ritt, kamen die Schmerzen wieder. Er ließ seine Hände über ihren Körper gleiten, während sie sich langsam über ihm bewegte.

Viel später ging die Tür auf. Chevette ritt immer noch auf dem alten Mann. Sein Schwanz war jetzt schlaff und hing zwischen seinen Beinen. Doch seine Hände strichen immer noch langsam über sie, und sein Flüstern reizte sie immer noch.

Sono und Gerry sahen eine Weile lang zu, dann gingen sie in Sonos Zimmer und schlossen die Tür hinter sich.

22

Kiki sah nur ein verrücktes Steppdeckenmuster aus hellen Lichtern und harten Gegenständen. Asphalt, Beton, getrocknete Kotze auf der Straße, Hydranten, Laternenpfähle und massenweise wild hupende Autos. Randy trug sie die Treppe hinauf. Sie wußte, daß sie nicht hätte schreien sollen, aber sie konnte nicht anders. Es spielte keine Rolle, weil niemand kam, um ihr zu helfen; niemand rief die Polizei.

«Scheiße noch mal, was ist mit dir los, Randy?» rief sie, als er sie auf dem Bett absetzte. Sie wollte auf ihn losgehen, aber ihr rechtes Bein rutschte weg, und sie fiel zu Boden. «Verpiß dich!»

Randy wich zur Tür zurück. Kiki war so wütend, daß sich Schaum in ihren Mundwinkeln bildete. Ihr Gebrüll klang eher nach Hundegebell als nach einer menschlichen Stimme. Dazu hatte sie die Kontrolle über ihre Beine verloren. Als sie aufzustehen versuchte, fiel sie wieder zu Boden; sie schrie, während ihr schaumiger Speichel über das Kinn lief.

Sie sah ihm hinterher, wie er hinausging und trotz ihres Flehens die Tür zumachte. Er wollte ihr nicht nahe kommen. Der verdammte Idiot! Begriff er denn nicht, wie schlecht sie sich fühlte? Wußte er denn nicht, daß sie einfach nur festgehalten werden wollte?

Fez nahm den türkisfarbenen Hörer beim ersten Klingeln ab. «Ja?»

«Fez?»

«Hast du's rausgekriegt?»

«Hey, Mann. Ich will, daß du niemand erzählst, woher ich's hab», sagte Roger.

«Ich brauch die Adresse, Roger.»

«Hast du denn keine Personalliste?»

«Auf der Personalliste steht ihre Adresse nicht.»

Am anderen Ende der Leitung entstand eine lange Pause. Fez atmete erregt in den Hörer.

Roger gab ihm die Adresse des Beldin Arms. Er wollte noch etwas hinterherschicken, aber Fez legte abrupt auf.

Fez schnaubte und schaltete die Lampe aus, indem er mit dem Handrücken die Birne einschlug.

Ein erbarmungsloses Stechen in seiner Hüfte ließ Soupspoon aufwachen. Mit weit aufgerissenen Augen und offenem Mund richtete er sich auf. Chevette schlief zusammengekuschelt neben ihm. Der Schmerz raubte ihm fast den Atem, als er auf die Beine kam. In der Luft hing der Geruch nach verbranntem Wachs. Das Licht einer weit entfernten Sonne bahnte sich den Weg durch das Fenster und beleuchtete schwach die leeren Weinflaschen auf dem Tisch. Der graue Fußboden erstreckte sich vor ihm wie ein riesiger Morgensumpf vor einem alten braunen Gott.

Seine Kehle war trocken. So trocken, daß sie sich anfühlte, als könne keine Wassermenge der Welt seinen Durst stillen. Als ob er gestorben und aufgewacht wäre, eine Leiche beim Jüngsten Gericht. Angst prickelte in seiner Stirn und in seinen Schultern. Er humpelte zum

Spülbecken, wo er Wasser in sich hineingoß wie damals, als er noch ein Junge gewesen war.

Er tappte an Hamelas Bett vorbei zum Bad. Während er dort stand und ins Klo starrte, hörte er aus Sonos Zimmer einen hohen, aber maskulinen Ächzlaut. Kurz darauf weinte ein Baby. Sono lachte und sagte dann etwas, was er nicht verstehen konnte.

Als Soupspoon in die Küche zurückkam, nahm er die Gitarre aus dem Kasten, setzte sich an den Tisch und übte Akkorde, um sich von den Schmerzanfällen abzulenken.

«Onkel?»

«Ja?»

Chevette hatte eine Decke um sich gewickelt. Sie küßte Soupspoon auf die Wange, ehe sie sich auf den Stuhl neben ihm setzte.

«Kannst du nicht schlafen?» fragte sie.

«Ich bin früh aufgestanden.»

Chevette kreuzte die langen, schlanken Beine, so daß sie unter der Decke hervorsahen.

Soupspoon zündete eine Kerze an und betrachtete die flackernde Flamme. Auch Chevette beobachtete das kleine Licht. Bald sahen sie sich über die Flamme hinweg an.

«Haßt du mich, Onkel?»

«Dich hassen? Warum sollte ich dich hassen?»

«Ich weiß nicht», sagte sie. «Vielleicht meinst du, es war falsch, was gestern nacht passiert ist. Vielleicht glaubst du, ich bin ne Nutte oder so was.»

«Glaubst du das?» fragte Soupspoon.

«Nein.»

«Warum sollte ich dann so was glauben?»

«Ich muß ins Bad», antwortete sie.

Sie stand auf und zog die Decke hinter sich über den Boden.

Als sie zurückkam, trug sie einen karierten Rock und einen grünen Pullover. Ihr Gesicht war angespannt, als sie ihm in die Augen sah.

«Ich mochte dich einfach, weil du nett warst und hübsche Sachen anhattest», sagte sie. «Weil du gute Musik gespielt hast und trotzdem freundlich zu meinen Freunden warst. Es war bloß, weil du nett warst und ich was getrunken hatte. Normalerweise trink ich nichts, verstehst du.»

«Und jetzt tut es dir auf einmal leid?» fragte er.

«Es ist bloß, weil ich dich kaum kenne, Onkel. Ich meine, du bist ...» Sie hielt inne, weil sie ihn nicht alt nennen wollte. «Ich will nicht, daß du schlecht über mich denkst.»

Soupspoon sah sie einen Augenblick lang nur an. Dann sagte er: «Können wir von vorn anfangen?»

«Was meinst du damit?»

«Ich meine, laß uns gestern einfach vergessen. Gestern ist nie gewesen.»

«Du meinst, so als ob wir uns gar nicht kennen würden?»

«Fast. Ich meine, du kennst mich, aber du bist mir nichts schuldig. Gut, vielleicht findest du, daß ich ein netter Kerl bin, aber deswegen muß dir ja nichts an mir liegen.»

«Und – bist du ein netter Kerl?»

«Ich möcht dich gern in Ayer's American Café zum Mittagessen einladen. Du weißt schon, in der Nähe von St. Mark's Place.»

«Ich weiß, wo das ist.»

23

Am späten Morgen fand sich Kiki auf dem Fußboden wieder. Die Sonne bohrte sich unbarmherzig in ihre Augen. Ihre rechte Hand und ihr rechter Arm waren geschwollen, weil sie darauf gelegen hatte. Sie erinnerte sich, daß sie sich zweimal übergeben hatte; sie versuchte sich aufzurappeln, konnte aber nicht aufstehen.

Sie lag auf dem Boden und schloß die Augen. Ihr Magen war trockenes Leder. Ihre Gedärme rumorten. Sie wußte, warum sie nicht aufstehen konnte. Sie hatte einfach Angst davor.

Ein Schaudern durchlief sie, dann ein trockener Würgereiz. Hinter ihren Lidern pulsierte der rote Schein der Sonne. Selbst der Schlaf konnte die Schmerzen nicht vertreiben.

Als sie die Augen wieder aufmachte, kam Soupspoon zur Tür herein. Er trug die gleichen Sachen wie auf dem Flohmarkt. Seine Krawatte war gelockert; alles andere war unverändert.

«Kiki! Was ist denn mit dir los?»

«Hi, Daddy», antwortete sie. «Wo bist du gewesen?»

Es dauerte lange, Kiki vom Boden hochzubekommen und ihr die Kleider auszuziehen. Während sie ein heißes Bad einlaufen ließ, wischte er auf. Danach kochte er ihr eine altmodische Hafergrütze, die in Butter schwamm, mit gebratenen Zwiebeln darüber.

Er brachte ihr einen Teller an die Badewanne.

«Jetzt nicht, Soup. Aber könntest du mir ein Bier aus dem Kühlschrank holen?»

«Das ist jetzt nichts für dich, Honey.»

«Bitte, hol es. Es beruhigt meinen Magen.»

«Kiki, wegen der ganzen Sauferei hast du doch überhaupt erst gekotzt.»

«Ich will ein Bier.»

«Honey ...»

«Holst du mir jetzt endlich ein Bier, Atwater?» kommandierte sie.

Als sie das Bier getrunken hatte, war sie besser gelaunt.

«Wo bist du letzte Nacht gewesen?» fragte sie.

«Ich bin mit ein paar Freunden ausgegangen.»

«Hast du dir irgendwo ne Muschi aufgerissen?» Sie klang nüchtern, aber Soupspoon merkte an ihrer Ausdrucksweise, daß sie schon wieder leicht angetrunken war.

«Kiki, wir müssen reden.»

«Worüber?»

«Über diese Sache mit deiner Stelle und dem Geld, das wir gestohlen haben.»

«Mach dir darüber keine Sorgen, Soupspoon. Sie können nicht beweisen, daß ich es war.»

«Aber sie könnten mich finden. Ich meine, ich hab

die Formulare unterschrieben. Sie brauchen bloß rumzufragen, dann kriegen sie raus, wo ich bin.»

«Aber das dauert, Schatz. Versicherungsgesellschaften müssen erst eine Ermittlung durchführen. Sie müssen erst beweisen, daß es sich um eine Fälschung oder um einen Betrug handelt, und dann müssen sie beweisen, wer es gewesen ist. Wir haben noch Zeit.»

«Aber Zeit wozu? Was sollen wir machen?»

«Irgendwohin ziehen.»

«Wohin?»

«Ich weiß nicht ... in den Süden.»

«Was?»

«Ich hab sowieso daran gedacht, nach Hause zurückzugehen, Daddy. Du weißt schon, nach Arkansas.»

«Wie sollten sich da unten ein Schwarzer und eine Weiße verstecken? Bist du verrückt?»

«So verrückt, daß ich Ihnen geholfen hab, Mr. Wise», sagte sie.

Und Soupspoon wußte, daß das stimmte. Es war so wahr wie die Musik, die selbst jetzt in seinem Kopf spielte.

Er machte sich keine Sorgen wegen der Polizei. Diese Dinge hatte er lange hinter sich. Es war Zeit weiterzuziehen, aber das konnte er erst tun, wenn er sich vergewissert hatte, daß Kiki in Sicherheit war. Aber das war wie der Versuch, eine verängstigte Katze aus einem brennenden Haus zu tragen. Sie konnte nur beißen und kratzen. Es war ihr angeboren, wie das Atmen und der Tod.

Am frühen Nachmittag war Kiki erst beim dritten Bier. Soupspoon saß vor dem eingeschlagenen Fenster und spielte Gitarre. Es klopfte an der Tür, und Kiki ging hin. Randy und ein Schwarzer in einem rosafarbenen Anzug standen vor der Tür.

«Hi?» sagte sie, einen fragenden Blick auf den Fremden gerichtet.

«Ich bin Billy. Erinnern Sie sich? Wir haben uns gestern kennengelernt – auf dem Straßenfest.»

«Ja.» Kiki lächelte. «War doch toll da, oder?»

Billy erwiderte das Lächeln. Kikis Hand ging zu ihrer Tasche, bis sie begriff, daß sie gar keine Handtasche trug.

«Hey, Kiki», unterbrach Randy. «Ist Spoon hier?»

«Äh? Was? Randy, hast du mich gestern nacht nach Hause gebracht?»

«Mhm. Erinnerst du dich nicht daran?»

«Warum hast du mich auf dem Boden liegenlassen?»

«Du hast mir gesagt, ich soll nach Hause gehen. Erinnerst du dich nicht mehr daran?»

Kiki erinnerte sich daran, daß sie etwas gewollt, etwas gebraucht hatte – wie ihr alle Wünsche entglitten waren. Es kam ihr vor, als würde sie gleich ohnmächtig werden. Sie konnte nur Gegenstände und Menschen vor einem pechschwarzen Hintergrund sehen. Die Pistole, die sie von Hattie bekommen hatte; Soupspoon; die jämmerlichen braunen Blumen, die ihr Vater aus Restbeständen gekauft und auf Katherines Grab gelegt hatte. Und dann war da dieser Geruch, den sie kannte. Es war der Geruch ihres Vaters, und auch nach all den Jahren drehte sich ihr immer noch der Magen um.

«Billy hat ein Angebot für Soup», sagte Randy, als Kiki nicht antwortete.

«Wieviel?» fragte Soupspoon.

Randy führte Billy an Kiki vorbei in das Zimmer. Sie beobachtete, wie sie zum Fenster gingen.

«Rudy sagt, hundert Dollar plus Trinkgeld», sagte Billy. Er drehte sich zu Kiki um, die hinter ihm herankam.

«Hundert Dollar pro Abend?» Kiki legte Billy die Hand auf die Schulter, um ihre Frage zu unterstreichen.

«Na ja, jedenfalls morgen abend», sagte Billy.

Kikis Hand schloß sich fest um seinen Arm.

«Na ja», fuhr Billy fort. «Danach sehen wir weiter.»

Kikis Herz machte einen Sprung. Für einen Moment konnte sie nicht atmen. In ihren Gedanken reiste sie zurück in den Wald, wo Hector sie festhielt. Sie lächelte und merkte, daß über Billys Gesicht dasselbe Lächeln ging.

«Morgen abend?» fragte Kiki.

«Ja.»

Kiki vergaß Randy und Soupspoon. Sie konzentrierte sich nur noch auf Hector, Billy oder wie immer er hieß. Ihre Hand umklammerte seinen Arm; die Fingernägel hätten Blutspuren hinterlassen, wenn er kein Jackett getragen hätte.

«Das ist gut», sagte sie.

«Um wieviel Uhr?» fragte Soupspoon.

Es überraschte Kiki, seine Stimme zu hören. Sie wandte sich dem Fenster zu; er war immer noch da, hielt seine Gitarre in den Händen.

«Um acht, Spoon.» Billy löste sich aus Kikis Griff,

aber dann strich er ihr mit den Knöcheln über das Kinn. «Später, wenn Sie wollen. Aber nicht nach neun.»

«Ich werde da sein», sagte Soupspoon.

«Ich auch.» Kiki sah Billys Profil an. Sie fing an zu lachen.

«Was ist so komisch?» wollte Randy wissen.

«Nichts.» Kiki zuckte die Achseln. «Hat jemand Lust auf nen Schluck Whiskey?»

Sie stießen miteinander an. Dann tranken sie auf Soupspoons Wohl.

«Ich muß weg», sagte Soupspoon zu Kiki, als er seinen Drink geleert hatte.

«Wohin?»

«Bloß paar Freunde treffen. Könnte ziemlich spät werden. Aber ich will, daß du auf dich aufpaßt. Okay?»

Kiki goß sich noch einen Drink ein und stieß mit Billys leerem Glas an.

«Okay, Honey», sagte sie zu Soupspoon, während sie Billy in die Augen sah. «Ich bin die ganze Nacht lang hier. Ich brauch Ruhe.»

«Wir könnten zum Abendessen ausgehen, Babe», sagte Randy. Er kam nahe an sie heran, faßte sie leicht am Arm.

«Nein, Randy. Ich brauch meine Ruhe. Du weißt ja, daß ich letzte Nacht zuviel getrunken hab. Ich komm schon wieder in Ordnung. Ich leg mich einfach ins Bett.»

«Ich könnte vorbeikommen ...»

«Morgen, Baby. Wir gehen in diesen Club und sehen uns Soupspoon an.»

Nach einer Weile gingen die Männer. Sie gingen getrennte Wege. Randy ging in sein winziges Zimmer mit den alten Zeitschriften und den T-Shirts. Billy ging in Rudys Bar. Und Soupspoon ging zu einem kleinen Café in der Nähe von St. Mark's Place, um sich mit Chevette zu treffen.

«Bye», sagte Kiki an der Tür zu Billy. Sie kniff ihn in den Unterarm und bleckte die Zähne zu etwas, was ein Lächeln hätte sein können.

Sie machte ein Nickerchen im Sessel, ein halbvolles Glas Bourbon in der Hand, als ihr ruckartig die Augen aufgingen. Sie wußte nicht, was los war, deshalb trank sie einen Schluck. Das Klopfen, an das sie sich jetzt erinnerte, ertönte wieder an der Wohnungstür.

«Ja?» rief Kiki.

Es klopfte wieder. Plötzlich war Kiki völlig nüchtern und sicher auf den Beinen. Sie streifte die Schuhe ab und ging leichtfüßig zu ihrer Handtasche. Sie nahm die Pistole heraus, entsicherte sie und ging zur Tür.

«Wer ist da?» fragte sie heiser.

Wieder das Klopfen.

Es war ein leises Geräusch, schnell und feminin. Aber es hätte trotzdem Fez sein können. Sie hatte immer noch Angst vor ihm. Vielleicht hatte er ja doch ihre Adresse herausgefunden.

«Wer ist da?» fragte sie wieder. Sie hob den Lauf und hielt den Atem an.

Der Abzugshahn gab fast kein Geräusch von sich, als sie ihn spannte.

«Wohnt hier ein Mr. Atwater Wise?» Eine Frauenstimme. Eine Schwarze. Eine Schwarze aus dem Süden.

Kiki lief zum Schrank und legte die Pistole in das

oberste Fach. «Moment!» rief sie. Dann rannte sie zurück zur Tür und öffnete.

Mavis trug ein schlichtes blaues Kleid mit dunklen Biesen und einem weißen Kragen. Das Kleid war altmodisch und, wie Kiki dachte, etwas zu kurz für eine ältere Frau. Sie hatte keinen Hut auf. Ihr Haar war zu zwei straffen, ineinander verflochtenen Zöpfen zurückgebunden. Sie hielt eine blaue Handtasche vor sich wie einen römischen Schild.

«Wohnt Atwater Wise hier?» fragte sie wieder.

«Wer will das wissen?» erwiderte Kiki. Sie war nicht wütend, aber sie sagte es trotzdem.

«Ich hab von Rudy Peckell gehört, daß er hier wohnt. Wissen Sie, ich bin Atwaters Ehefrau, Mavis Spivey.» Mavis wirkte einen Moment lang verwirrt. «Jedenfalls war ich vor langer Zeit seine Frau. Ich hab mich scheiden lassen, aber er war der einzige, mit dem ich jemals richtig verheiratet war.»

«Kommen Sie rein», sagte Kiki.

Mavis sah sich um. Sie ließ ihren Blick über die schlecht vergipste Decke schweifen, dann über den Fußboden, auf dem Unterhosen und Socken verstreut lagen. Kiki war es peinlich. «Wollen Sie etwas trinken?» fragte sie.

«Nein, danke.» Mavis setzte sich auf den Stuhl und hielt die Handtasche fest auf den Knien.

Kiki goß sich einen zusätzlichen Schuß Whiskey nach. «Soupspoon wohnt jetzt seit ein paar Monaten hier bei mir.»

«Sind Sie seine Freundin?»

«Nein, ich glaube, er hat Angst vor Frauen. Wollen

Sie Atwater sprechen?» fragte Kiki, nachdem sie einen Schluck getrunken hatte.

«Nein. Ich hab schon mit ihm gesprochen. Ich wollte bloß sehen, wo er wohnt – und ob er vielleicht irgendwas braucht.»

«Hier braucht er überhaupt nichts», sagte Kiki. «Wir haben was zu essen und eine Couch, damit er besser schläft.» Sie trat nach den Unterhosen, damit sie unter die Couch rutschten. «Ich hab ihm gesagt, er kann das Bett haben, aber Sie kennen ja Soup – er ist ein echter Gentleman.»

«Und Sie wissen, wie man sich um nen Krebskranken kümmert?»

«Er *war* krank, Ma'am. Er *hatte* Krebs. Aber wir haben ihn rechtzeitig zum Arzt gebracht, und jetzt ist alles in Ordnung. Es geht ihm inzwischen viel besser.»

«Hm! Gut. Freut mich, das zu hören. Unglaublich, was die Ärzte heute alles können.»

«Soupspoon ist weggegangen», sagte Kiki. «Ich weiß nicht, wann er zurückkommt.»

«Das ist okay», sagte Mavis. «Ich muß nicht mit ihm sprechen. Sie könnten ihm ausrichten, daß ich hier war.»

«Wollen Sie eine Telefonnummer hinterlassen oder so?»

«Er weiß, wie er mich erreichen kann... wenn er will.» Mavis beugte sich im Stuhl vor, als wollte sie aufstehen. «Ich gehe jetzt. Aber lassen Sie mich vorher noch was sagen.»

«Ja?»

«Sie sind hier auf dem falschen Dampfer.»

«Was?»

«Das Leben mit nem Bluesmusiker ist ein schlechtes Geschäft, und dabei spielt es überhaupt keine Rolle, daß er alt ist und vielleicht bald stirbt. Und so nem Druck ist keine junge Weiße gewachsen», sagte Mavis. «Ich sag das bloß. Ich erwarte nicht von Ihnen, daß Sie auf mich hören.»

«Ich weiß nicht, was Sie meinen, Miss Spivey. Soupspoon spielt ja nur noch ganz selten. Und es ist ja wohl seine Sache, womit er sich die Zeit vertreibt.»

«Sie können glauben, was Sie wollen, Schätzchen. Aber ein solcher Mann versteht nur was vom Traurigsein. Die haben ihn vor fünfzig Jahren kaputtgemacht und ermordet, er hat's bloß noch nicht gemerkt.»

«Atwater ist ein guter Mann. Er ist besser als der meiste Pöbel, der sich auf der Straße herumtreibt.»

«Ja, er ist gut, wie ein Engel gut ist», sagte Mavis. «Aber wir sind nicht dazu geschaffen, uns mit Engeln einzulassen, Mädchen. Engel zieht es hin zu allem Bösen und allem Leid auf der Welt. Sie schauen kleinen Kindern beim Sterben zu, das tun sie. Sie schlucken allen Schmerz und schreien ihn hinaus. Engel leben mit dem Bösen und mit dem Tod. Da, wo Mörder und Diebe sind, da findet man auch Engel. Ich würde lieber auf den Strich gehen, bevor ich mich mit nem Engel einlassen würde. Eher würde ich mich umbringen, bevor ich mit nem Engel das Brot brechen würde.»

Kiki stand unter dem Bann der Worte der älteren Frau. Sie hatte das Gefühl, daß Mavis ihr etwas Besonderes sagen wollte.

«Bleiben Sie doch noch ein bißchen, Ma'am. Kann ich Ihnen einen Drink anbieten?»

Mavis machte es sich bequem, trank aber nichts. Kiki fragte sie, wo sie aufgewachsen war und wo sie Soupspoon kennengelernt hatte. Mavis erzählte, wie sie ihren Lebensgefährten Rafael verlassen hatte und nach Texas gezogen war, wo sie und ihr Sohn Cortland in der Nähe eines Deichs gewohnt hatten. Sie pflanzte um das ganze Haus herum rote Rosen und verkaufte sie an Freitag- und Samstagabenden an Weiße in Houston. Blutrote Rosen, gepflegt und schön, mit festen Blütenblättern und einem üppigen, starken Duft. Sie verkaufte ein halbes Dutzend für einen Dollar und konnte bis zu zwanzig Dollar in der Woche verdienen. Cort war fünf und eine echte Wasserratte; er schwamm für sein Leben gern. Er hatte überall Freunde und liebte alle, wie er geliebt wurde.

«Er hat geweint, wenn die Sonne unterging, und über den Mond gelacht», erklärte sie. Doch dann kam der Tag, als Cort in einem Abflußgraben neben der Straße spielte. Als Mavis aus dem Fenster sah, erblickte sie eine riesige Wolkenwand, die sich auf das Haus zubewegte. Sie hatte nach Cort gerufen und war losgerannt, doch als sie an der Straße ankam, schüttete es wie aus Kannen, und das träge Wasser des Grabens hatte sich in einen reißenden Strom verwandelt. Cort war verschwunden. Sie wollte ihm hinterherspringen, doch ein Nachbar hielt sie fest; und dann kam die Sintflut.

«Er ist ins Meer hinausgespült worden», sagte Mavis, als wäre es gestern geschehen, als könnte seine Leiche noch am Strand geborgen werden.

Kiki gingen die Zigaretten aus, und während des Gesprächs rauchte sie die von Mavis. Sie trank zwei volle Gläser Whiskey und hatte Mühe, die Tränen zu unterdrücken.

«Deshalb hab ich Atwater verlassen», sagte Mavis schlicht. «Deshalb mußte er gehen.»

«Warum?» Ein Echo klang durch den Raum, wie Kiki es noch nie gehört hatte.

«Atwater hat mich geheiratet, aber nicht meinetwegen. Selbst wenn er mit mir geschlafen hat, hat er eigentlich mit Robert Johnson geschlafen.»

«Mit dem Mann, über den er immer redet?»

«Ja. Ich hab ihn mal kennengelernt und zweimal geküßt, aber als Atwater gehört hat, daß ich Bob Johnson kannte, da hat er sich wie ein Wilder auf mich gestürzt. Er hätte alles getan, um zu spüren, was Robert Johnson gespürt hatte.»

«Warum haben Sie ihn dann geheiratet? Wenn Sie wußten, daß er nicht der Richtige für Sie war, wieso haben Sie ihn dann nicht einfach verlassen?»

«Erst war es mir gleich. Er wollte mich heiraten, und ich hab einfach ja gesagt. Es war, als hätt ich keinen eigenen Kopf.»

«Sie haben es einfach so getan? Es war Ihnen gleich?»

«So leben die meisten Menschen, Schätzchen. Bloß ihr Weißen glaubt, ihr könnt euer Leben planen, nur weil ihr ein bißchen Geld habt. Aber am Ende hilft das alles nichts. Selbst wenn man jemand wirklich liebt, ist alles weg, wenn schwere Zeiten kommen. Alles.»

Kiki trank einen Schluck. Sie wollte etwas sagen, fragen, warum Mavis so verbittert war, aber sie fühlte sich zu schwach.

«Deshalb ist Atwater hier bei Ihnen», sagte Mavis. «Ihn zieht der viele Schnaps an, den Sie schlucken.»

«Ich hab ihn hergebracht. Er ist nicht zu mir gekommen.»

Mavis nickte weise.

Kiki hätte ihr am liebsten die Augen ausgestochen. «Das stimmt!» schrie sie.

«Gehen Sie zurück nach Hause, Mädchen», sagte Mavis.

«Haben Sie ihn deshalb verlassen? Weil er Bluesmusiker war?»

Ein bitteres Lächeln erschien um Mavis' Mundwinkel. «So schlau war ich nicht», sagte sie. «Aber ich hab gewußt, daß was nicht stimmt. Atwater war unterwegs und hat überall Gitarre gespielt. Er zog von einer Bar in die nächste, und dann ist er mit diesem Gestank in den Kleidern und den Haaren nach Hause gekommen. Wenn er nach Hause kam, roch er nach Huren, Schießereien und Blut. Und da ist dann Cort zum erstenmal zu mir gekommen.»

«Wer?» fragte Kiki, der es vorkam, als ob sie plötzlich den Faden verloren hätte.

«Mein Junge.»

«Aber ... er war doch tot, oder?»

«Ja. Er war tot, vermutlich jedenfalls. Na ja, ich saß immer allein zu Hause herum, außer wenn der kleine Rudy mal auf einen Sprung vorbeikam, und ich hab immer, immer an Cort gedacht. Und dann hab ich angefangen, mit ihm zu reden, und daran gedacht, was er antworten würde.» Mavis sah Kiki an und lächelte ein Kinderlächeln. «Wissen Sie, er hat mich geliebt und mir verziehen, daß ich ihn hab ertrinken lassen. Ich war glücklich, wenn ich allein war und mit ihm reden konnte. Meistens kam er, wenn ich saubergemacht hab. Und wenn das Haus ganz sauber und hell war, dann konnte ich stundenlang dasitzen und mit ihm reden.»

Mavis lächelte bei der Erinnerung, doch dann wurde sie wieder ernst. «Ich bin nicht verrückt, wissen Sie», fuhr sie fort. «Atwater war immer unterwegs, wochenlang, und zwischendurch kam er dann für ein paar Tage nach Hause. Das hat mir gefallen – eine Zeitlang. Ich hab nen ganzen Monat dazu gebraucht, mich darauf vorzubereiten, daß ich ein paar Tage lang mit ihm in der Wohnung bin.

Verstehen Sie, ich wollte mich sauber fühlen. Ich wollte rein sein. Mein Leben war immer schmutzig, und deshalb ist mein Kleiner gestorben. Ich weiß, daß das wahr ist. Und deshalb ...»

Das waren die letzten Worte, an die sich Kiki erinnerte, bevor ihr schwarz vor Augen wurde.

Eine Stunde später begriff Kiki, daß sie auf einen leeren Stuhl starrte. Mavis war fort. Vielleicht war sie auch nie dagewesen. Aber es spielte keine große Rolle. Kiki gingen andere Gedanken durch den Kopf.

24

Während die Stunden verstreichen, bleibt Kiki, wo sie ist. Sie macht es sich in ihrem Sessel bequem, trinkt Whiskey und richtet sich in ihrem neuen Leben ein. Nach Hause. Das hatte Mavis gesagt. Und von Engeln hatte sie geredet. Das Zimmer ist kühl und still. Die Rechnungen sind erst seit zwei Wochen überfällig. Sie hat sie im Hinterkopf, zusammen mit dem Jungen aus Stein und der Hand ihres Vaters, von der ihr Blut herabtropft. Dickbäuchige weiße Männer und all die Jahre im siebenundzwanzigsten Stock. Dort hat sie gesessen und lächelnd Anrufe entgegengenommen.

Alles vorbei.

Es gibt nichts, was sie sich wünscht, und niemanden, der ihr weh tun kann.

«Ich hab nen Engel, der mir Glück bringt», sagte sie laut. In der Wohnung ist es dunkel, bis auf das Licht, das durch die kaputte Fensterscheibe dringt.

Das Klopfen kommt genau, als sie es erwartet. Sie steht auf, lächelt darüber, wie leicht sie ist, wie mühelos sie stehen kann, über ihre Hand, die auf den Lichtschalter drückt. Ihr Herz rast – die Pistole hält sie in der einen Hand, den Türknauf in der anderen.

Ihr Finger liegt auf dem Abzug, aber sie weiß, daß sie nicht schießen wird.

«Hi», sagt Billy. Er hat einen himbeerfarbenen Anzug an. Sie spürt das Grinsen um ihre Lippen und signalisiert mit den Augen: Komm rein.

Sie wirft Soupspoons Decken auf den Boden, und sie setzen sich.

«Whiskey?»

«Nein, danke.»

«Was willst du dann?» Sie spricht wie Hattie, spürt, wie Hatties üppiger Körper den ihren ausfüllt. Straffe Haut, der Körper einer schwarzen Göttin.

«Schläft Soupspoon hier?» Billy klopft auf die Kissen, und sie muß ihn einfach küssen. Einen Moment lang stößt ihre Zunge gegen seine Zähne, dann rutscht sie in seinen Mund. Sie schmeckt den abgestandenen Rauch seiner letzten Zigarette.

«Ja», antwortet sie.

«Wo ist er?» Er hat keine Angst vor ihr. Er ist nicht voller trauriger Liebe und verschmust wie Randy. Billy ist ein Menschenfresser. Er ist kaltblütig und stark. Wenn er wollte, könnte er fliegen.

«Ausgegangen», sagt Kiki, und dann: «Sprich mit mir.»

«Was soll ich sagen?»

«Das ist mir gleich, sprich einfach. Erzähl mir etwas, das wirklich ist. Erzähl mir was von dir.»

«Spinnst du, Mädchen?»

«Woher kommst du?»

«Weiß ich nicht. Von überallher, nehm ich an.»

Sie nimmt seine Hand und legt sie an ihre Brust.

«Komm schon, sprich mit mir», sagt sie.

Stundenlang sagen sie sehr wenig. Geben fast keinen Ton von sich. Billy bewegt sich wie eine Schlange; er beugt sich nach unten, umarmt sie immer enger. Als sie kommt, sieht sie in Rot getauchte Bilder. Aus ihrer Pistole in Hatties Hand wird geschossen, und ein Pferd fällt tot zu Boden. Tausend Pfund totes Pferdefleisch schlägt auf dem Boden auf. Manchmal fällt er über sie, manchmal wirft er sie zu Boden. Dann reitet sie wieder. Erst im Paßgang, dann im Galopp. Im vollen Lauf hält sie ihm die Pistole ans Ohr …

«Woran denkst du?» fragt Billy.

«Hast du je was Großes umgebracht?»

«Hab mal nen zwanzig Pfund schweren Katzenfisch gefangen.»

«Du hast ne Pistole in der Unterhose.»

Sie lacht, als er nach der Hose neben dem Bett greift.

«Hast du je was Großes umgebracht?» fragt sie wieder.

«Mit der Waffe hier?»

«Ja», sagt sie.

«Wieso?»

«Ich will wissen, was das für ein Gefühl ist. Ist es so ähnlich, wie wenn du mich fickst? Spürt man es ganz tief drinnen? Bringt es Dinge zum Vorschein, von denen man gar nicht wußte, daß sie da sind?»

«Was stimmt nicht mit dir, Mädchen?»

Statt zu antworten, greift Kiki nach der Pistole in Billys Hand. Er macht einen Satz rückwärts, weg von ihr, und sie lacht. Ein stechender Schmerz zuckt in der Mitte ihrer Stirn, und sie lacht wieder.

«Hast du Angst, daß ich dir die Knarre wegnehm, Billy?»

Er antwortet nicht, sitzt nur da, an das Bett gelehnt.

«Ich hab ne eigene Waffe, Schatz», sagt sie leise, fährt ihm mit der Hand über den Bauch. «Ich brauch deine nicht.» Ihre Hand wandert zu seinen Hoden. «Du kannst deine Knarre behalten. Komm, streck dich aus.» Kiki atmet so rein und so tief wie damals im Wald mit Hector. «Ich leg mich jetzt auf dich, Billy. Aber du brauchst keine Angst zu haben, weil du ja die Pistole hast.»

«Du bist verrückt», sagt er, wehrt sich aber nicht gegen sie.

Außerdem läßt er die Pistole nicht los.

In Ayer's American Café saßen sich Soupspoon und Chevette in einer Nische aus rostfleckigem Chrom und rissigem Kunststoff gegenüber. Soupspoon trug einen alten Anzug mit marineblauem Revers und marineblauen Knöpfen. Chevette trug ein Trikot aus Leopardenkunstpelz, lila Hot pants aus Velours und dazu passende flache Schuhe.

«Hast du eine Freundin, Onkel?» Sie sah ihn über ihren Schokoladenmilchshake hinweg an.

Die Brust tat ihm weh, und er spürte wieder das Stechen in seiner Hüfte. Er nahm zwei Perocet aus der Tasche und schluckte sie mit dem Eiswasser.

«Bist du krank?»

«Nee. Mir fehlt überhaupt nichts. Überhaupt nichts.»

Chevette lächelte. «Ich mag dich.»

«Ich liebe dich», sagte Soupspoon.

«Und?» fragte sie.

«Und was?»

Chevettes Hand glitt über den Tisch und schob sich unter seine. «Hast du eine Freundin?»

«Ich hab dich.»

«Willst du zu Sono gehen? Sie und Gerry sind mit den Kindern in der Bronx.»

«Mag sie Gerry?»

«Ich weiß nicht. Ich meine, sie hält ihn irgendwie für zurückgeblieben, aber wenigstens mag er ihre Kinder.»

«Wird sie ihn heiraten?»

«Ich weiß es nicht.»

«Ich meine, spielt sie bloß seine Freundin, oder meint sie's ernst?»

Chevette lächelte. «Wann warst du zum letztenmal mit ner Frau zusammen, Onkel?»

«Letzte Nacht.»

«Ich meine, davor.»

Soupspoon dachte an Mavis. Er hatte nach ihr etliche Frauen gehabt, aber sie war die letzte gewesen, an der ihm etwas gelegen hatte.

«Ich weiß nicht, Baby. Es ist so lange her, daß ich mich nicht mehr daran erinnern kann.»

«Dann überlaß es Gerry, ne Frau für sich zu finden», sagte sie.

Später lagen Soupspoon und Chevette voll bekleidet auf dem Sofa. Die Kinder schliefen, und Sono und Gerry lagen in ihrem Bett.

«Stimmt was nicht, Onkel?» flüsterte sie ihm ins Ohr.

«Mhm.» Er war halb eingenickt und hatte davon geträumt, wie er durch ein ausgetrocknetes Flußbett rannte. Sein Herz raste. Er wandte sich ihr zu und schüttelte den Kopf.

«Warum willst du mich dann nicht küssen?»

«Du bist zu jung für mich, Mädchen.» Er wollte sie in den Arm nehmen, doch sie setzte sich auf und schaute auf ihn hinunter.

«Ich bin achtzehn. Ich bin alt genug.»

«Du brauchst einen jungen Mann, Chevette. Einen, der sich wirklich um dich kümmern kann.»

Sie fuhr ihm mit der Hand über die Brust.

«Es ist wunderschön mit dir», sagte sie. «Weißt du, so scharf bin ich sowieso nicht darauf. Am liebsten schmuse ich. Und ich mag, wie du mit mir redest.»

«Du magst meine schönen Reden, ja? Darin hab ich viel Übung.»

«Es ist nicht das, was du sagst, Onkel. Überhaupt nicht. Du magst mich, und das kann ich hören. Und du magst mich nicht wegen meiner Kleider oder weil ich was Besonderes mache. Du magst mich, wie ich bin.»

Darauf wußte Soupspoon keine Antwort. Es war wahr. Chevette war die letzte Frau in seinem Leben. Beim bloßen Gedanken an sie weinte er innerlich.

«Ich brauche jemand, der nett zu mir ist, Onkel», sagte sie. «Ich brauch keinen Freund und keine Kinder. Ich will einfach nur zu leben anfangen. Ich hab mich die ganze Zeit so einsam gefühlt.»

«Ich bleib dein Freund, Chevette. Ich muß dich nicht küssen, bloß weil ich hier bin.»

«Findest du mich nicht mehr hübsch?»

Als Antwort darauf küßte er sie. Sie lächelte und zog ihn am Ohr.

25

Billy und Kiki gingen am nächsten Morgen gegen elf zu Randys Tisch. Randy war gerade dabei, seine Zeitschriften und Comichefte auszupacken.

«Randy.» Kiki ergriff Billys Hand. «Billy will was mit dir besprechen.»

«Ja?» Randy sah auf ihre ineinander verschränkten Hände.

«Das wird ne tolle Sache, Mann.» Billy löste sich von Kiki und hielt Randy die Hand hin. «Erst mal nur hundert Dollar, aber das ist bloß der Anfang.»

«Ich hab keine Ahnung, wovon Sie reden. Ich hab mit Ihnen nichts zu schaffen.»

«Aber versteh doch.» Billy hörte nicht auf zu lächeln. «Ich will Agent werden. Ich besorg mir ne Menge Typen, die Musik machen und so. Aber Soupspoon braucht nen Manager, und das bist du. Verstehst du, so sind wir im Geschäft. So bauen wir unser Netz auf. Wir Brüder müssen uns gegenseitig unterstützen.»

«Ich verstehe kein Wort», sagte Randy.

«Ach, komm schon, Randy», sagte Kiki.

«Das ist ne Sache unter Schwarzen, Bruder», sagte Billy. «Und hier haben wir die Chance, echt Kohle zu machen.»

«Ich weiß nicht, was zum Teufel Sie sich einbilden, Mann!» rief Randy. «Ich bin kein Schwarzer. Ich bin Araber und Südamerikaner.»

«Was?» Billy starrte ihn verwirrt an.

«Geh schon», sagte Kiki zu Billy. «Ich spreche mit Randy.»

«Du stehst auf ihn?» Randy saß am Tisch in Kikis Wohnung. Sie lehnte am Spülbecken und sah ihn ernst an.

«Was ist mit dir los, Randy?»

«Ich hab dich gefragt, ob du auf ihn stehst.»

«Ich bin nicht dein Besitz, Baby. Wenn ich jemand mag, dann ist das meine Sache. Und das gleiche gilt auch für dich.»

«Gut, von mir aus. Ist mir auch egal, was du machst.» Er hatte Tränen in den Augen.

Kiki mußte dagegen ankämpfen, nicht augenblicklich laut loszulachen.

«Aber ich werd ihm nicht helfen», sagte Randy.

«Warum nicht? Er hat dir nichts getan. Er ist bloß ein Schwarzer, der's zu was bringen will. Er will uns allen helfen.»

«Ganz besonders dir, was?»

«Ich red bloß gern mit ihm, das ist alles.»

«Worüber?»

«Über alles mögliche. Randy, sie haben mich gefeuert, und deshalb muß Soupspoon Geld verdienen, bis ich was Neues habe.»

«Warum haben sie dich rausgeworfen?»

«Ich hab nen Wutanfall gekriegt. Ich bin zu spät gekommen, und sie haben ein Riesentheater deswegen gemacht. Ich bin total ausgeflippt, und anschließend haben sie mich rausgeschmissen.»

Randy senkte die Stimme und fragte: «Wegen deiner Trinkerei?»

«*Nein!* Kümmere du dich lieber um deinen eigenen Scheißkram!» Kiki stieß sich vom Spülbecken ab. «Was ich mache oder nicht mache, ist immer noch meine Sache. Wenn ich mit jemand reden oder was trinken will, hat das nichts mit dir zu tun, gottverflucht noch mal!» Kiki ging zu ihm und sah ihn an. «Hast du das verstanden?»

«Ich muß gehen», sagte er leise.

«Du mußt mir helfen, Randy.»

«Wobei?»

«Soupspoon braucht Geld.»

«Ich könnte dir das Geld für die Miete leihen.»

«Es geht nicht um mich, Honey. Ich hab über fünfhundert Dollar auf der Bank.» Ihre Stimme nahm einen weicheren Klang an. «Soup geht es jetzt besser, aber ich kann nicht weg von hier, bevor ich weiß, daß er okay ist.»

«Weg? Wohin?»

Kiki setzte sich auf Randys Schoß und legte ihm die Arme um den Hals. «Ich muß von hier weg, Schatz. Ich muß raus aus New York.»

«Warum?»

«Ich hab die Nase voll von dieser Stadt. Ich geh zurück nach Hause. Aber du und Billy, ihr müßt euch um Soup kümmern.»

«Ich begreif bloß nicht, warum du auf einmal wegwillst. Ich hab gedacht, du kannst deine Familie nicht leiden.»

«Hilfst du mir?»

«Was soll ich tun?»

«Komm heute abend mit. Soup braucht uns. Das mit dem Krebs ist jetzt besser, aber er ist immer noch müde. Er braucht unsere Unterstützung.»

«Kann ich danach mit zu dir kommen?»

«Ich weiß es nicht», sagte Kiki und sah ihm in die Augen, flehte ihn schweigend an, nicht noch einmal zu fragen.

«Warum nicht?»

«Randy, es kann sein, daß Billy mit mir kommt. Ich will einfach mit ihm reden, das ist alles.»

Randy sagte nichts.

Nach drei Minuten des Schweigens löste Kiki ihre Hände aus seinem Griff. «Also?» fragte sie.

«Ich will dich, Kiki.»

«Ich steh nicht zum Verkauf, Randy. Ich hab dir nie was versprochen. Ich mag dich. Ich mag Billy auch. Und im Augenblick will ich mit ihm zusammensein. Aber wenn ich von hier weggeh, dann allein.»

«Kann ich nicht mitkommen?»

«Nein.»

«Warum nicht? Es würde mir nichts ausmachen, woanders zu leben.»

«Wenn ich jemand mitnehmen würde, dann Soupspoon. Und ich kann ihn nicht mitnehmen, weil er schwarz ist. Da unten, wo ich herkomme, würden sie ihn mit Steinen bewerfen.»

«Also?» Die Tränen liefen Randy über die eierschalenbraunen Wangen.

«Du bist auch schwarz, Randy.»

«Nein. Ich bin ...»

«Doch, du bist schwarz, Honey. Du bist ein Schwarzer. Vielleicht nicht in deinem Kopf. Vielleicht bist du in deinem Kopf John Wayne. Aber hier in Amerika bist du bloß ein Schwarzer mehr.»

Die Tränen waren versiegt. Als Randy aufstand, wäre Kiki fast von seinem Schoß gefallen. Als sie ihn berühren wollte, stieß er sie weg.

«Merkst du nicht, wie bescheuert das ist, Randy? Daß dir eine Weiße sagen muß, was du bist?»

«Ich muß zurück zu meinem Stand, Kiki. Ich muß gehen.»

«Bitte, Honey. Ich bin deine Freundin. Ich bin immer deine Freundin gewesen.»

«Ja, ich weiß. Ich werde versuchen, im Club vorbeizuschauen. Aber ich habe morgen eine wichtige Klausur, also schaffe ich's vielleicht nicht.»

Kiki lehnte sich gegen das Spülbecken.

Randy musterte den Fußboden.

«Okay», sagte sie. «Ganz wie du willst. Es wär trotzdem nett, wenn du kurz reinschauen könntest.»

«Ich versuch's.»

Kiki sah ihm nicht nach, als er ging. Sie dachte schon an die Nacht.

26

Soupspoon wollte erst nach zehn mit dem Spielen anfangen, aber ein Streit bahnte sich an, und er fing zeitig an, um Frieden zu stiften.

Life is pain say the great man.
Lord, the blues knows it's true.

Life is hard says the good man.
Ha! Bad man say it too.

If it wasn't for my good girl
I'd die from these old breathin' blues.

Soupspoon und Chevette waren um Viertel nach acht in Rudys Lokal gekommen. Chevette trug ein schlichtes schwarzes Kleid und eine Kette aus Plastikperlen. Gerry war direkt hinter ihnen. Er trug, was vermutlich sein Anzug für den High-School-Abschluß gewesen war. Sono schenkte ihnen allen Drinks ein.

Soupspoon sah sich um. Lauter Schwarze, die rauchten, tranken und warteten. Sie warteten auf Rudy, darauf, daß die Zockerei losgehen konnte. Aber sie warteten auch auf ihn. Sie wußten es nicht, aber sie warteten darauf, daß er seinen Blues spielte.

I had a six-shooter and a big black horse
posse close behind.

I had a pocket fulla gold
my best friend's girl beside.

You know they gonna catch up to me someday.
Baby, I really don't mind.

Kiki kam eine Stunde später; Billy war bei ihr. Sie hatte den rechten Arm um seine Hüfte gelegt. Sie trug ein kurzes rotes Kleid, und ihr Lippenstift war verschmiert.

Ihre Augen glitzerten; ihre Lippen bewegten sich, aber die Worte kamen stumm aus ihrem Mund. Ihre

Zähne bleckten sich zu einem rachsüchtigen Lächeln.

Soupspoon stimmte seine Gitarre, als Billy Slick zusammen mit Kiki zum Tresen stolzierte. Billy warf ihr einen Seitenblick zu und stieß mit einem breitschultrigen kleinen Mann zusammen.

«He, was soll das?» fragte der untersetzte Mann.

«Komm, hau schon ab», sagte Billy.

«Was?» Der kleine Mann packte Billy am Arm. Billy wollte sich losreißen, aber er ließ nicht locker.

Von beiden Seiten des Tresens kamen Männer heran, um die beiden zu trennen. Und in diesem Moment fing Soupspoon an, auf seiner Gitarre zu spielen. Es war die Aufgabe des Musikers, dafür zu sorgen, daß sich etwas tat, und die Gewalttätigkeit auf ein Minimum zu reduzieren. Langsam wandten die Männer ihre Aufmerksamkeit der Musik zu.

Als Rudy hereinkam, herrschte in der Bar volle Partystimmung. Der große Hawaiianer und Rudy wurden kaum zur Kenntnis genommen.

I know I seen the Lord an' he seen me.
Say, Soup, have you lost your mind?

He had twenty angels and a big white car
table set with crawfish pie.

He say this here could all be yours
just kiss these breathin' Blues goodbye.

Der Schnaps floß in Strömen, und die Würfel flogen. Rudy grinste, als er seinen Blick über die Menge schweifen ließ. Alle waren sie da, wirklich alle. Geld wechselte die Hände, und Soupspoon spielte sich die Finger wund.

Jedesmal, wenn die Musik aufhörte, scharten sich die Männer um die Würfel. Aber bald spielte Soupspoon wieder. Die Schmerzen in seiner Brust und seiner Hüfte nahmen weiter zu. Ihm war schwindlig vom Schmerz aller Menschen, die je gestorben waren. In seinem Herzen war mehr, als er singen konnte. Er wünschte sich, wieder mit Robert Johnson zu spielen.

Ein kindlicher Stolz spiegelte sich in Chevettes Blick. Er lächelte zu ihr hinüber.

Am späten Abend fühlte sich Soupspoon, als könne er fliegen. Seine Finger erinnerten sich von selbst an die Noten und Akkorde, und nichts konnte ihn umwerfen. Vier Bierkrüge aus Glas füllten sich mit Trinkgeldern. Sein Kopf war fiebrig, seine Füße waren kalt. Ein paar Spieler waren nach Hause gegangen und hatten ihre Frauen geholt, damit sie tanzen konnten, um ihre Gewinne zu feiern, oder zum Trinken, damit sie ihre Verluste vergaßen.

Es wurde getanzt und gespielt, und Soupspoon sang den Blues. Billy saß neben Kiki, und Randy saß in ihrer Nähe.

Es war schon spät, als Kiki übel wurde. Billy sagte, er werde sie nach Hause bringen. Randy solle sich um Soupspoon kümmern.

«Ich bring ihn um», sagte Kiki immer wieder. Sie sagte es zum Taxifahrer und zu der Hälfte der Leute in der Bar. Auf dem Flur ihres Stockwerks holte sie die 32er heraus, die Hattie ihr gegeben hatte.

«Steck das Ding weg!» Billy wand ihr die Waffe aus der Hand.

«Au!» schrie sie. «Du tust mir weh!»

«Ich bring ihn um», sagte Kiki. Billy hatte ihr die Schuhe ausgezogen. Sie fühlte sich wie ein Wrack.

«Warte lieber bis morgen.»

«Wo ist meine Pistole?»

«Drüben auf dem Tisch, aber ich hab die Kugeln.»

«Das ist okay. Ich hab noch mehr davon. Ich hab mehr als genug.»

27

Es war spät am Morgen, und Soupspoon schlief auf Sonos Couch. Er hörte Hamela beim Spielen und Georgies Schreien. Wenn er sich nicht rührte, tat ihm nichts weh. Deshalb lag er einfach nur da und versuchte, ruhig und gleichmäßig zu atmen, auch wenn er spürte, daß er nicht richtig tief Luft holen konnte.

Dann ertönte ein lautes Geräusch, und ein Mann brüllte: «Du machst mir keine Schande, du kleine Hure!»

Soupspoon öffnete die Augen und sah einen hünenhaften Mann durch die Tür brechen. Er packte Chevette am Arm und begann auf sie einzuschlagen.

Soupspoon sprang von der Couch, fiel aber zu Boden. «Laß sie los!» rief er.

In diesem Moment kam Gerry ins Zimmer gerannt. Er war nackt und hielt sich ein Paar Unterhosen vor die Scham.

«Raus hier!» schrie Sono, die hinter Gerry folgte. Gerry holte mit der Faust aus, traf aber nicht. Der Mann ließ Chevette los und griff nach Gerrys Handgelenk. Gerry wirbelte herum, riß den linken Arm nach oben, warf den Mann mit seinem Gewicht zu Boden und schlug ihm mit der Faust ins Gesicht.

«Beschissenes Arschloch!» Willy zerrte an Gerrys Arm und verpaßte dem Jungen einen Aufwärtshaken in den Bauch.

Gerry kotzte auf Willys Beine.

«Gottverfluchte Scheiße!» Willy stieß Gerry zurück und traf den wankenden nackten Jungen zweimal am Kopf. Die Schläge schienen Gerry nichts auszumachen. Er hielt sich immer noch den Magen, und aus seinem Mund tropfte weiße Flüssigkeit.

Soupspoon versuchte aufzustehen, aber seine Beine spielten nicht mit. Er sah sich nach etwas um, was er nach Willy werfen konnte, aber in seiner Reichweite waren nur Kissen. Doch dann sah er aus seinem Augenwinkel, wie Sono, mit einer schweren Pfanne bewaffnet, hinter Willy auftauchte.

Als sie Willy am Kopf traf, brüllte er wie ein Stier im Schlachthaus. Soupspoon sah, daß Hamela den kleinen George hochhob und gegen ihre Vogelbrust drückte. Sie machte große Augen, aber sie weinte nicht.

«Arschloch!» schrie Sono. Während er ihre wütenden Schläge mit den Händen abwehrte, kroch Willy zur Eingangstür. Dann war er auf dem Hausflur verschwunden.

Sono warf die Tür hinter ihm zu. Ihre Augen funkelten, als sie sich umsah.

Chevette brachte Sono und die Kinder ins Nebenzimmer. Dann half sie Soupspoon wieder auf die Couch.

«Bist du okay, Onkel?»

«Meine Füße wollten einfach nicht mehr.»

Am Nachmittag hatten sie die Wohnung wieder in Ordnung gebracht. Die im Haus verbreitete Geschichte lautete, Chevettes Tante habe Willy hinausgeworfen, weil sie meinte, dadurch würde Chevette zurückkommen. Willy war gekommen, um Rache zu nehmen und Chevette zurückzuschleppen, damit Vella ihn wieder aufnahm.

Sein Wunsch wurde erfüllt. Vella fand ihn vor ihrer Tür und brachte ihn in die Notaufnahme.

«Sein Unterkiefer war an drei Stellen gebrochen», sagte Chevette.

Gerry beschloß, die ganze Familie zu seiner Mutter in Flatbush zu bringen. «Wir haben dort jede Menge Platz», sagte er. Seine Augen waren geschwollen, und sein Magen tat immer noch weh.

«Was wird deine Momma sagen, wenn sie mich und die Kinder sieht?» fragte Sono. Gerry war erst zwanzig und hatte seiner Mutter noch nichts von seiner Freundin in Manhattan erzählt.

«Was soll sie schon sagen?» meinte er. «Ich zahl alles mit meinen Krediten und mit meiner Arbeit in der Bibliothek – und ihr braucht Hilfe.»

Sono lächelte ihn an. Dann machte sie sich ans Packen.

Soupspoon gab Chevette seine ganzen Einnahmen und Trinkgelder.

«Fahr mit ihnen», sagte er. «Kauf was zu essen davon.»

«Kann ich nicht mit dir mitkommen, Onkel?»

«Das könntest du, wenn ich ne eigene Wohnung hätte. Fahr mit und hilf Sono und den anderen. Ich bleib hier und frag Rudy, wann ich wieder bei ihm spielen kann.»

Er nahm Gerry beiseite, während Sono und Chevette die Kinder ankleideten.

«Bewahren Sie die für mich auf, Gerry», sagte Soupspoon. Er reichte Gerry vier Kassettenbänder, die er im Gitarrenkasten mit sich herumgetragen hatte.

«Was ist das?» fragte Gerry.

«Es ist alles, woran ich mich erinnere. Ein paar Lieder und jede Menge Geschichten aus der Zeit, in der ich aufgewachsen bin. Hier hab ich die Adresse von nem Mann aufgeschrieben. Er schreibt über den Blues. Rufen Sie ihn an. Sagen Sie ihm, daß Sie meine Geschichte aufschreiben wollen.»

«Wow. Abgemacht, Mr. Wise.»

Soupspoon brauchte eine halbe Stunde bis zu Kikis Haus, und eine weitere halbe Stunde, bis er es die Treppe hinauf geschafft hatte. Als er die Wohnung betrat, fand er Kiki und Billy auf seiner Couch vor.

«Wir haben uns schon gefragt, wann Sie kommen, Mann», sagte Billy.

Kiki hatte einen besorgten Ausdruck in den blutunterlaufenen Augen. «Bist du okay, Soup?»

«Ja, natürlich. Du bist ein bißchen blaß um die Nase.»

«Ist wirklich alles in Ordnung?»

«Mir geht's bestens, bestens. Ich bin bloß ein bißchen müde, das ist alles.»

Billy ging zum Telefon und rief Rudy an, der mit Freuden hörte, daß Soupspoon wieder spielen wollte.

«Ich brauch aber etwas Schlaf, wenn ich heute abend schon wieder spielen soll», sagte der alte Mann. Er streckte sich auf Kikis Bett aus. Seine Finger zupften und zuckten an den Decken, und seine Augäpfel rollten hinter die Lider.

Er stellte sich vor, wie es sein würde, wenn er tot war. Das kühle Prickeln abgestandener Sargluft und so tiefe Dunkelheit, daß nicht einmal die Sonne sie durchbrechen konnte. Um ihn herum das Gemurmel der Toten. Junge und alte Leute, die sich an jede Einzelheit ihres Lebens erinnerten.

«Ich hab Mr. Onceits Hühner geklaut, und, lieber Gott, wie wütend der war! Der wär wegen drei mageren Hühnern fast geplatzt. Weißt du, das Leben hat mehr zu bedeuten als drei magere Hühner.»

«Willst du mich heiraten, Elsie B.?»

«Nigger! Zieh dich aus und beweis mir, daß du mir meinen Vierteldollar nicht geklaut hast!»

Dann ein Wirrwarr aus Babygeplapper und das Geräusch von Würmern. Farben waren völlig bedeutungslos, wenn man tot war. Kein Blau, kein Rot. Man erinnerte sich daran, wie die Leute gewesen waren, nicht genau daran, wie sie aussahen, aber wenn sie groß und kräftig waren, behielt man sie groß und kräftig in Erinnerung, und wenn sie liebevoll und sexy waren, dann erinnerte man sich daran, wie man sie in den Armen gehalten hatte.

Er konnte spüren, wie das Böse auf seiner Haut brannte.

Aber es ist alles nur ein Traum. Tagein, tagaus immer nur alles, was geschehen ist, genau, wie es geschehen ist. Nie auch nur die kleinste Veränderung. Denn wenn man stirbt, ist alles versiegelt. Es ist, wie wenn man schläft und nicht aufwachen kann. Denn wenn man aufwachen könnte, dann könnte man was ändern. Einen anderen Weg einschlagen oder vielleicht Ruby und Inez besuchen. Wenn er aufwachen könnte.

«Weck ihn. Wir müssen bald los.»

«Aber er sieht krank aus.» Jetzt redete Kiki. «Sieh ihn dir doch nur an.»

«Ja, du hast recht. Er sieht krank aus.»

Aber nicht tot. Noch nicht.

Robert Johnson ließ seinen bösen Blick über die Zuschauer schweifen, während er sich nach einer Frau umsah. Seine Finger waren so angespannt, daß er ohne Saiten Musik hätte spielen können. Musik in den Schultern bis hinunter zu den Füßen. Worte, die sich auf den Schmerz in den Knochen reimen, so gute Musik, daß sie mehr dem Regen als Noten ähnelt. Nicht das belanglose hübsche Zeug, das sie im Radio spielen. Nicht einmal etwas, was man in einem Takt einfangen kann. Es ist die bebende Erde, das Hin- und Herschauen von kleinen Kindern.

«Soupspoon?»

Nach Bobby Grands Tod redeten die Leute alle drauflos. Er wollte sie hören, weil Tod und Musik ein und dasselbe sind. Ein erhitztes Baby mit pochendem Herzen löst alles aus. Einen brüllenden Rhythmus.

«Soupspoon? Bist du wach, Honey?»

«Schau dir nur an, wie er sich herumwirft.»

Das Gehen, das Laufen, das Beten um Regen. Und es bewirkt nur, daß einem die Füße im Schlamm weggespült werden.

«Sie sind alle zeitig genug gegangen. Du hättest dir keine Sorgen machen müssen.»

«Was, Honey?» fragte Kiki.

«Blues ist der Fisch, und der Fischer spielt den Fischen was vor.»

«Was, Mann?» fragte Billy.

«Ich hab ein Ruderboot voller Blues.» Soupspoon öffnete die Augen. Er sah seine Freunde. Sie waren für ihn der schönste Anblick auf der ganzen Welt. Sein Herz schlug schnell.

«Wenn der Blues ein Fisch wär und ich draußen wär auf dem blauen Meer. Ich hätt ein Ruderboot voller Blues und würd mir wünschen, die Fische könnten von mir wegschwimmen.»

«Wollen Sie heute abend davon singen?» fragte Billy. Er reichte Soupspoon die Hand und half ihm hoch.

«Falls ich so lange lebe.»

Billy und Soupspoon gingen gemeinsam zum Club. Billy plapperte stürmisch wie ein Schwindler, redete wie alle Männer, die sich etwas vormachen.

Soupspoon humpelte und hatte Schmerzen; er spürte die heiße Glut in seinem Körper. Er mußte sich räuspern, wartete aber damit, bis er bei Rudy auf seinem Hocker saß.

An jenem Abend spielte er keine Songs, nach denen man tanzen konnte, keine Liebeslieder. Er spielte «A Long Time Down the Line», «Satan Gave Me Back My Soul», «One Last Bullet» und «Shine Whiskey Mind».

Niemand tanzte, aber sie lachten. Soupspoon stand nicht einmal auf, um aufs Klo zu gehen. Er arbeitete wie die Schwarzen auf den Feldern; jeder Schritt, den er tat, führte ihn einen Schritt zurück. Aber einmal in seinem Leben spielte er die Musik richtig. Er bestellte Whiskey pur und sagte Sono, sie solle das Glas immer wieder nachfüllen.

«Meine Rippen», dröhnte er, «sind das Gefängnis. Der Blues ist mein Herz.»

Kiki kam spät mit Randy. Sie war bereits betrunken, als sie die Bar betrat. Im Lauf des Abends wurde sie bösartig. Wenn ein Mann sie ansah, beschimpfte sie ihn wegen seiner Respektlosigkeit. Und wenn Randy versuchte, sie daran zu hindern, ging sie mit gehässiger Wut auf ihn los. Aber erst, als sie eine junge Frau an den Haaren gerissen hatte, forderte Rudy sie zum Gehen auf.

Billy und Randy nahmen Kiki in die Mitte und schleppten sie aus der namenlosen Bar.

«Ich hole Sie dann später ab», flüsterte Randy Soupspoon zu.

«Ich warte», erwiderte der Gitarrist.

«Ihr Arschlöcher, ihr Schweine, ihr Schwanzlutscher!» schrie sie.

«Hey!» Der Taxifahrer, ein kleiner Mann mit Schnurrbart, sagte: «Jetzt machen Sie aber mal die Klappe zu.»

«Fahren Sie einfach, Mann», sagte Billy.

«Arschloch.» Kiki sprach das Wort makellos aus.

«Sie ist betrunken, Mann. Wir müssen sie nach Hause bringen.»

«Ich tret dir in den beschissenen Arsch! Ich beiß dir den gottverfluchten Schwanz ab!»

Die drei saßen auf dem Randstein vor dem Beldin Arms. Kiki fing an zu weinen, als sie begriff, daß die Männer sie nicht allein lassen wollten.

«Bitte», schluchzte sie. «Bitte, laßt mich gehen.»

Ein Wagen mit drei weißen Jugendlichen hielt neben ihnen.

«Was, zum Teufel, ist hier los?» fragte der auf dem Beifahrersitz.

«Scheiße noch mal, was geht dich das denn an, du Tuntenschwein?» schrie Kiki zurück.

«Es tut mir leid, Randy», sagte Kiki, als sie die Treppe hinaufgingen. Billy folgte ihnen.

Als sie Kikis Stockwerk erreichten, fragte Randy: «Hast du die Schlüssel, Kiki?»

Tage später sollte er sich im Krankenhaus daran erinnern. An die letzten Worte, die er zu Kiki gesagt hatte: «Hast du die Schlüssel, Kiki?» und dann ein Geräusch wie Wind, aber in Wahrheit das Schlurfen von Gummisohlen auf dem Granitboden. Ein großer Mann mit fettigem Haar. Kikis letzte Worte zu ihm – «O nein!» – klangen völlig nüchtern, und dann kam das Messer.

Er hatte es richtig gemacht, als er sich auf den großen Weißen mit dem Messer stürzte. Randy stieß Kiki zurück. Als das Messer eindrang, fühlte er überhaupt nichts, aber dann kam ein Schmerz an einer Stelle, die sich Randy am liebsten aus dem Körper gerissen hätte. «Nigger!» drang es rauh aus der Kehle des Weißen. Ihre Körper berührten sich kurz, dann stach er abermals mit dem Messer zu.

«Rein und raus», hatte der Notarztwagenfahrer gesagt. «Er hat Glück gehabt, daß JD es nicht rumgedreht hat.»

JD. John Doe, eine nicht identifizierte Leiche im Mercy Hospital. Die knallroten Lichter und die Lebensrettungsjacke, die sie um ihn herum aufbliesen. Er erinnerte sich an Kikis Schreie, daran, wie seine Beine nachgegeben hatten. Er sah, wie der Hüne Kiki an der Kehle packte und hochhob. Er sah das Messer aufblitzen, während Billy hinter Kiki herankam. Doch Billy bekam für seine Mühe nur einen Ellbogen in die Kehle. Er ging würgend und hustend zu Boden. Dann erglühte ein heller Stern aus Kikis Handtasche. Randy erinnerte sich daran, wie er zu Boden gegangen war. «Was?» hatte der Weiße gesagt. Dann hatte er Kiki losgelassen und war die Treppe hinuntergelaufen.

Kiki dachte überhaupt nichts. Sie sah das Messer und griff sofort nach ihrer Pistole. Er packte sie, als sich ihre Hand um den Griff legte. Dann hielt er einen Moment lang inne, um Billy abzuwehren – und das war sein Untergang. Ohne die Pistole aus der Handtasche zu nehmen, schoß Kiki Fez in den Hals.

Er fuhr sich mit der Hand an die Kehle und drehte sich um. Er stieß Billy zur Seite und nahm fünf Treppen auf einmal.

Und in diesem Moment entschloß sich Kiki zum Handeln. Sie lief hinter Fez her und schoß. Der erste Schuß traf ihn ins Bein. Der nächste Schuß ging daneben. Kiki blieb im dritten Stock stehen und schoß über das Geländer, traf Fez im Arm.

Vielleicht glaubte Fez, es sei eine vierschüssige Pistole. Im zweiten Stock blieb er stehen und wandte sich um. Er hielt das Messer über seinem Kopf und torkelte auf sie zu.

«Wenn dich ein wildes Tier angreift», hatte Hester Grule, die verrückte Cousine in Hollywood, immer gesagt, «verlier nicht den Kopf. Laß dir Zeit, nimm es genau ins Visier. Schieß nicht wild herum, sonst packt dich das Vieh. Ein wildes Tier ist auf Blut aus.» Und das wildeste Tier war, wie Kiki wußte, der Mensch.

Sie ging auf ein Knie und schoß Fez direkt in die Mitte seines blauen Hemdes. Sie richtete sich für den letzten Schuß auf und traf ihn knapp über dem linken Auge. Fez fiel auf Kiki. Das Messer rutschte scheppernd die Treppe hinunter.

Kiki drehte den Toten um und durchsuchte seine Taschen, so schnell sie konnte. Ein Stapel neuer Scheine, vermutlich aus einem Geldautomaten, und eine Brieftasche. Kiki nahm alles an sich und lief die Treppe hinunter. Das meiste Blut war auf ihrem lila Jackett, deshalb warf sie es in einen städtischen Müllcontainer an der nächsten Kreuzung. Doch dann erinnerte sie sich an Randy und Billy. Von einer Telefonzelle aus rief sie 911 an, aber als Sirenen an ihre Ohren drangen, wußte sie, daß sie bereits unterwegs waren.

Sie konnte sich nicht daran erinnern, ob jemand auf dem Flur oder auf der Straße gewesen war, als sie mit der Pistole, die aus ihrer zerschossenen Handtasche ragte, aus dem Haus gekommen war.

Sie warf die Pistole und die leere Handtasche in die Kanalisation und ging zur U-Bahn.

Sie fuhr mit der U-Bahn zum Port-Authority-Busbahnhof und setzte sich dann in einen frühen Bus nach Hoboken.

In der Morgenzeitung stand, Randall Chestertons Zustand habe sich stabilisiert; William Hurdy war eine Nacht lang festgehalten worden, bevor man ihn als Nichtverdächtigen freigelassen hatte.

Das war das letzte, was sie je von den beiden hörte. Sie dachte manchmal an Soupspoon, aber sie erfuhr nie, was mit ihm passiert war.

Sie floh nach Atlanta und dann nach Chattanooga. Sie lebte drei Jahre in New Orleans mit einem Spieler namens Arcady zusammen. Eines Nachts klaute sie ihm die Pistole und stieg in einen Greyhound nach Hogston, Arkansas.

Sie kam am frühen Morgen zu dem Haus. Auf den Magnolienbäumen lag Tau, und die Bienen schliefen noch.

Charla Wilson, eine alte Weiße mit einem Strohhut, die für Kiki eine Fremde war, kam an die Tür. Kiki nahm die Hand aus der Tasche und fragte nach ihren Eltern.

«Waters? Kind», sagte sie traurig. «Die sind jetzt beide seit sechs Jahren tot. Erst er, mit Leberkrebs, dann sie, einen Monat später – es hieß, daß sie ein schwaches Herz hatte. Es tut mir so leid.»

Es gab kein Testament. Waters Photographic Inc. hatte siebenundzwanzig Filialen, die der Familienanwalt verwaltete, während er auf Kikis Rückkehr wartete. Das Haus, das Charla Wilson gemietet hatte, ein Jaguar, eine Kommode voller Silbermünzen mit dem eingeprägten Profil ihres Vaters – alles gehörte ihr.

Alle erinnerten sich an ihre Familie. Völlig Fremde erzählten ihr Geschichten über ihre Kindheit, an die sie sich nicht erinnern konnte.

Sie ging zu Hatties Haus und traf ihr altes Kindermädchen noch dort an. Sie sah nicht einmal viel älter aus, aber Kiki wußte, daß sie über Siebzig sein mußte.

«Hector?» sagte Hattie. «Im letzten März war es zwölf Jahre her, daß er gestorben ist. Eines Tages, als er sich unter seinem alten Avocadobaum ausgeruht hat, ist ihm einfach das Herz stehengeblieben.»

Es brach ihr fast das Herz, als die alte Frau sich weigerte, zu Kiki in das große Haus zu ziehen.

«Ich mag mein Zuhause, Kind», sagte sie. «Aber du kannst vorbeikommen und mich besuchen, wann immer du willst.»

Sie lief am ersten Samstag, an dem sie zurück war, Brewster Collins über den Weg. Er hatte sich einen dicken Bauch zugelegt und arbeitete für eine Ölfirma mit Sitz in Little Rock. An jenem Abend gingen sie aus. Noch vor Sonnenuntergang forderte Kiki ihn auf, sie in den Schenkel zu beißen.

Zwei Wochen später heirateten sie.

Kiki Collins kaufte ihrem Mann das Sägewerk, das er sich immer gewünscht hatte, bekam vier Kinder, zog um in ein noch größeres Haus, umgeben von Magnolienbäumen. Hinter der Garage hielt sie Bienen, und sie gab das Trinken auf.

Ihr einziges Laster bestand darin, nachmittags auf der Interstate zu schnell zu fahren. Wenn die Polizisten ihren Führerschein überprüften, stieg eine wilde Freude in ihr auf. Jedesmal, wenn sie ihren Namen durchgaben, fragte sie sich, ob mittlerweile auch im Süden nach ihr gefahndet wurde.

28

Um zwei Uhr morgens beendete Soupspoon seinen letzten Auftritt. Weder Billy noch Randy waren zurückgekommen. Rudy drückte Soupspoon hundert Dollar in die Hand.

«Du bist jeden gottverdammten Nickel wert», sagte der Spieler, als er Atwater die Hand schüttelte. «Wie wär's, wenn du ab jetzt zweimal die Woche hier auftrittst?»

«Ja. Das würde ich gern.» Soupspoon fühlte sich benommen; sein Kopf war glühend heiß. Er machte sich Sorgen um Kiki, und ein Schwarm stechender Ameisen krabbelte in seiner Brust herum. Es war Vollmond, und jede Menge Leute waren mit dem Auto unterwegs. Der

Schmerz in seiner Brust wanderte hinauf in seine Schulter und seinen Rücken entlang.

Er schaffte drei Blocks, ehe er stehenbleiben mußte. Er hielt sich an einer Hauswand fest. Plötzlich war der Schmerz weg. In seinem Kopf waren ein warmes Gefühl und der Klang der Gitarrenmusik, die er an jenem Abend gespielt hatte. Die Noten waren zu lang und paßten nicht recht zusammen. Es waren nicht die hübschen kleinen Melodien, die er so gut spielen konnte. Es war finstere, tiefe Musik – wie der Ozean. Es war wunderschön, aber es war nicht von ihm.

Am frühen Morgen wurde er von ein paar Polizisten gefunden. Sie steckten ihn in eine Station voller Männer in Krankenhausbetten. Er hatte Durst, konnte aber nicht sprechen.

Schwestern und Ärzte kamen an sein Totenbett, aber niemand, den er kannte. Sie steckten Nadeln in seinen Arm, lächelten ihn an oder ignorierten ihn. Er war wieder stumm. Vom stundenlangen Liegen auf dem kalten Stein war die Infektion zurückgekehrt.

«Herzinfarkt», sagte eine Frauenstimme. Soupspoon hörte sie durch die Dunkelheit, und er glaubte, daß sie von ihm sprach. Zwei Stationen weiter lag Randy mit Stichwunden im Magen. In ihrer Wohnung wechselte Mavis Spivey eine Hundertwattbirne aus.

Herzinfarkt. Etwas, woran Weiße gestorben waren, als er ein Junge gewesen war. Schwarze starben an Schüssen und Stichwunden, an Lungenentzündung und Fieber. Schwarze starben an gebrochenem Herzen und Alkohol, aber nicht an Herzschwäche. Schwarze hatten kräftige Herzen und noch kräftigere Rücken. Sie trugen die ganze Welt auf den Schultern, und wenn sie seufzten, kam dabei Blues heraus.

Es war spät in der Nacht. Rote und blaue Lämpchen blinkten in den finsteren Räumen, in dem alte Männer starben. Spät in der Nacht sah Soupspoon den dunklen Schatten eines Mannes, der durch den Raum ging und sich auf einem Stuhl neben seinem Bett niederließ.

«Randy?»

Doch als sich der junge Mann eine Zigarette anzündete, sah Soupspoon in der Flamme das böse, hübsche Gesicht von RL. Auch als er das Streichholz ausgeblasen hatte, blieb sein Gesicht beleuchtet. Er lächelte, aber sein kalter Blick sagte Atwater, daß er bald sterben würde.

RL sagte nichts, aber das überraschte Soupspoon nicht. Er wußte, daß Geister nicht mehr wie Menschen reden konnten. Sie suchten einen heim, indem sie sich zeigten, und das war alles.

Der Tabak roch gut. Wirklich gut. Er spürte, wie ein Frösteln seinen Körper durchlief, und dachte: *Der kalte Tod läuft durch mich hindurch wie ein kleiner Bach durch den Wald, als würde ich vielleicht bald aufwachen, als wäre alles nur ein Traum gewesen. Ein Traum, wie ihn einer wie RL geträumt haben mochte. Ein böser, langer Traum über alles Schlimme, was einem passieren konnte.*

«Willst du mir das sagen?» fragte Soupspoon. Er

konnte nicht fassen, daß er sich so etwas ausdenken konnte. Er wußte nur Bescheid über das Leben. RL war der, der wußte, was danach kam. Er konnte es mit seinem toten Auge sehen. Mit jenem Auge, das Soupspoon in jenem Augenblick anblickte.

Dann fuhr Schmerz durch die Knochen des alten Mannes. Ein lauter, reiner Klang. Soupspoon spürte, wie er sich weit öffnete. Er konnte alles sehen, auch in der Dunkelheit. Er konnte das leise Surren der Krankenhausapparate hören und zwei Schwestern, die auf dem Flur miteinander sprachen, er konnte die Kakerlaken unter seinem Bett hören und die Erde unter sich. Er machte die Hände weit auf, spreizte die Zehen. Er riß den Mund weit auf und streckte die Zunge heraus. Der stechende Schmerz verwandelte sich in ein Licht, das alles durchdrang. Er konnte Dinge sehen, begriff aber nicht, was es für Dinge waren. Aber es war ihm gleich. Der Schmerz war fort, und ihm blieb nur noch das Licht. Er kam ein paar Zentimeter hoch, dann fiel er plötzlich zurück. Das Licht ging flackernd an und aus. *Ich bin tot*, ging Soupspoon durch den Kopf. Ihm fiel die Dunkelheit auf, ein alter Fischer, der lange nach Sonnenuntergang am Meeresufer angelte.

Als der Raum schwarz wurde, erinnerte er sich daran, wer er war, in einem kreisenden Echo, das langsam verhallte.